風鐸と緑の風

――覚鑁《かくばん》上人に魅せられて

加納 劼
Kano Tsutomu

風詠社

目次

風鐸と緑の風——覚鑁《かくばん》上人に魅せられて

野良仕事に励み、運搬職も求める

燕が数羽、翼で空中に素速く切り込みを入れたかのように飛び交った。すると、六郎太がつい先程、隣人と共に水を引き入れ終わった田圃の畔道にそれらは舞い降りた。土をついばんだかと思うと、空高く昇って行った。小さな口に含んだ土で巣を作るのだろう。水を湛えた田圃は土の匂いを強く放っている。

苗を植える作土《さくど》の下にぶ厚く広がる鋤床《すきどこ》と呼ばれる粘土層の状態が良さそうなので、今から秋の良好な作柄が期待出来そうに思える。期待は出来るものの、収穫する迄の天候が、人間の意に反するものになると、雑草の蔓や根を食糧として口に運ぶ生活を強いられる。

三日後に隣人と一緒に苗を植えることにしている。水を張り終えて暫く、大きな石の上に腰を下ろしていた。作業中に感じた左肩の痛みは遠い世界の出来事のように思える。

六郎太は左利きなので、左腕を酷使すると、二十代始めに負った傷の痛みが蘇る。

今から二か月後には、夏の季節が蝉の声と共に六郎太の身体に暑さを纏い付かせる。暑さに敏感なので、上半身は裸で過ごすことが多い。そんな時、左肩に付けられた矢口《やぐち》（矢に射られた傷口）は盛り上った肉が艶のある赤い皮膚を他人の眼に焼き付ける。赤い皮膚は膿んだ矢口が命とりになることを防ぐために、薬師が下した処方により生じたものである。

「父《とと》さん、赤い肉を触らせて」と、今は九歳になるみまが、三年程以前迄は甲高い声でよく言ったものだった。それは珍しいもののように見えたのだろう。

「大丈夫でご座るか」と、傷跡を見慣れない者はそのように尋ねて、六郎太をいたわってくれる。

「もう随分、昔のこと故、今は何でもご座らぬ」と、六郎太は返事することにしている。

矢を受けた時、矢尻が骨迄、突き刺さった。その時の痛みは全身を痙攣させる程だった。傷が癒えても相当、長い間、疼きが治まらなかった。それは一度受けた傷の痛みを心が覚えていて、絶えず思い出すことにより、疼きを増幅させて蘇らせたからかも知れない。

傷のことを考えると、昔日のことではあるが今尚、考えが及ばないことが、海月《くらげ》のように波間を漂い始める。若い六郎太が薫陶を受けた真言密教を極めた正覚房覚鑁上人《しょうかくぼうかくばん》（一〇九五～一一四三年）の下での修行生活に関することである。

京《みやこ》を北に見下ろす男山の麓と東から西へ流れる木津川の間に広がる荘園《しょうえん》で、六郎太は作業をしている。浜の村と呼ばれるその荘園の北を、木津川に沿った広い道を菅笠を被り墨染めの衣を纏った七、八人の修行僧が一列で進んでいる。彼等は朝から五組目になる。

「何処《いずこ》の寺院に詰める僧なのじゃ。一生を費やして仏道に精進致すのか」と、六郎太は自身に問いを投げかけた。

「ご苦労じゃ」と、自分のことのように呟いた。

石に腰かけたまま、長閑《のどか》な風景にせわしく囀《さえず》る雲雀の鳴き声を重ねて、眼と耳を楽しませていた。すると、三十名ばかりの衆徒の一行が、恐ろし気な形相を振り撒いて道いっぱいに広がり、進んでいた。薙刀《なぎなた》を担ぎ、腰には刀を携え、高下駄の音を青空に響かせている。

「何処の衆徒ぞ。強訴《ごうそ》を集団で働くつもりじゃな」と、想像した。

賑わう京から南へ離れた、ここ八幡《はちまん》の地でも武装した衆徒をよく見かける。彼等への興味を六郎太は次第に心の奥底に、重い錨を海底《うみぞこ》に落とすかのように沈めて、自分の仕事のことを考えた。

鋤床《すきどこ》の状態が良好なので、好ましい作柄が期待出来そうだが、稲の生育は余りにも天候に影響され易い。梅雨の季節の適度な雨、夏の充分な日照り、刈り入れ時の乾燥した青空など、どれ一つ欠けても豊作はおぼつかない。百姓の喜びをもたらす天候状態を一つずつ想像していると、嘆息が六郎太の口元に漂った。

「ご苦労じゃな」という言葉が、先程とは異なる対象に向かって心の中で呟きとなった。

米作りにはすっかり慣れているものの、今迄に豊作や凶作などを経験してきた。米作りは少なくとも五か月という長い時を要する。玉苗《たまなえ》を植えて、五か月間は毎日のように秋の豊作を夢みる。雑草抜き、水張り、虫取り、雀の撃退などに工夫を凝らす。畔道や狭い道で区切られた土地を見詰めて生活している。風が乾き、澄んだ青空の下での刈り取りは、それ迄の身心の疲れを忘れさせてくれるものではある。

だが、六郎太は幼い頃から荘園で田堵《たど》という百姓を始める迄の、様々な生活を懐かしく感じる。恐らく、六郎太の身の回りを見渡しても、六郎太のような変化に富んだ生活を経験した者は少ないだろう。妻、みおの父であり同居している秀伍《しゅうご》は、子供の頃から、百姓以外の仕事や生活は、味わったことがない。だが、秀伍は田堵の仕事に満足して、荘園という限られた空間で穏やかに生活する。

六郎太は荘園で名主《なぬし》の下に田畑を耕し、収穫物の米や野菜を名主に納める田堵ではあるが、荷物の運搬業をも兼ねる。荘園内の田畑が他の荘園と隣り合う。更にそれが広がり、全く見知らない土地へと広がる。そのような遠く離れた所へと荷物を運んでいる。田畑以外の世界を見聞することにも興味を覚える。それは六郎太の生来の好みかも知れないが、二十歳前後の年齢での経験が、そのようにさせてもいるのだろう。

百姓としては居住する土地と働く土地が同一地域になるものの、遙か遠い所へ荷物を運搬することに強い興味を持っている。身体が大きく腕力にも凄味があるので、粗暴な男にも同等に渡り合える。荘園とは反対の方角にある男山の西南に広がる地域に、刀鍛冶師が数人、住んでいる。彼等の一人に依頼して作って貰った刀を護身用に使っている。運搬人として働く時は、右腰に携える。武家が使う刀より随分、軽いので長時間、振り回しても、腕や肩への負担が少ない。十年近く運搬業を兼ねている。

山賊と刀を交えたことは数度ある。賊には隙を見せてはならない。彼等は皆、六郎太に背を向けて散ってしまった。そのことは、六郎太に自信をもたらせたものの、決して油断はしていない。追い剥ぎや山賊に大きくて黒い恐怖心を、それ程、覚えないのは、二十一歳の時の経験が、そのようにさせているのかも知れない。運搬業は危険と背中合わせであるが、危険は百姓にも空気のように常に付き纏う。

土を掘り起こす作業をしている牛が、急に威切り立ち、周りにいる人々に角《つの》や頭をぶつけたり、踏み付ける事故がしばしば起きる。あばら骨を折られたり、喉骨を潰されて死傷する人々が絶えない。

実入りだけを考慮するのなら、百姓仕事よりは、馬の背に荷物を載せたり、荷車を結わえての運搬の方が、確かなのである。百姓仕事は舅《しゅうと》と姑《しゅうとめ》、妻と二人の子供を養う六郎太にとって、凶作への不安が否めない。不確かという棘を持つ衣を着ているのに等しい。そのような思いに浸ると、深刻な表情を浮かべて腕組をしていた。燕や雲雀、それに雀の鳴き声も感じられなくなっていた。暫くすると、半月程前に念相寺《ねんそうじ》の乗実《じょうじつ》和尚の口利きにより、職司《しきじ》（蔵人所《くろうどどころ》の下級役人）を務める権左《ごんざ》殿からの返事が気掛りになった。勿論、望みが叶えられる見込みは高くはないだろう。

田植えを終えた翌日には、荷物を淀川沿いに西へ進み、川を越えて北西へ槻之本《つきのもと》（大阪市淀川区塚本）の地へ、運び届けることになっている。その後、もし願い通りになれば、そこから遙か南の地、堺を訪れて荷物を預かり、紀伊国《きいのくに》へ運ぶことになる。

堺の村は仁徳陵に近い。仁徳天皇の死後、帝《みかど》の墳墓を造るために堺とその周辺の村々が中心となり、大勢の村人が臨時の税を支払うだけでなく、労役《ろうえき》も差し出した。壮大な陵墓を築くために数えきれない程の金属を用いた建設用具が、そこで生産された。それ以来、堺の村は金属を用いた農耕具や武具などを作る鍛冶師が、活発に槌《つち》の音を村中に響かせている。

「兎に角、運搬の仕事が欲しくての」と、日頃から、六郎太は周りの人々に口癖のように話していた。和尚はそのような願いを、堺に親戚が住み、名主の他に職司を務める権左に告げたのだった。権左は時折、堺の村に住む商家の親戚を訪れる。その時、親戚から遠方へ送る荷物が、運搬人に掠め取られたり、品物が粗悪な物と摺り替えられる事件が頻発していることを知った。

「遠くても構わぬ、信用出来る運搬人を紹介してくれぬか。さすれば儂だけでのう他の商家の者も喜んでくれようぞ。但し、紀北《きほく》（紀伊国の北部）をよう知っておる者が好都合じゃ。紀北の大きなお寺が上客ゆえ」と、商家の親戚から権左は頼まれた。そのことを上人は六郎太に告げたのだった。

六郎太は仕事が欲しかった。運搬の仕事は自然を相手にする農耕とは異なり、荷物を送り届けると必ず収入になる。「但し、紀北をよく知っておる者が好都合」という条件が六郎太の願いに大きな重石《おもし》が蓋を押さえるかのようにのしかかった。最近の紀北の様子は詳しくはないが、二十年前迄ならば「熟知」という言葉が当て嵌まっただろう。数日間、考えた後に商家を営む権左の親戚を信用させようと或る事を捏造《ねつぞう》した。石清水八幡宮《いわしみずはちまんぐう》を頂上に頂く男山が近くに聳える八幡《やわた》の村から、しばしば紀北へ荷を送り届けている、という作り事だった。和尚にはそのような偽りを胸中に押し隠したまま、権左に仕事への望みを述べた。その時、紀北へ荷を送り届けた実績表とでも言える記録を紙に詳しく書き付けた。運搬した年月日、届け先、荷物の内容などを盛り込んだ。馬を使って荷物を運ぶ仕事に就く者は、文字を読んだり書いたりは出来ない者が殆どである。だが、六郎太は若い頃、紀伊国にある寺で修行したことがある。だから、日常使う言葉だけでなく、仏道でのみ使う難解な文字にも通じている。

男山の山の緑が、太陽の動きにより刻々と色合いを変化させている。六郎太は異なる色調に時の経過を知った。

「お前さん、職司さんとこの下男《げなん》が先程見えて、今日中に来られたし、とのこと」と、女房のみおが六郎太の背中から話しかけた。

・・

「んっ、あっ、お前か。何っ、権左殿のところへ、と」と、六郎太は言って、みおへ振り返った。

「仕事が一段落すれば行って」

「んっ、うーん」と、六郎太はみおを見ながら立ち上って、尻を叩《はた》いた。

「みまに家へ帰るように伝えてから、権左殿の所へ参る。丈次《たけじ》は家に居《お》るのかの」と、先程迄、父を手伝っていた長男のことを尋ねた。

「『和尚さんの所へ参る』と、言うて出て行った」と、みおは答えた。

「上人から法話を聞いたり、字を教わっていようぞ。さすれば二人に家へ帰るように急がせるかな」と、六郎太は言った。

未《ひつじ》の中刻頃（午後二時四十分頃）だろうか。太陽の高さから、六郎太はそのように判断した。畔道の傍の小さな流れを田圃に引き入れるために土を砕いた数本の鋤や熊手《くまで》を籠《かご》の中へ入れて背負い、長い柄の鋤を手に持った。

真言宗を奉ずる念相寺は田圃からは東の方角の小高い丘にある。境内は周囲を瓦を載せ、壁土で出来た築地《ついじ》の塀で囲まれている。小さな山門を六郎太は潜《くぐ》った。開け放たれた本堂が目の前に見える。思った通り、丈次とみまは他の子供と共に正座して、本尊の大日如来座像に向かい乗実和尚の法話に聴き入っている。

六郎太を認めた住職は子供に向けていた眼差しを外して、軽く会釈した。六郎太は背負っていた籠をあわてて地面に降ろして、腰を折るようにして丁重にお辞儀をした。その時、折から乾いた強い風が、本堂の左から右へと、正面の廂《ひさし》を設けた向拝《こうはい》を吹き抜けた。その時、屋根の左右に吊り下げられた風鐸が、金錆びた低い音を立てて鳴り響いた。

「んっ」と、六郎太には一瞬、感じるものがあった。その音色《おんしょく》は、その昔、紀北は根来の密厳《みつごん》院《いん》で時々、聞いたことのある音色に酷似している。密厳院の風鐸と形や材質が同じなのだろうか。見上げると確かに形がよく似ている。

密厳院とは六郎太が傍近くで学僧を勤めた正覚房覚鑁《しょうかくぼうかくばん》上人が営む坊院であり、多くの学僧が真言密教を学んだ所である。

「よーく聞くが良い。稜法《りょうほう》、風鐸の音《ね》を。風《かぜ》に風鐸が応《こた》えておろう。風になびくことにより風鐸は自己の存在を知らせ、日々、健在であることを周りに示しておる。風鐸は因《いん》であり、風は縁《えん》よのう。内なる風鐸は外からの刺激を受けて鳴り響くのよのう」。そのような覚鑁上人の言葉を六郎太は、風鐸の音《ね》と共に思い出していた。

念相寺は頻繁に訪れているのだが、風鐸が奏でる音を聞いたのは、今日が初めてであることを思うと、六郎太は不思議に感じた。世界の中心であり、衆生《すじょう》（一般の人々）を引き付ける大日如来が本尊として祀《まつ》られている。念相寺も密厳院と同じ宗派の真言宗を奉じる寺であることを示している。

「和尚さん、あのような魚《うお》がおれば面白うご座いますな」と、みまより二歳位年長の娘が、乗実上人に近寄った。

「家の近くに池があって大きな鮒が泳いでおる。今度、釣り上げて和尚さんの話のように馴らしてみようと思うとる。鮒が飼《こ》うてる人に馴れて往来を犬のように付いて来ると、面白いな。和尚さんの話、ほんに楽しい」と、丈次は笑顔だった。七、八人の子供達は立ち去るのが惜しい様子だった。上人を取り囲んで口々に様々なことを同時に話しかけた。子供達は喋り終えたかと思うと、一人ひとり階段を下りて草鞋《わらじ》を履き、境内へと進んだ。

「上人様は仲々、お話し上手で子供に慕われてようご座るな」と、六郎太は勾欄《こうらん》に近付いて声を掛けた。

「なぁーに、愚僧はまだまだ修行中じゃ。いつもそのように自分に言い聞かせておる」と、上人は丸めた頭の後ろに右手を当てて謙遜した。

「ところで、どんなお話をなされたのかの。子供が楽しんでいたお話とは」と、六郎太は黄金虫が周囲の状況を探ろうとして、触角を伸ばして物に触れるように、興味の的を上人に向けた。

「なぁーに、昔、京《みやこ》に住むむさきなる御仁《ごじん》が、近くの小川を泳ぐ大きな鮒に餌をやってたんじゃ。すると、そのうちに鮒がむさきを見ると、胸鰭《むなびれ》や尾鰭を気忙しく振って餌を無心するようになっての。それでむさきが餌をやってる間に両手で掬い上げて地面に置くと、魚ははねまくってのう。それを御仁は魚が喜んでおる、と感じたのよ。地面は水中より温《ぬく》かろ。だから鮒にとっては地面の方が居心地がええのでは、とも思うたのよ。勿論、暫くすると川に戻してやったのじゃが。そんなことを繰り返してるうちに、大きな鮒は次第に水の外に居《お》ることに慣れての。そんでむさきの傍で居るようになったと。市《いち》が立つ日にむさきに付いて行くようになっての。周りの人達はむさきの魚を珍しがったものじゃ。

或る日のこと。市に行く途中に今にも死にそうな女の乞食《こつじき》が道端に倒れておったと。その女を見て鮒は頻りにその口で女の口元を突くのじゃな。むさきは魚がその女に自分の肉を食べさせるように指示してると思うた。そんで鮒に塩を振って焼き、乞食女に食べさせたのよ。さすれば女は一命を取り戻して元気になったとのこと。女は鮒に感謝して骨を埋めて墓を建ててやって、鮒を供養したのよ。折から日照りが続き旱魃《かんばつ》になって人々は食べ物が無《の》うなってしもうた。飢え死にする者が大路のあちこちに現れて、人の往来を妨げるまでになっての。そんな時、かつて命を助けられた女が鮒の墓に参って、手を合わせて昔の恩を思い出しておったんじゃ。すると、何やら食欲を刺激するような焼き魚の匂いが漂い始めた。食べ物を口に出来《でけ》ずに倒れておる人々が匂いを頼りに、墓の周りに集まって匂いのする墓の土を掘ったのよ。さすれば、うまそうに焼かれた魚が何匹も出てきたんじゃ。今にも死にそうな人々がそれを食べて助かったと」と、和尚は声の表情を豊かに子供に語って聞かせるように話した。

「わっはっは。そうでご座ったのか」と、思わず六郎太は大声で笑った。「面白いものでご座るな、和尚殿」と、続けた。

「ところで、そのような話は仏話にご座るのか。自分の身体を食べさせて他者を救う捨身《しゃしん》の話が」と、耳慣れない話を聞いて尋ねた。仏の道に修行を重ねた経験を持っているものの、六郎太にとって大きな鮒の物語は初耳だった。

仏陀の教えの一つに捨身《しゃしん》というものがある。飢えた虎の命を救うために、自分の尻の肉を食べさせるのである。自らの命を顧みずに他者を救うことを意味する。大きな鮒はまさにそれを語っている。

「なぁーに、仏話にはご座るまいて。愚僧の作り話よ。何とかして人をこの念相寺へ足を運んでお参りして貰いたくての。一人でも多くの人に仏陀の教えを知って貰うて、自分を鍛え他人に役立つ人になって欲しいんじゃ」と、乗実和尚は瞳を輝かせた。

その時、六郎太は和尚の人となりの核とでも言えるものを見つけたように感じた。子供の頃、この寺に短い期間ではあるが預けられたことがあった。その時、和尚は父親が住職の下で仏道に精進して次代を継ぐ僧として、修行に余念がなかった。寺小僧として掃除や賄《まかな》いを中心に働く六郎太に八歳年長の乗実は特に兄貴風を吹かすことはなかった。六郎太は乗実を穏やかで分別のある青年僧と見做した。仏道の世界は念相寺が醸し出す雰囲気のように邪念がなく、凛と張りつめている、と考えた。その思いは後になって、大いに変化するとは考えが及ばなかった。

更に念相寺は村に位置して、荘民《しょうみん》である村人に開かれた寺である。狭い田畑を領地として与えられて、米や野菜を育ててはいるものの、それだけでは寺は維持されることはない。村人の布施《ふせ》や寄附により辛うじて保たれている。だから乗実和尚は村人の心を動かせて、関心や興味をそそらせることを常に考えなければならない。六郎太が六年、修行した高野山と根来《ねごろ》の地（和歌山県岩出市）にある寺院とは根本から異なっていた。そんな違いを考えて、少し深刻な思いに浸っていた。

「それはそうと、六さんは権左殿から聞いたかな」と、和尚は尋ねた。

「いいえ、まだ。多分、そのことかも知れませぬが、これから権左殿宅へ参るところ」

「左様か、左様か」と、和尚はにこやかな表情を浮かべた。

十三歳になる丈次は境内の地面に小枝の先で、何やら文字を書いている様子だった。九歳のみまは六郎太に近付いて手を取った。

「六さんの子供は、ああやって文字を書くのが好きでの。寺へ来てはよう書いておる。これも血筋じゃな」と、和尚は言って、丈次の方を見やって眼を細めた。和尚は六郎太が高野山と根来の寺で、十余年間、修行したことは知っているものの、僧を辞めて還俗《げんぞく》した理由は知らない。多分、若い頃の一時期を人生修行のために僧籍に名を連ねたくらいに考えているのだろう。六郎太には真実を和尚にきちんと伝える機会が今迄になかった。和尚も知ろうとはしない。

六郎太は現在でも仏典を誦み、写経をする。百姓や運搬業者には文字を読み書き出来ることは、不要である。だから乗実和尚には六郎太は興味がそそられる人物なのである。

「さあ、丈次とみまは家へ帰ろう。父さんは用事があり知り合いの家へ行かねばならぬから、丈次はみまに気をつけて」と、六郎太は境内のほぼ中央にいるみまに、丈次が気を配るように注意した。二人を見送ろうとした。すると和尚が六郎太に声を掛けた。

「六さん、子供二人だけで家へ帰らせるのは危ないかも知れぬな。去年、後白河天皇と崇徳上皇が争うて、崇徳上皇が讃岐へ流されなさったのを覚えておろう。あの事件があってから、平清盛と源義朝という武士がとかく国の政治《まつりごと》に口を挟むようになったと。そんで二人の家来たちも町人《まちびと》や村人に大層、横柄に振る舞《も》うておる。京《みやこ》ではいろいろ物議を醸し出しているそうな。京に住む人々は、人心が荒れなければ良いが。ここ八幡《やわた》は京から離れているものの、武士が頻繁に行き交う所ゆえ、我等は気を引き締めねばの。子供をさろうて遠国《おんごく》へ売り飛ばして金を得る不届きな輩が増えねば良いがの。だから、六さん、子供は親が家へ連れて帰った方が良いのではの」と、和尚は二人の子供の方を見やった。

「和尚、かたじけない。そのように致す」と、六郎太は世の中の不穏に思いを馳せて、丈次とみまの手を取った。

寺から下る途中、切り通しの小径《こみち》を通る。樹木と苔の匂いが漂い、両側に鬱蒼とした森が広がって昼間でも仄暗い。「人心が荒れなければ良いが」との住職の言葉を何度も耳の奥に蘇らせながら、重い籠を背負い、長い柄の鋤は丈次に携えさせ、二人の子供の手を引いた。道すがら、丈次の将来を考えた。

丈次は今、十三歳である。六郎太は子沢山の貧しい家に生まれたので、丈次の頃には既に二つ目の寺で寺小僧として働いていた。自分で仕事を選んだのではなかった。そのことを考えると、丈次は親元で暮らせているので、恵まれてはいる。普段は両親の野良《のら》仕事を手伝い、六郎太が運搬の仕事をする時、近距離の時は同行させている。だが、いつ迄も今の状態を続けさせることは出来ないだろう。もう少し年をとると独立しなければならない。同じ荘園で田堵として百姓をするのか、他の道を歩むのかを決める時がやって来る。その時は、遠い将来を見据えて満足出来る人生を送ることを、父親として望む。

自身のことを考えるのなら、六郎太は田堵と運搬人を兼ねるので、土の匂いを嗅ぐだけでなく、他の土地の風にも触れることが出来る。二つ以上の異なる世界を飽きることなく見詰めることが出来る。更にそれらの他に、幼かった時のことと、青年時代の波風が奇妙な世界として再現出来る。丈次にも様々な世界を経験させてやりたく思う。

板戸を三回続けて叩き、少し間を置いて一回叩き、更に短い間を取った後、続けて三回叩いた。その都度、板戸の杉板が浮き上った。それは帰った合図だった。

「お帰りなさい。随分、早かったの」と、みおは少し驚いた様子を眼に込めた。

「子供を連れて帰っただけぞ。権左殿へはこれから行く」と、六郎太は言って和尚の助言に従ったことを付け加えた。

「仕事を貰えれば嬉しいの」と、みおは口元を緩めた。笑窪がにこやかに見えた。

職司であり名主でもある権左の家は、六郎太の家から西へ五町程（約五五〇メートル）離れた所にある。周囲を平坦で広い田圃に囲まれている。六郎太は大きな黒い門を潜った。鎌を井戸水で洗っていた下男《げなん》に用件を告げて、取り次いで貰った。下男から用件を伝え聞いた女中の後について行き、母屋《おもや》の玄関へ通された。権左は程なくうす暗い板間に現れた。少し遅れて妻が入室した。六郎太は腰を充分に屈めてお辞儀した。

「いつもお世話になっておりまする」と、六郎太の声は明瞭だった。

「六郎太、そこの三和土《たたき》に腰かけられよ」と権左の指示を受け、六郎太は進み出た。板間へ上る手前のざらついた板で出来た三和土に腰を下した。板間の奥で膝を崩して座る権左を、上半身を捩《ねじ》る恰好で見詰めた。

「過日の儂の頼みに六郎太が申し込んでくれたことについて知らせたく思うての。儂には堺の村で商いをする縁者が居《お》って、様々な品を扱《あつこ》うておる。畿内《きない》（近畿地方）のいろんな所へ荷を送るのじゃが、時に不都合が起きての。それで縁者が損害を被《こうむ》り、困る時がある。そこで荷を運ぶ者は堺から遠方に住む者であっても構わぬとのことで、六郎太の耳に入れたのじゃ」と、権左は語り始めた。

六郎太は今の内容は仕事を得るために、運搬業者として運搬記録を数か月以前に、権左へ渡した時にも本人から聞いたことである。それに乗実和尚からも伝え聞いていた。今回で三度目になる。ところが、今、初めて聞く振りをして権左に相槌を打った。仕事を得たい。よって「そのことは何度も聞いてご座る」と、切り出して権左に不快感を与えたくない。

「はい、左様でご座いまするか」と、初めて耳にするかのように明るい声で、言葉を選んだ。

「六郎太は根来へ何度も荷を運んでいるらしいの」と、権左は上半身を乗り出すような恰好になった。

「はい、左様でご座います」と、仕事を得ようとして事実と異なることを落ち着いて答えた。

「一番近いのはいつであったのか」と、権左は詳細を確かめようとして声を響かせた。

「四月二十一日でご座いました」と、即座に日付が口から飛び出した。それは権左に手渡した記録の日付と合致している。

「そうか」と、権左は記憶の中にある日付を思い出して、一致していることを確かめている様子だった。

「ならば、運搬を頼もうぞ。堺の縁者は『信用のおける者なら、遠近は構わずに依頼したい』とのことよ」と、再び上半身を乗り出した。

「有難くお引き受け致しとう存じまする」

と、六郎太は三和土の下の土間に両手を付き、額が土に触れるかのように感謝を表わした。

「荷主の名と運搬日、荷物の内容等の委細はこの依頼状に書かれた通りじゃ」と、権左は妻に手渡した。妻は三和土へ進み身体を屈めて六郎太に渡した。その依頼状は紙屋紙《かみやがみ》が使われていた。一度使った紙を漉き直した再生紙で、墨の色が残り灰色を帯びている。

六郎太は文字を判読するには貧弱な光の中で、一通り読んだ。太い筆跡で書かれた文字は所々、潰れているものの意味は読みとれた。荷車一台分位の荷物であるのだが、運搬料が相場の一・五倍位、多い。その高さに気分が高揚した。だが、その感情は表情に見せなかった。

「頼んだぞ」と、権左は力を込めた。板戸を妻に開けさせて去った。

六郎太は身体を縛っていた緊張という紐を解いて立ち上り、母屋を後にした。まだ蒸し暑い夏の季節には遠いのだが、背中には汗が吹き出ていた。仕事を与えられることを切望した余り、心と身体が硬ばっていたのだろう。門を出ると折からの風が爽やかだった。

太陽が西の丘陵地に沈む迄には、一時半《いっときはん》（約三時間）があるようだった。六郎太は妻の両親と親子四人が揃って今日も夕餉を摂ることが出来ることを感謝した。大日如来の姿を観想して祈りを捧げた。

一部の高い位に就く人々を除いて、一般の人々は太陽の動きと共に生活する。太陽が西に沈む頃には夢路を辿り、朝日が東の空を赤黄色や赤紫色などで染め始めると、一日の生活を開始する。夜に起きている習慣はない。荏胡麻《えごま》からとった灯《あかり》用の油や蠟燭は余りにも高価である。それらは六郎太にも必要ではない。

小さな膳には鰺の干物と、ゆがいたしろ菜、それに蓴菜《じゅんさい》を入れた小さな椀が並んだ。しろ菜は畑で育てている自家栽培の野菜であり、蓴菜はみおが近くの池で腰迄、浸りながら摘んで来た。しろ菜は塩と酒を振り、水分を多く含む蓴菜は濃い味の金山寺味噌を付けて食べる。

「ほんに今日の夕餉も美味しいの、みお」と、背中が丸くなった義母のみとは、膳に身体が被さるようにして箸でしろ菜を口に運んだ。義父の秀伍は黙って頷きながら、歯が全て抜け落ちた口を動かしていた。

「父上《ちちうえ》、儂は美味なる夕餉をいつも作ってくれるみおに有難く思うておりまする」と、六郎太は秀伍を見た後、すぐに義母へ眼を向けた。

「根来へ荷を運ぶ仕事、相場の一・五倍の賃料が貰える。勿論、この八幡《やわた》から見れば遠国《おんごく》の堺から根来へ運んでやっと貰えるのじゃが。丈次、一緒に付いいて参れ。丈次には初めての長い道のりじゃが。それ迄、自分の身体に気をつけるだけでのうて、馬の調子にも心配り致せ」と、六郎太は丈次に望みを託した。

「その根来とは父《とと》さんが昔、住んだことのある根来でご座るのか」と、丈次は瞳に小さな不安を込めた。

「左様、和泉の南の端、葛城《かつらぎ》の山々が連なり紀伊国へ入った根来ぞ」と、六郎太は絵図（地図）を思い浮かべた。

「堺からその根来へはどれ位の日がかかるのけ」と、距離感が分からない丈次は尋ねた。

「そうじゃのー、天気《てぃけ》、馬の様子それに道の状態により変わるのじゃが、一日半はかかるかのう。途中、どこか、寺で一泊した方が身体には楽じゃな」と、六郎太は丈次に言って、すぐにみおを見た。みおは丈次を見詰めていた。

「しっかり父《とと》さんの言うことを守り、荷物を送り届けるが宜しかろ、丈次」と、みおは夫に同調して息子を励ました。

「兄《あに》ちゃんは遠国《おんごく》へ行ってしまうのかえ、母《かか》さん」と、主食である雑穀の中に含まれる稗《ひえ》の粒を口元に付けながらみまは尋ねて、すぐに丈次を見た。兄が家を去ってしまうと感じて不安に襲われたようだった。

「心配せんで宜しかろ、みま。兄《あに》さんはおらなくなったりはせぬ。しばしの間、父さんと共に少し遠い所、紀伊国《きぃのくに》へ荷物を届けに行き、家《うち》を留守にするだけぞ。すぐに戻ろうぞ」と、みおは娘を安心させようとした。

「そのう、六さん、賃料が相場よりも随分と多いのは、何かあるのかもな」と、ひたすら食べることに専念しているような秀伍が、口を開いた。

「何もなければ宜しいのじゃが。何でしょうな、何かいわくがご座いましょうな。もし荷の一部でも被害があれば運搬人の儂が賃料の百倍の額を弁償させられるとかの。何もない普通の荷ならば、はるばる京《みやこ》に近い八幡《やわた》に住む者に託すことなどありませぬ。それとも余程、この儂が気に入られたのかと」と、六郎太は自慢気に言ったことに気付いて、言葉を止めた。

「安心して荷を任される、と信用されたのよ」と、みおは合いの手を入れるかのように、言葉を挟んだ。

「左様、刀や短い槍や弓矢かもな。大勢の敵を殺傷する程の武具がたんと（沢山）」と、六郎太はみまを脅かそうとする茶目っ気を故意に込めて、笑い顔になった。

「怖い怖い、おお怖」と、みまは一瞬、首と肩を小刻みに震わせた。妻の表情に六郎太は一層、大きな笑顔で応えた。

「じゃが、不思議よの」と、六郎太は真顔になった。

「堺から根来迄は往きと復《かえ》りで、それぞれ一泊するので四日の道程で、遠いのじゃが。運搬料を相場と同じ位に下げれば、このように儂や皆に品物が何であるのか、疑われることがなかろうに。なんで疑われる程、運ぶ者が喜ぶような高い賃料にするのかの」と、六郎太は酔った筈の男が急に酔いを醒ましたような表情になった。

「ほんにそうですなぁ、あんた」と、みおは表情を戻して相槌を打った。

それぞれの小さな膳の前で一家六人が団欒を楽しんでいると、玄関の板戸を叩く音が家族の話し声の間を縫うように聞きとれた。

「儂が出る」と、六郎太は立ち上った。妻のみおが応対すると、時には女であるために用を告げる人物に不快な思いをさせられることがある。見も知らない男や女が物乞いをする。宿を借りたい、と願い出る時もある。それらの人物と押し問答することはみおには面白くないのである。

「どなたかの」と、六郎太は土の床に降りて尋ねた。

「六さんか、文《ぶん》の助《すけ》ぞ」と、声がした。文の助は一緒に田植を行う家の主《あるじ》である。

「ああ、悪いな、夕餉時《どき》に参って。一刻も早《はよ》う知らせておこうと思うてな」と、食事中の家族の様子を知って、息を詰まらせながら切り出した。急いでやって来たのだろう。

「済まぬな、三日後の田植えの時の田楽《でんがく》を頼んでいた二人が、早馬《はやうま》に当てられて怪我をしてしもうた。とても鉦《かね》や笛、鼓など出来ぬとのこと、済まぬ、済まぬ」と、文の助はきまりの悪さを表わした。

「えっ、えー、そりゃ大変じゃな、怪我をさせられて田楽が奏でられぬとなれば」と、六郎太は怪我の程度に言い及んだ。

「文さんが詫びることはない。よう知らせて下さった。有難うよ」と、六郎太は礼を言った。

「酒でも飲みなさるか」と、六郎太は誘ってみた。

「夕餉時などで悪いな、また別の時にでも・・・・一献《いっこん》、傾けようぞ、今日のところは」と、文の助は背中を向けた。その時、米糠の匂いがつるばみ色（薄茶灰色）の小袖の着物から放たれた。文の助は風呂上りだったのだろう。身体の汚れを米糠でよくこすって、身綺麗にしたに違いない。

「あんた、田楽が出来ぬとならば困りますな。田植えの時に秋の豊作を神様に祈って音曲を奏でてくれる人が無《の》うては。神事《しんじ》をしてくれる人がいないとならば、玉苗を植えていても拍子抜けしますな」と、みおは箸を暫くの間、休めた。

「ふむ、儂の方で捜してみるか。それとも今年は田楽を取り止めても良いが」と、返事した。

義父母は二人のやりとりを黙って聞いている。

「やはり田楽は人に頼んでやって貰いとう願いますな。神様に祈って豊年万作を叶えて貰いとう思います」と、みおは瞳を輝かせた。

「そうじゃな、明日、心当りに頼むことと致す」と、六郎太は答えた。


三日後の早朝、六郎太は西の空の雲行きが気掛かりだった。文の助の家を訪れ、その旨を告げて田植えの開始を急ぐことにした。重い瞼をこする丈次とみまは母親にせきたてられて、朝粥を梅干しと共に掻き込んだ。家から一町程（約一一〇メートル位）南にある田圃へ何度も往復して、荷車で農耕具と苗床を母親と一緒に運んだ。文の助の家族五人も忙しく働いた。空は雲が幾重にも重なった大木の葉のように厚みを増して、薄暗くなり、涼しい風が吹き始めた。六郎太が音曲を依頼した若い男女はまだ現われない。天候の変化を考慮せずに前もって約束した卯《う》の中刻（午前七時頃）に来るのだろうか。

「文さんとこは五人、うちは四人じゃ。負担をかけるが、今日一日、宜しくお願い致す」と、六郎太は言って苗床を田圃の数か所へ持って行こうとした。

「いや、こちらこそ。一日と言わず、午前中に終わるじゃろ。取りかかるのが半時（約一時間）は早かったゆえ」と、文の助は六郎太に言って自分の娘を見た。十四歳になる娘は七年程前に亡くなった母親役を務めている。父親を助けて野良《のら》仕事だけでなく、父親と二人の弟と妹の身の回り全般を甲斐甲斐しくこなしている。

「丈次はあの苗床を置いた所から、みまはそちらの苗床の所から植えてくれるかの」と、六郎太は指示した。

「あんた、まだ田楽囃子が聞こえないので、気が抜けますな。いつもだと、準備をしようと家を出たら、すぐお囃子が風に乗って家近く迄、聞こえましたのになあ」と、みおは玉苗を少しずつ右手で分け始めた。

「若者ゆえ、自分達の役目をまだ充分に、会得《えとく》していないのかもな」と、六郎太は自分の持ち場に行こうとした。だが、足は水が張られた田圃に奪われそうになり、太股に力を入れて足を抜こうとした。その時、下帯がずり落ちそうになった。

「おおっ、褌《ふんどし》が落ちそうじゃ。みおっ、済まぬがきつく締めてくれるか。前をしっかりと隠しておかねばの」と、身に付けた唯一の布である下帯の具合が気になった。

「そう。ではきつく締めようかの」と、みおは六郎太の前へ回った。六郎太の大切なところを左の掌でやや強く押さえ、麻布を充分広げてから、後へ回って紐を短く結び直した。

「あんた、これで前はしっかりと留まっておるじゃろ。ぶらつかぬな」と、背の高い六郎太を見上げた。

「強く留まっておる。これで力が入ろうぞ」と、六郎太は満足気だった。

丈次とみまは両親のそのような会話と仕草は知らずに、ひたすら苗を泥土に差し込んでいる。

六郎太は半時程、屈み続けて苗を何列も規則正しく植え続けた。広い田圃に風がそよぐと、若緑色《わかみどりいろ》の若芽が顔を覗かせているように見える。丈次は辺りに不安気な視線を撒き散らせて、暫くの間、立ったまま身体を休めている様子だった。みまは六郎太の方へ疲れ切った表情を見せながら近付いて来た。

「父さん、しんどう（しんどく）なったので休んでええじゃろ」と、ねだるように言った。

「うん、田圃から上って石の上にでも腰を下ろすがええ」と、指示した。

文の助の家族は長女がひたすら精を出していた。だが、他の子供達は飽きたのだろうか、田圃の土を手に掬っては、お互いに投げつけてじゃれていた。

「まあ、今頃、来たのかえ。随分、ゆっくりよの」。そんな内容の言葉を言ってるのだろう。みおは呆れた顔を田楽囃子の二人に見せているのが、遠く離れた六郎太には想像出来る。若い二人はみおに頭を数回下げて、遅参を詫びているようだった。

六郎太は再び、若苗を泥土の中に植え始めた。みおも同じ作業をしていた。やがて横笛が速度の速い音を畔道から田圃の方へ放ち始めた。みおは囃子の音頭に乗って、軽やかに苗を植えている。

小さな雨粒が田圃に吸い込まれるように落ち始めた。

「父さん、母さん、雨が」と、丈次は大きな声を張り上げた。

「もうすぐで終わりそうじゃ、続けようぞ」と、六郎太は雨音に負けないように答えた。文の助も同じように自分の子供に言った。

「これ以上、囃子を奏でることは出来ませぬ」と、横笛を袖で包みながら若い女が六郎太の方へ叫び、すぐに背中を向けた。近くにある粗末な物置き小屋ではなく、かなり離れた松の大木の方へ走って行った。自分達とは関わりたくはないのだろう、と六郎太は直感した。雨が懸念される朝には、地面に突き立てる長い柄の付いた雨傘を用意して、その下で田植えが終わる迄、音曲を奏でるのが慣わしではある。そのことを考えれば、あの二人は職業人としては失格ぞ、と六郎太は考えた。

「父さん、蛭《ひる》にようけ（沢山）血を吸われて痛い、痛い。もうこれ以上、我慢出来ぬ」と、みまは泣き顔になって近付いて来た。左右の踝《くるぶし》やその近くを数箇所、吸われて血が滲んでいた。

「左様か。ならば上《あが》って休むがええ（良い）」と、六郎太は言ってみおを捜そうとして、視線を辺りに放った。

「みおっ、つわ蕗の葉でみまの手当てをしてくれぬか。蛭に相当、喰われた」と、六郎太はつわ蕗の葉を擦り潰して葉汁を傷口につけるように声を張り上げた。

「うーん」と、元気な声が戻ってきた。

小雨になった頃、田植えは終わった。六郎太は深い川で素潜りをしたかのように、全身から水滴がしたたり落ちている。

「六さん、最後迄ご苦労じゃったな」と、先に田圃から上っていた文の助が雨よけに被った笠を上にあげて六郎太を見た。

「文さんこそご苦労様じゃ」と、六郎太は感謝した。

「あんた、ちょっとこっちへ来て下さらぬか」と、みおは雨を避けて留《とど》まっている物置き小屋の中から手招きした。六郎太は遠くの松の大木の下で雨宿りを続けている若い二人を見やりながら、みおに近付いた。

「田楽の二人に渡すご祝儀のことか。それなら油紙に包んである。太宝通宝四十枚でいいじゃろ。朝、我等は半時早く野良仕事を始めたが、奴等は多分、約束の卯の中刻よりもかなり遅う参ったと思うが」と、六郎太は油紙の包みを入れた箱を指し示した。

「それに雨が降り始めたら、あの若者達、いち早《はよ》う雨宿りして幾らも長《なご》うお囃子を奏でてはおりませんのう。春の田植えでは文の助様ではのうて、我等がご祝儀を振る舞うのじゃが、そんな銭はもったいのう思いますなあ。田植えは我等にとり真剣そのものぞ。だから囃子がええ加減であっては許しませぬぞ。だから働き加減に合わせて支払えば宜しかろ。銭など渡さず、そこに植わっておる牛蒡《ごぼう》と慈姑《くわい》をやればええと思う」と、みおは小屋から出て畔道の傍に植えてある慈姑を十本ばかり抜いた。若者達を振り返り、こちらへ来るようにみおは手招きした。

「お囃子、有難くご座った。じゃが、遅参し傘も携えず、雨に濡れてほんに出番は少のうご座った。それ故、ほんの僅かで済まぬが、これを持って帰って下され」と、みおは先程抜いた牛蒡と慈姑を菰に巻いて差し出した。

若い女は貨幣による報酬を期待していたのだろう。明らかに不満気だった。

「そっ、そのー、このようなものでは」と、口元を尖らせた。若い男は彼女を助けた。

「ご主人様が二日前に『急に頼んで済まぬ』と、言うたので来てやったに。ご祝儀は弾んで貰えるのが当り前ぞ、こんな時は」と、期待外れの表情を露わに浮かべた。

「あんた、お囃子を頼んだ時、ご祝儀の額を言うたの。たんと弾むと言うたのかえ」と、屋根から時々、落ちる雨粒を顔に受けて、みおは六郎太を怪訝そうに見た。六郎太は首を横に勢いよく振った。その時、若者に報酬額を前もって告げなかったことに安堵した。このように自分の考えを強く主張するみおを、これ迄、見たことがなかった。

「今日のところはこれでお願い申す。刈り入れの時、またお二人にお願い申し上げ、その時はたっぷりとお礼を致しましょうぞ」と、みおは二人がこれ以上、不満を言い続けられない位、深々とお辞儀した。

若い女は慈姑の若芽と牛蒡が巻かれて入っている菰をみおからもぎ取るように受け取った。

小屋の中での小さな嵐が去って、六郎太はほっとした様子を見せた。

「ほんに、あんた、近頃の若者はろくすっぽ（きちんと）働かずに銭だけを要求するのでご座いますな。それとも去年迄の囃子方《がた》の人達が良過ぎたのでご座いますのか。それにしてもあの若い二人はひどうご座った。そう、ひどうご座った」と、みおは自分の言葉に納得したように頷いた。

「空模様を判断して気を効かすことをせず、遅参した上、大きな雨傘も持って来なかった。だから雨に濡れるのは当り前ぞ。あの二人は今どきの若者じゃな。それとも、いつの世でもそうかも知れぬな。儂等も若い頃はお前の両親のような年の人からは同じように思われたかもな」と、六郎太は感慨を込めた。

「そんなものかえ」と、みおは夫の言葉に若い頃の自分を重ねた。

「秋の刈り入れの時もあの二人に来て貰うのか。みおは先程、言うていたのう。秋はたっぷり、お礼をするとも」と、彼等には依頼したくはない六郎太は尋ねた。

「あんた、あれは言葉の綾ぞ。誰があんな擦れて世慣れした若者に頼もうぞ」と、みおは言葉に力を込めた。

「ふーん、お前は頼もしうなったのう」と、六郎太は妻の様変わりを強く感じた。

「この分だと、明日《みょうにち》は晴れでしょうな」と、みおは空を見上げた。

「遠国へ出立《しゅったつ》の日ぞ、明日は。晴れて欲しいのう」と、六郎太は望みと意気込みを言葉で表わした。

「さあ、お前たち、荷車にその辺りの物を積んで、帰る仕度をしようぞ」と、六郎太は子供を促した。

田植えを終えた六郎太は明日、早朝からの運送のことを思い描いていた。馬の体調、丈次と自身の具合など、一つひとつ長い道程を凌げるかを検討した。

「雨が止んで六さん、ようご座ったな」と、秀伍は家で出迎えた。

「朝早《はよ》う始めたので、早う終わり申した。これから明朝の準備を急ぐことに」と、義母から渡された布で濡れた身体を拭いた。

「太助《たすけ》は食欲も充分あって体調が良さそうじゃ。藁《わら》も筍もよう食べるし」と、馬の世話をする秀伍は伝えた。

「爺さん、有難く存じます。すっかり太助の世話をして貰《もろ》うて」と、三和土《たたき》に腰を下した。

「六郎さん、休む暇も無《の》う明朝から丈次と荷物運び、ご苦労様よの」と、義母のみとは土間に据えた竈《かまど》の傍から声を掛けた。

「七日分の乾飯《かれいい》（蒸した米を乾燥させた携帯食）は出立《しゅったつ》の時に渡そうぞ、丈次と二人分をの。梅干、にら、小魚の辛煮《からに》を持って行くとええ。もう準備は整えた」と、みとは付け加えた。

「婆々様《ばばさま》、有難く存ずる。何せ、往復に少のうても六日はかかろうぞ。丈次は初めてよな、六日かけて行って戻って来るのはのう」と、六郎太は息子を見た。

秀伍は馬の世話、みとは娘婿の仕事の手伝いに精を出している。二人は百姓を退いたものの家族として自分達で見出した役割分担をこなすことにより、六郎太夫婦の暮らしを手助けする。日頃、身体の状態に気を配り毎日を規則正しく送っている。秀伍は六十歳、みとは五十七歳になる。多くの男性が五十歳に届かずに命を終えていることを考えると、長命と言える。

「父《とと》さん、明朝、早う出発して一日目は淀川を越えて槻本郷《つきのもとごう》（大阪市淀川区塚本《つかもと》・つきのもと↓つかもと）へ行くのじゃろ。そんで、そこで一泊するんじゃね」と、丈次は椀物のにらを箸でつまみ上げた。

「そうじゃ、とにかくひたすら歩いて、早う荷を槻本郷へ運ばねばのう」と、頷きながら六郎太は焼き目が付いた蓮根を口に運んだ。丈次は父が運搬することを手助けするという自覚は持っているものの、荷物の内容については思いが及ばない様子だった。

「あんた、先に槻本郷へ荷を運んだ後は堺へ行って、別の荷を受け取って根来へ運ぶんじゃね。ほんでここからの荷物は今の時期ゆえ、いつものものかえ」と、みおは水飴と塩を用いて干椎茸の戻し汁の味を整えた澄まし汁を口に含んだ。

　六郎太は黙って首を縦に振った。八幡の地から北西にある京やその周辺では売り捌きにくい。売れば生産者、運搬人それに商い人が簡単に露見してしまう。百姓が名主に収穫物の名と量を正確に伝えずに誤魔化すことにより、収入を増やすのである。そのようにして臨時の収入を得ることにしている。そのことがもし、名主に見破られると秘匿《ひとく》しようとした百姓達は荘園領主である武家や豪族から大きな罰を受ける。また名主は荘民の不正を見抜くことが出来なければ、領主に糾弾されて重い科《とが》を受けることにもなる。

だから、名主の権左に感付かれないようにこっそりと、荷物を八幡の荘園から遠く離れた所へ運び出さねばならない。今回で何回、このようなことをするのかは、自身でも分からない位である。今回もうまくやりおおせるだろう、と自分に言って聞かせた。油断は出来ないが、それ程、神経を尖らせることもない。

「父さん、荷物は荷主のところで明朝、受け取るのけ」と、丈次はしろ菜を口に運んだ。

「んっ」と、六郎太は息子が運送の仕事に前向きな態度を示している、と感じて言葉を詰まらせた。

「んっ、うーむ。そうじゃ、明日、早朝にな。喜重《きじゅう》殿の所で荷を受け取るのじゃ」と、荷主の名を初めて息子に明かした。

喜重は六郎太より五歳年長の百姓で、六郎太より広い田畑を任されている。数人の百姓から余分の農作物を買い叩き、それらを集めて六郎太のような運搬業も兼ねる者に遠い地域へ運ばせている。摂津国《せっつのくに》・槻本郷には喜重の荷を買い集めて、それらをそこに住む人々に売る商人が集む。槻本郷は土地が痩せているために僅かばかりの天候異変により凶作が起き易い。そんな時、郷民《ごうみん》は食べ物に欠くことになる。商人は安く仕入れた農作物を高く売り、私腹を肥やしている。

これ迄に何度も六郎太は槻本郷へ荷を送り届けているが、今回、初めて丈次を同行させる。八幡の地から周辺の近い所へは引き連れているのだが、摂津国へは子供を引率することを危険と見做してきた。体力的にも困難であると考えた。だが、丈次はもう十三歳になっており、身長も伸びて大きく成長している。精神も強くなり、大人に近付きつつある。だから、今回のように遠国へ導くことにより、運搬人の仕事を充分、覚えることを六郎太は望んでいる。

「母《かか》さん、お代わり」と、丈次は木の飯椀《めしわん》を差し出した。みおは小さな驚きを顔に浮かべた。

「食欲も出て丈次はよう働くがええ。父《とと》さんの言い付けに従《したご》うてな。遠国への運搬、無病息災で戻って来い」と、秀伍は目を細めた。孫を見た後、粟、稗《ひえ》、黍《きび》という雑穀と麦、米が入った椀に箸を付けた。祖父にとっても初めての孫による遠国への仕事は、孫の成長に期待を寄せることになるのだろう。

丈次は猛烈な食欲があった。それを見ていると、六郎太迄もその勢いに感染するかのように思えた。田植えを済ませた家族の団欒《だんらん》は、摂津国・槻本郷から堺を経て紀伊国・根来への運搬の仕事に焦点が当てられていた。

丈次が気分を高揚させているのに反して、妹のみまは食が進まない様子で、静かで寂し気な表情を浮かべている。兄が家を空けることが明日に迫ったので、兄の不在を現実のこととして具体的に受け留めているに違いない。悲しさを募らせている。

「みま、どうおっ、しっかりお食べ」と、みおは食欲を促した。

「うーん、もうええ」と、ぽつりと言って、膳の前の姿勢を崩した。

「あんた。夕餉が終われば早く床に就いて」と、みおは夫の身体に注意を払った。

「そうじゃな」と、六郎太は返事した。「馬頭観世音《ばとうかんぜおん》様に長い旅の安全を祈ってからに致そうぞ」と、付け加えた。馬頭観世音菩薩とは頭上に馬頭を戴き、怒りの相《そう》を顔一面に浮かべて馬を外敵から護って、道行く者の安全を叶えてくれる。

夕餉の後、板壁に向かって正座した。両手で印《いん》を結び、観世音菩薩の姿を心の中で思い浮かべる観想《かんそう》に入ろうとした。丈次も父親の動作を真似て板壁に向き合った。

八幡の地を離れる前日に馬頭観世音菩薩を観想するのだが、丈次はその姿を思い浮かべることは難しいだろう。だから、その尊像を早く安置したい、と六郎太は考えている。京《みやこ》より大和に住む若い仏師《ぶっし》の手になる小さな尊像ならば、少しは安価であろう。尊像を家に安置出来るのならば、丈次は拝み易くなる。更に若い頃、仲間の学僧と寝居を共にした仏道の世界を丈次に案内することも出来る。毎日の暮らしが少しは楽になり、蓄えが出来るのならば、最初に馬頭観世音菩薩像を我が家に招きたい。

菩薩とは如来が持つ悟りの境地にはまだ達していない修行の状態にある。悟りを得た如来には大日如来、釈迦如来、薬師如来それに阿弥陀如来がいる。大日如来は真言密教での最高仏である。菩薩は数では如来を遙かに凌ぐ。中でも日光菩薩、月光《がっこう》菩薩、地蔵菩薩、勢至《せいし》菩薩、普賢菩薩、弥勒菩薩の名を六郎太はよく口元に蘇らせる。

「こうやっての、念相寺で見る馬頭観世音菩薩を思い浮べるのじゃ。観想するのよ。六道の一つ、畜生界《ちくしょうかい》を済度《さいど》する馬の守護神ぞ。観世音には珍しう忿怒《ふんぬ》の形相をな。頭上に馬の頭を戴き、牙を剥《む》き、眼を怒らせたお姿ぞ」と、六郎太は範を示した。時々、閉じた眼を開いて丈次の様子を見た。

「そう、そうじゃ」と、頷いた。

丈次が印を結んだ手は、大柄な父の手と比べると、如何にもかわいく見える。

「馬頭観世音菩薩の真言を少しずつ唱えようぞ。少しずつ唱和してついて参れ」と、六郎太は息子に告げた。「オン・アミリト」と、声を響かせた。「オン・アミリト」と、丈次は続いた。「ドバンバ」「ドバンバ」「ウン・バッタ・ソワカ」「ウン・バッタ・ソワカ」と、丈次は口移しで終えた。

「オン・アミリト・ドバンバ・ウン・バッタ・ソワカ」と、六郎太は真言をもう一度、唱えた。丈次も繰り返した。二人は四半時（約半時間）、真言を絶え間なく唱和した。そのうちにみまのかん高い声が聞こえるようになった。一番低い六郎太の声、まだ声変わりがしていない丈次の声、それにみまの声が混じった。処々、よく調和する協和音と互いに反発し合う不協和音が、六郎太の聴覚を楽しませた。それと同時に、六郎太は若い頃、高野山・大伝法院と根来・密厳院で修行を行った学問僧・稜法《りょうほう》を自身の中で蘇らせていた。

根来の山を下りて二十年が経つ。学問僧として過ごした六年間が懐かしく思い起こされるようになった。その生活の中に稜法という名を授けてくれた正覚房覚鑁《しょうかくぼうかくばん》上人（一〇九五［嘉保二］年～一一四三［康治二］年）が、生き続けているように感じられる。水晶玉のようにあでやかで様々に変化する光沢のある輝きを放ち続けている。その上人の傍で修行に励んだ日々の神経が張り詰めた生活が、今尚、心の奥底に重くて大きな位置を占める。それに加えて上人は修行を続けて、入滅したことに六郎太は畏敬の念に駆られる。

　上人は自らの修行と空海（七七四［宝亀五］年～八三五［承和二］年）がもたらせた真言密教を広めるために、様々な試みを行った。だが、尊い意志に反して、敵対者が現われた。彼等からの猛々しい攻撃を受けながらも、周囲の者には何ら不満を漏らさなかった。身体の安全が保てる紀北の地・根来の密厳院で学問僧に看取られながら、高僧としては四十八歳という若年で生を全うしたのだった。

　自らが引き起こした行為のために、上人の最期を看取ることが出来なかった六郎太には、上人の心模様をふさわしい色を用いて描くことは出来そうにない。そのことが六郎太にむしろ下世話な心配をさせるのだろう。上人は自分の生活に満足して生を終えたのだろうか。

　上人はどうしてあのような高野山からの非難に対して抗《あらが》うことなく、平然と修行を続けることが出来たのだろうか。一人の人間は生きている間に修行により、成仏《じょうぶつ》出来ると空海は説いた。それを実践しようとしても、矢を射かけられ、身体の安全が保てそうにない時には、諦めたり逃げ出すものだろう。だが、上人は全く異なった。どうしてだろうか。

槻本郷を目指し禁野、森口、江口、十三を通過

馬小屋に隣り合う鶏小屋では夜が明けきらないうちから、牡鶏が人間に起床を促すような鳴き声を上げていた。板の間の薄っぺらな蒲団で眠っていた六郎太は、一番鶏の鳴き声を聞くよりもかなり早く、暗闇の中で眼を明けていた。丈次は小さな寝返りを何度も繰り返していた。六郎太は寝床の中で両手で両頬を叩いて自身を奮い立たせようとした。押して開ける小さな窓の隙間から朝日の細い光が、それ迄の紺色の光に勝って赤黄色の色彩を放ち始めた。義父は褌姿で土間に下りて、甕の中から杓で水を汲み木桶に入れた。その音を六郎太は一日の始まりのように感じた。

「喜重殿の家へ行って馬に引かせる荷を繋いで出立する」と、六郎太はみおに告げた。八幡から枚方へ出て淀川左岸近くの道を西へ進む。更に森口（守口市）に入ってから淀川を横切り、江口の里（大阪市東淀川区南江口）へ行く。再び陸路を西へとって槻本郷に着く。そのように順路を頭の中で反芻した。

鋭利な刃を持つ護身用の刀を帯に通した六郎太は、やや短い刀を丈次に渡して腰に差すよう

に言った。それに加えて鎌を四本、遊行僧が携える錫杖《しゃくじょう》に似せて、中に細身《ほそみ》の刀を忍ばせたものを二本用意した。一本は丈次の護身用である。

「六郎さん、乾飯《かれいい》ぞ」と、みとは一旦、蒸した後、干した主食を葛《かずら》の茎で縛った竹の皮の包を幾つもみまと共に手渡した。

「はい、これ」と、みおは飲み水が入った木片で栓をした吸《す》い筒《づつ》と呼ばれる竹の筒を六本、みまに手伝って貰って丈次に渡した。

「おーおっ、有難うな。すぐ帰って来るから」と、丈次は妹を悲しがらせないように明るい表情を返した。

「自分達の食糧だけでもかなりの量よな。大変、大変」と、秀伍は朝日を受けて出立の準備をする二人にやさし気な眼差しだった。

「兄《あに》さん、これ」と、みまは小さな左手の親指と人差し指で挟み、お守りを示した。

「道中の息災を祈ってくれるのけ」と、丈次は言って、「有難うよ」と、続けた。妹の唐輪《からわ》に結った頭（毛髪を輪状にした子供の髪型）を、輪を崩さないように軽く撫でた。

「念相寺の乗実和尚さんに『兄《あに》さんも遠くへお仕事に行く』と、言うたらくれたの」と、高い声を弾ませた。みまは昨夜は気分を塞《ふさ》いでいたのだが、一晩眠って気持ちを落ち着かせたのだろう。

馬が秀伍により家の前へ引かれて来た。光沢のある栗毛色の太助《たすけ》は足取りが軽かった。

「踵《きびす》には昨日、新しい草鞋《わらじ》を履かせたばかりぞ」

「有難うよ、父上《ちちうえ》」と、六郎太は感謝の気持ちを声に込めた。

六郎太と丈次が履く草鞋の予備、薄い蒲団、護身用の鎌、馬の食糧としての蒸した後、干した大豆、嵩《かさ》高い稲と麦の藁等は六郎太の荷車に積み、固定した。夜、寝泊りする寺への謝礼の砂金は小分けして油紙でしっかりと包んで、丈次の懐《ふところ》にも入れた。六郎太だけの懐に入れておくのは賢明ではない。分散して保管する方が、より安全と言える。

折から、乾いた風が吹き始めた。男山の森から吹き降りる風は樹木の香りを撒き放っている。六郎太は芳《かんば》しい風を胸一杯に肺臓に吸い込んだ。遠国への荷物の運搬は家族全員により支えられている。感謝の思いが心の中に夏の青空に湧き上る入道雲のように次第に大きく形造られていった。

「それでは、みおにみま、父上、母上、七日後には戻れるかと。それ迄、つつが無《の》う暮らされよ。儂と丈次がその間、無病息災で過ごせるように陰膳《かげぜん》してくれろ」と、六郎太は一人ずつに視線を送った。

「うん、そうじゃな、ちゃんと二人分の飯《まま》を供え、陰膳しようぞ。安心しなされ」と、みおは野良仕事による日焼けした目尻に皺を寄せた。九歳になるみまは先程とは異なって、別れが再度、悲しくなった様子だった。みおの着物に顔を擦り寄せ、べそをかいている。

「それっ」と、自分にも言い聞かせるかのように六郎太は言って、太助が走り出さないように手綱を強く引いた。みまの姿に少し心が揺らいだが、振り払って丈次を見た。悲しみなど素知らぬ様子だった。これ迄は、父を見送る別れ際は、いつも涙顔だった。父親との別れは心細かったのだろう。だが、今日は母、妹、祖父母との別れであるのだが、寂しさを示さない。心も大きく太くなっているのだろう。そのように六郎太は感じて息子の成長振りを思いやった。

背中に浴びていた朝日が、脇腹を照らすようになったかと思うと、喜重の家へ着いた。

「おーっ、よう来てくれたの」と、喜重は辺りに険しい目付を放った。

「いつもお世話になり申す」と、六郎太は腰を折るようにしてお辞儀した。

「裏に回ってくれ」という喜重に従い、丈次を連れて馬を家の裏へ引いた。太陽の光が遮られた建物の裏には、苔が地面を覆い、二、三種類の異なる形をした羊歯《しだ》が濃い緑色を浮かび上らせていた。

太助を家の前の細い道の方向に向かせて、喜重による荷車をすぐ後ろに、六郎太達の小さな荷車をその後ろに繋いだ。丈次は六郎太が指示しなくても、指を巧みに動かして馬を繋いでいる皮紐を荷車に結わえた。

「六さん、これが相手さんへの送り状よ。儂の名も書いてある。いつも通り、運んでくれ」と、喜重は小声だった。六郎太は腰を屈めて丁重にお辞儀して、荷主へ感謝の気持ちを表わした。丈次も父を真似てぎこちなく頭を下げた。

「一つ、喜重殿、お願いがご座います。そのー、言いにくいのでご座るが、荷を届けるに当り運搬料を半分でも結構でご座います。先に貰えますれば、と思うて」と、六郎太は冷や汗を背中に感じながら頼んだ。

「んっ」と、喜重は一瞬、六郎太の言葉の意味することが分からない様子だった。

「お願い致しまする」と、背の高い六郎太は、喜重を見下す恰好で再びお辞儀した。

「んっ、んー」と、喜重は六郎太の真意がようやく分かったようだった。

これ迄は、六郎太は荷を送り届けて八幡の村へ戻ってから、届け先の受け取り証と引き換えに運搬料を全額受け取っていた。最近は武家が次第にのし上り、公家やその土地の豪族が所有していた土地を掠め取っている。周りの人々に自分達の所有権を認めさせるのである。そのような不穏な昨今を考えると、荷を受け取る人物がその土地に住み続けることが出来なくなるかも知れない。武家にその土地を追い払われることがあり得る。だから、少しでも早く安心出来る報酬が欲しい。そんなことを感じるのは、六郎太だけではないだろう。

その上、喜重とは係わりはないのだが、今回は槻本郷で荷を届けた後、淀川を渡って浪速《なにわ》へ入る。堺で別の荷を預かり根来へ下る。長い日数がかかるので危険が待ち受けているかも知れない。少しでも早く運搬料を手に入れて、みおに渡し安心させたい。

「お願い致しとう存じます」と、六郎太は執拗だった。

「仕方ないのう、それ程迄に六さんに頭を下げられては」と、本心は気乗りしていない。裏戸を開けて屋内へ入った。

六郎太は願いが叶えられることを確信して、満足気な表情を丈次に見せた。丈次は二人の大人の言葉のやりとりを黙って見ているだけだった。やがて喜重が裏戸を腰を屈めて潜《くぐ》って現われた。

「前払いぞな、この支払いは。予期せんこと故《ゆえ》、準備せなんだ。よってこれで良かろう。半額ではのうて四分の一じゃ。ならば受け取り証に名を書いてくれ」と、喜重は太宝通宝三十六枚を示した。

六郎太は懐に貨幣を入れて、証文二通に署名してから、一通を畳んで懐に入れた。証文は同じ形式、文言で書かれ双方が一通ずつ保管することになっている。

「無理をお願いして、済みませぬな。これも商いのうえでのこと。しっかりと荷を送り届けまする」と、六郎太は何度も腰を屈めた。

草鞋を履いた太助は静かに歩み始めた。

「父さん、どちらへ参るのけ、戻っとるの」と、丈次は不審顔を浮かべて六郎太を見上げた。

「そうよ、母《かか》さんに渡すのじゃ。必要以上の銭を持ち運ぶのは物騒よのう」と、丈次に理由を説明した。

「銭がなければ山賊や追い剥ぎに盗まれることはなかろう、安心致せ」と、振り向いて丈次を見た。丈次は二台目の荷車の左側で、手を荷車に当てて進んでいる。

「じゃが、盗む物がなければ命を奪われるかもな。斬り殺されるかも知れぬ」と、六郎太は続けて、「あっはっはー」と、空を見上げて空中に笑い声を投げ放った。六郎太の表情とは裏腹に丈次は不安な気持ちを隠せなかった。

家族に見送られて後、四半時程経《た》って家へ戻った六郎太一行は、みおに銭を渡して足早に八幡荘《やわたのしょう》を去った。

「いつもなら一人で運ぶのじゃが、このたびは丈次が一緒なので安心ぞ」と、丈次へ振り向いた。丈次は父親を見上げた。

男山の西部の麓に広がるなだらかな坂を下りながら、淀川の対岸の北に聳える天王山を右手に見て進んだ。

「丈次、くれぐれも追い剥ぎや山賊に気を付けよ。身の危険を感じれば、とにかく刀を振り回せ。但し、自分で自分を傷《あや》めないように振り方は注意ぞ。もし儂が斬りつけられれば、とにかく逃げて近くの人に助けを求めよ」と、六郎太は手綱《たづな》を引きながら後ろを振り返り、更に周りを警戒した。

「人に助けを求めるなら、助けてくれましょうか」と、丈次は軋《きし》む荷車の音に負けまいと、大声を出した。六郎太はその問いに一瞬、返事を詰まらせた。恐らく危険を顧みずに助けようとする者はいないだろう。丈次が人の性質を見抜いていることに六郎太は父親として驚きを感じた。

西へ進み始めて一時半《いっときはん》位経ったただろうか。辰《たつ》の中刻《ちゅうこく》（午前九時半頃）になっているに違いない。

「風の匂いが変わってきたのが分かるかな」と、六郎太は丈次に尋ねかけた。

「ふーん、匂いが何故か濃くなっているように感じまするが父さん。それに森の緑も深くなってるのが、左手に見えまするな」と、丈次は四方を見渡して、森の色合いの違いを発見したようだった。

「その森を通り越えた辺《あた》りで太助に餌をやって、儂達もしばし憩うことにしようぞ」と、六郎太は喉の渇きを感じた。やがて細い道の幅員が広がり、整備された道を少しの間、辿った。すると百姓にしては身なりがこざっぱりしていて、むしろ厳《いか》めしい表情を浮かべる男が二人、立っていた。

「仲々、今日は良い日和でご座いますな。お役目、ご苦労様でご座います」と、六郎太は声を弾ませて話しかけた。二人の男はどちらも無表情を六郎太に返した。

「父さん、先程の人達は知ってる人達じゃったのけ。父さんが声掛けしても一言も言わんかったが、いつもあのようなのか」と、丈次は合点がいかない様子だった。

「いやあ、何度かさっきの道を通っておるので、儂はあの人達を見覚えておるのよ。彼等も儂を覚えていよう」と、六郎太は言って馬の手綱を引いたり、緩めたりしながら、道の勾配の状態に合わせていた。

「あの二人は野守《のもり》ぞ。森を守る役目でな。丈次は『緑が濃い森を左手に見た』という内容のことを言うたろう。あの辺りは禁野《きんや》（大阪府枚方《ひらかた》市禁野）と言うてな、皇《みかど》や皇室のお人や位の高い公家衆が狩りを楽しむ所ぞ。儂達のような百姓や村人なぞは入れぬ森なのじゃ。中宮《なかみや》辺りから天野川《あまのがわ》迄が禁野ぞ。それに儂は見知らぬ人であろうと、よう話しかけることにしとる。眼が合えば外《そら》したりはせぬ。互いに知らぬ顔をするのは礼を失すること、と考えとるのでのう。世間には眼が合《お》うても会釈をろくすっぽ出来ぬ輩《やから》がたんと（数多く）おる。中には『人見知りを私はする方《ほう》ゆえ』とか言う人がおろう、身の周りにな。そのような御仁《ごじん》は人と混じり合うことが単に苦手ではのうて、常に小さな世界に自分を閉じ込めておきたいだけよ。さすれば我が身は安全ぞ。言葉を交わさなければ、その人に影響されることはない。だがの、丈次、人と会えばそれが見知らぬ人でも挨拶位はするものじゃ。さすれば次の言葉が言い易くなろう。そんで、その人がどんな人か少しずつ分かり出すからの」と、六郎太は心中を吐き出した。

平坦な道を歩んでいた。道端に腰掛けるのに適した岩が数個、並んでいた。多分、道行く人々が束の間の休憩がとれるように、村人が親切に置いたのだろう。

「さあ、この辺りで休んで太助に好物をやろうぞ。儂等は水を」と、六郎太は太助の背から左右に垂らした荷を解いた。干し大豆を太助の口に当てがった。

「丈次は自分の吸い筒で飲めば良い」と、声を掛けた。高温の季節へと向かっているこの頃、川や池の水を飲むことは時には、身体を損なうことにもなりかねない。六郎太は真冬であっても、必ず、井戸水を携行することにしている。井戸水は甘くて味が良く、身体にも良い。

「父さん、荷を届ける所、ん、うん、槻本郷はまだ着かんのかー」と、丈次は歩くことに疲れた様子だった。足は砂を大量に被り、少し腫れているようにも見える。

「ここで待っておき」と、六郎太は言って近くの田圃の畔道へ下り、布に冷えた水をたっぷり含ませた。

「どうじゃ、ひんやりして足が軽うなろう」と、六郎太は丈次の足の甲や裏に布を当てがった。

「父さん、気持ちええ」と、丈次は白い歯を見せた。

丈次にとって遠国への運搬は身体的にも精神的にも大きな負担を強いているのだろう。そんなことを推し量《はか》って、六郎太は息子の心理を理解しようとした。様々なことを話題にして丈次の疲れを取り去り、見聞を広げてやりたい。

「先程、禁野のことを話したろう。禁野には野守りだけで無《の》う、他にも色んな人が働いておってな。皇や皇族、公家衆が狩りへ行っても兎や鶉《うずら》、雉《きじ》などが一羽も獲れんようでは、狩りに来た人はつまらぬ思いをしようぞ。もう来るまい、と思われると森を守る人達も働き甲斐が無うて、自分達の仕事は続けられぬ、と不安がることになる。だから狩りが実りあるものにしようとするのよ。狩りをする人が進む方向に故意に獲物を放って、獲れるようにするんじゃ。儂は荷を運ぶ仕事をしてると、そんなことを教えてくれる人にも会える。百姓だけをしていては決して会えぬな。それでの、その人は近衛《このえ》天皇が禁野へ狩りに来た時にの、鶉を三羽、ほぼ同時に皇が近付いた時に、前へ放ったそうじゃ。そしたら皇はそのうちの一羽に矢を射かけて仕留めたのよ。皇は手ぶらで京へ帰ることを免れて、ご満悦じゃったって。『危うく獲物なしで禁《きん》裏《り》へ戻るところを、鶉を持ち帰れて朕《ちん》は満足。次は熊でも仕留めようぞ。ほっ、ほっ、ほー』と、にこやかに笑《わろ》うたそうじゃ」と、吸い筒に六郎太は再び、口を近付けた。

その後、何度か禁野へ出かけた皇は、獲物を沢山、京へ持ち帰った。禁野という森が美しく、小動物が数多く住むことは、そこに働く人達のお陰だと褒めたのだった。働いている人達は褒美を与えられて一層、仕事に励んだ。

「へえ。父さん、皇に気に入られたらええんじゃな。俺も皇に大切にされとう思う」と、丈次は岩から腰を上げた。

「そうよなあ、皇だけで無《の》うて多くの人々に好かれるようになればのう」と、六郎太も腰を上げた。

禁野のある枚方の地は淀川の南に位置する。浪速ではなく京の文化が及ぶ地域である。

「父さん、槻本郷へ着く迄、色んな話をしてくれろ」と、丈次は父親との運搬の仕事が苦にならず、道行きを楽しみ始めたように見える。そのことは六郎太が父親として、しっかりと息子を育てようとしていることを示す。

「おう、また思い出せばな」と、六郎太は荷車の具合と太助の様子を交互に確かめている丈次に声を発した。

太陽は雲に光を遮られたり、自力で顔を覗かせるかのようにして、天空を真南へ向かっている。田植えを終えて十日位が経つように見える田圃では、雑草抜きを終えた女達が道端で赤ん坊に乳を与えている。豊かな乳房の内側を指で少し外側へ押して、赤ん坊が飲み易いようにしていた。

「もうすぐ佐太《さた》天神宮と言う社《やしろ》が見えるが、佐太の村（大阪府守口市佐太）はのう、藤原氏と源氏《みなもと》の謀略で太宰府へ左遷された菅原道真公の領地ぞ。京を追放されて九州へ落ちて行く途中、京から無実の沙汰が届くのでは、と思うてその地にお泊りになったらしい。そのことから名付けられたようじゃ。佐太天神宮の奥の院に菅相寺《かんそうじ》と言う名の寺もある。道真公が菅相丞《かんのそうじょう》と呼ばれた名前から付けた寺よ。儂が修行した真言宗を奉じる寺ぞ」と、六郎太は眼を凝らして前方を見た。

「境内で太助を休めようぞ」と、続けた。程なく小さな辻が視界に入った。人だかりがしている。「鈴掛《すずかけ》」という修験者《しゅげんしゃ》が身に付ける着物を着て、頭巾《ときん》と呼ぶ黒くて小さな帽子を頭に載せ、錫杖《しゃくじょう》を携えた男が輪の中にいる。何やら大声で話している。六郎太は前に立つ男に人だかりの理由を尋ねた。

「勧進僧《かんじんそう》ぞ。寺を修繕したいから寄附を村人にしてくれろ、と求めておる。何でも紀北《きほく》の根来は密厳寺《みつごんじ》から来たとか」と、男は振り返って答えた。六郎太は興味と言う炎に油を注がれたように感じた。丈次に太助と荷に注意を傾けるように告げて、待たすことにした。

「拙僧は紀伊は根来・密厳寺開基、覚鑁上人第一弟子、竜玄《りゅうげん》と申す。今度《こたび》は根来・円明寺修築を発願し、畿内を回り、かくの如く勧進を致しておる次第。善男善女よりの浄財を寄附願いたく存ずる。財を差し出したる者、真言密教・最高仏・大日如来様より如何程の功徳を与えられるか、量り難しこと、大いに感謝致されい。そもそも根来・密厳寺は覚鑁上人により建立されし寺。上人は円明寺の堂宇が雨風で傷むことをお嘆きになり、如何すれば良いものか、この竜玄にご相談下された。よって拙僧はかくの如く勧進を思いたったのでご座る」と、小太りした勧進僧は委細を込めた。

「んっ」と、六郎太は首を傾げた。勧進僧は竜玄と名乗ったが、六郎太が知る竜玄はあのような僧ではない。それに覚鑁上人は示寂《じじゃく》してもう二十年の星霜を経ている。入滅した上人が今尚、生存しているかのように語ることは可笑しい。そのように思いながら、様子を窺った。勧進僧は同じ内容を繰り返した。その前には錆びた鉄鉢《てっぱつ》が置かれ、中には少しの砂金と貨幣が入っている。鉄鉢の前には四、五人の百姓らしい男達が、僧の言葉に頷いている。

「さっき少しだけ寄附したけど、お坊さんの熱心な様子見て感心した。もっと寄附しようぞ。さすれば仏様の功徳《くどく》が沢山、くれるんじゃね」と、隣の男に目配せした。数人が首を縦に振った。すると、賛同という波が池に石を落としたように、周りに広がった。

「大日如来様のご利益《りやく》があるんなら、寄附致そう。家へ戻って何ぞ銭になるような物を持って来よう」と、年長の村人が嗄れた声で言った。その村人のあとを追うようにして、五、六人の男女が去った。人だかりは十人位に減って、隙間が空いた。

「もし、お坊様は根来・密厳院の竜玄様なるか」と、六郎太は不審な思いを口に吐いた。「ならば、儂を覚えていなさるか」と、先輩僧に対してではなく、同年齢の者に言うように続けた。勧進僧に扮する者の丸くて小さな顔には、雨雲がかかったような翳《かげ》りが現われた。

「んっ、そなたか、はて誰だったか」と、思案した。

「おぬし、本当に竜玄様であるかの」と、語気を強めて、六郎太はその男に自らの顔を突き出した。

「んっ、んっ、んっ、拙僧は根来・密厳寺の竜玄ぞ」と、背筋を伸ばし立ち姿を正した。

二人のやりとりを聞いている村人は、成り行きが予想出来ずに、ただ二人へ視線を交錯させた。六郎太がその男に更に言い寄ろうとした時、四、五人の男が六郎太の口を封じようとして、腕や胴体に手を回した。

「この竜玄なる僧は勧進僧ではないわ、欺されるな。『寺を修繕する』と言うて、金品を巻き上げるのが目的じゃ、欺されては駄目じゃ。密厳寺と言うておるが密厳院の間違いぞ」と、六郎太は怒声を浴びせた。表情を硬ばらせていた男は他の男達に目配せした。男達は砂煙を上げて足や腕を激しく動かした。六郎太は男達から殴る、蹴るという乱暴の嵐を受けた。村人は争いに巻き込まれることを避けて、小さな四つ辻から疾風のように立ち去った。似非《えせ》僧は貨幣と熊笹の葉に包まれた砂金が入った鉄鉢を首から垂らしていた頭陀袋《ずだぶくろ》に入れて、どこかへ姿をくらませた。

丈次はこの騒ぎに恐怖感だけを募らせた。父親が乱暴を受けている最中、ただ身体を震わせていた。やがて、寄附をしようとして一旦、家へ帰った村人は騒ぎを知らずに再び、戻って来た。

「何ぞ、おぬしは。小袖が砂だらけで唇が切れとるの」と、そのうちの一人が労《いたわ》った。その時になって、やっと丈次が父親に近付いていて、身体を起こした。

「足は動きまするか、腕は」と、悲鳴の声だった。

「ふーっ、痛い痛いっ」と、六郎太は足に力を入れて立ち上ろうとした時、頭に迄、激痛が上った。

「あの者……は……勧進…僧では…あるまいて。……あのようにし…て…村人をたぶらかし…金品を…私《わたくし》するのよ。気を付けるがええ」と、六郎太は途切れがちに痛みをこらえるようにして言った。「あの者の前に…いて…よう頷いておった…男共は仲間ぞ。ゆめゆ…め欺されることが…ないよ…うに」と、不規則な呼吸をしながら村人に知らせた。遅れて再び集まった村人にも事の顚末を伝えた。

「ふーん、有難たーい、お坊様ではないのかー」と、口の周りに髭を豊かに蓄えた四十代に見える村人が、六郎太の方を向いた。

「それにしても、お前さんに見抜かれたと思うて、仲間に乱暴を働かせて逃げたとは、自分で似非《えせ》僧と名乗っているようなものよな」と、髪を茶筅髷《ちゃせんまげ》に結った男が六郎太を見上げた。

「そうでご座るな、実に単純よの。もうこの近くでは同じような嘘は働けまい」と、六郎太の息遣いは穏やかになりつつあった。

「お前さんはあの馬の主か、運搬人なのか」と、髷を結った男は尋ねた。六郎太は黙ったまま頷いた。「身体は大丈夫か、歩けるのかの」と、六郎太を案じた。六郎太は気に懸けてくれることに感謝した。

「丈次、もう少しすると出発致そう」と、六郎太は腕、脚、腰を少しずつ動かして、状態を確かめた。太助は小競り合いに気分を高ぶらせて、駆け出すことがなかった。そのことが六郎太には大きな幸いだった。それを語ると、丈次は騒ぎの最中は、恐怖で身体を硬ばらせながらも、手綱をじっと強く引いて太助が逃げ出さないようにした。

「丈次、有難うな」と、声を掛けた。丈次は言葉を発することなく、ただ笑顔で父親の謝意に応えた。

六郎太は小さな辻の中で立ったまま、辺りを見回した。

「やはりこのような辻は邪気が入って集まる処《ところ》かもな。偽りのある人が集まる処、走る馬がぶつかる処、突進する牛が人や馬を角で突き刺す処ぞ。とにかく辻は事故が多いわ」と言って、「邪気が集まる処」と言う道教の教えを引き出した。

「辻はそんなに不吉な処なのけ」と、丈次は尋ねた。

「そうよ、中国から来た教えぞ。辻で勧進したあの似非僧も邪気の一つよの。それにその仲間もよ」

「父さん、あの坊さんは一体、何者だったのけ」と、丈次は馬の手綱を引いている父親に尋ねた。

「そうじゃなあ、根来へは詣でたことがあるか、興味のある、それとも仏様と縁……仏縁を何らかの形で結びたいのかもな。ひょっとして堕落した高野聖《ひじり》かも。だがな心の底は果てのない横縞《よこしま》な奴ぞ」と、言葉を荒げた。すると、六郎太は左肩の矢傷の跡に痛みを覚えた。

「痛い、痛いっ」と、小さな悲鳴を上げた。

根来のことを意識した六郎太には、昔の思い出が一瞬、蘇ったのだった。

太助の鼻を手で軽く叩いて、六郎太はその場にいる数人の村人に頭を下げ、西の方角に眼をやった。菅相寺の境内で憩うつもりだったのだが、思わぬ事の次第で予定を変えねばならなくなった。

「もう少し西へ参ると光明寺《こうみょうじ》がある。淀川の流れのすぐ近くぞ。その境内を通るだけにする。憩うことは止めよう、遅うなるから」と、六郎太は自分に言い聞かせるようでもあった。

「父さん、大きな森が見えるのー、それに稲の田ではのうて、泥田《どろた》のよう」と、丈次は辺りの変化に敏感だった。

「分かるか、丈次。森口（守口市）に入ったらしい。これからは滝井や千林、森小路のように水や樹木に因《ちな》んだ名の所を過ぎようぞ。泥田に見えるのは蓮根を育てているのじゃ。この辺りの名物ぞ」と、六郎太は教えた。

白樫、橅《ぶな》、椎《しい》などの大木が森を作っている。だが森の中は太陽の光がそれ程、遮られないように見える。それらの葉のせいか案外、明るい。

「ピッコローピッコロ、ピィーピィー」と、小鳥が啼いている。木洩日を受けて、自らの羽の色調を変化させ、楽しそうに自らの声を誇らし気に弾ませている。

「父さん、今啼いてる鳥は何ぞ」

「んっ、あれか、あれはキビタキよ」と、六郎太は自分も林立《りんりゅう》する大木と同じように、白金光の太陽の光を全身に浴びながら答えた。

光明寺の小さな山門は道のすぐ近くに建っていた。本堂前にしつらえた賽銭箱に小さな銀粒を包んだ紙包を投げ入れて、道中の安全を祈った。丈次も眼を閉じて合掌した。

「このお寺はの、空海・弘法大師様が建てられ、行基様が彫られた十一面観音立像《りゅうぞう》を本尊に祀られておるのじゃ。行基様の方が空海様より昔の上人ぞ」と、六郎太は敬語を用いて説明した。若い頃、修行した当時の心模様が広い天空の青空に広がるようにして乱暴を受けた時の痛みを追い払っていた。

「ふうーん、真言密教け。密教とは何《なん》なのけ。よう聞くけどはっきりとは分からんけど」と、丈次は眉間に皺を寄せた。二人は本堂に背を向けて休ませている太助の方へ歩み出した。

「密教とはの」と、六郎太は一瞬、振り返って丈次を見た。丈次は密教の特異性を知ろうとする深刻な表情を浮かべた。

「真言宗や天台宗以外の教えは、そうじゃ、法華宗や律宗などは顕教《けんきょう》（げんきょうとも）と言うのよ。お釈迦様がお説きになった教えや、お話しになった言葉そのものが本《もと》になったものじゃ。だから分かり易いのよ。それで〝明らか〟を意味する〝顕〟の字を付けてそう呼ぶのよ。ところがの、密教とはの、真言密教とはの、とにかく修行をこなすのよ。眼をつぶり、真言を口に何度も何度も唱えるのじゃ。馬頭観世音菩薩に唱えたじゃろ、昨夜《ゆんべ》、丈次は。あの菩薩様以外にも虚空蔵《こくうぞう》菩薩様もおられる。それぞれの菩薩様や如来様の真言を口に幾度とのう唱えることよ。それに阿字観《あじかん》という黙想《もくそう》による方法もある。そういう修行をこなして生きているうちに仏様の心に到達するんじゃ。即身成仏《そくしんじょうぶつ》よな。空海様が言うておられるが密教は難しいのよ。教えを理解するだけでのうて、自分で修行を続けるのがの。それで秘密の密という文字を付けておるのよ。儂の解釈じゃが、神秘体験をせんとならぬて。空海様は土佐の御蔵洞《みくろど》という洞窟の中で、真言を唱え続けているうちに、空に輝く明星が自分の口の中に入って来た、と言うてなさる。正《まさ》しく神秘じゃろ」と、六郎太は高座《こうざ》で和尚が弟子に法話を話し聞かせるような口調で語った。丈次はひたすら理解しようと努めている様子だった。

「それからの、先程拝んだご本尊様は光明皇后を形取った仏様でもある。大和に大きな盧遮那《るしゃな》仏《ぶつ》を造立《ぞうりゅう》された聖武帝の后《きさき》には十一人もの男がおっての。だから、それらの人の表情をあのように頭に付けたのじゃ。頭が良うてお姿も美しい人は多くの男を魅了されたのよ」と、六郎太は教えた。だが、そのことについて丈次は関心がないようだった。

　二人はその後、淀川の川原に出た。先程迄とは風景は異なって、辺りには視界を塞ぐものは何もない。川の水の匂いが水草と藻が放つ匂いと共に運ばれて来る。

渡し船の中で太助が静かにしていられるかが、この道中で最も注意しなければならないことである。蒸した後、干した大豆を与えて太助の気分をはぐらかすことが、最善だと六郎太は考えた。対岸には江口（大阪市東淀川区南江口）の賑やかな村が川原の後方に控えているのが、少し霞んで見える。

「どこから来て、どこへ荷を運びなさる」と、前に立ち船待ちをしている男が、六郎太へ振り返った。口の周りは剃刀《かみそり》を丹念に当てているらしく、小ざっぱりしている。背中には大きな荷を背負っているので商人に違いない。少しでも風采を上げて客となる人に好印象を与えるように心掛けているのだろう。

「槻本郷へ参る。山城《やましろ》は八幡の村から早朝に出立致した」と、六郎太は視線を落として商人を見た。

「儂は堺の村から参って、江口の村へ商いに行くところなのじゃ」と、対岸を顎を突き出して示した。

「儂の荷物は背中だけで済むが、貴殿は大変よの、その分《ぶん》では。大型の渡しでのうては渡れぬな」と、商人は太助を見た。

六郎太はこの話し好きに見える商人とは同船出来そうにないことを、少し残念に感じた。運搬人としての仕事の楽しみの一つは、百姓と異なり他の仕事に就く人々と出会って、見聞を広めることが出来る。淀川の対岸には人馬と荷車を同時に運べる大型の船が、数船泊っているのがかすかに見える。

「貴殿は先を急がれよ。我らは大型で運んで貰うゆえ」と、六郎太は雲間から差し込んだ光を受けて、眩しさに眼を細めて対岸を見た。

「榎本郷なら日が暮れる迄には充分、着けるじゃろ。例え、ここで大型を暫くの間、待っても の」と、六郎太とほぼ同年代と見える商人は告げた。六郎太は軽く首を縦に小さく振った。丈次は渡しを待っている間、落ち着きのない眼差しを周囲に放っていた。六郎太の横や前に数人の男女が立ち始めた。彼等は小さな渡しで淀川を渡る。

「父さん、こんなに人が船を待っているのにどうして橋を建てぬのじゃろ」と、丈次は不満気に素朴な問いを発した。

「何でかの。多分、はっきりした理由があるのじゃろの」と、六郎太は思いを巡らせた。

淀川は川幅が広く、流れの中ほどは相当深い川でもある。このような川に橋を架けようとすることは、まず困難である。水源は琵琶湖であるので、京に近くて川幅が狭い地域では、橋を建設することは出来る。実際、幾つかの橋は架けられている。だが、八雲と江口という京から遠く離れた地域を結ぶ橋は架けられそうにないだろう。

「橋があれば待つことなしに、さっと淀川を渡れるのによう」と、丈次は拘泥した。

「多分、船頭が良しとはせんのじゃろ、橋を建てることに。橋がこの八雲の地から江口に建てられれば、皆は橋を歩いて淀川を渡ろうぞ。さすれば大勢おる船頭は客を失のうて、収入の道が閉ざされることになる。だからの、橋が建てられないように船頭は反対してるのだろうよ。村の有力者に金品を与えてな。受け取った名主は領主に船頭達の願いを村人全体の意向として伝えるのじゃ。それでの、領主は浪速を治める実力者に〝声〟を届けるのだろうよ。このように上手に事が運べば船頭は陸《おか》に上らずに済んで、ずっと渡し船を漕ぎ続けることが出来ようぞ」と、六郎太は丈次に一気に語った。丈次は眉間に皺を寄せたままだった。

六郎太父子の話を聞いていた商人は、六郎太を見上げてゆっくりと首を縦に振った。四半時位後に一艘の舟が、一人の櫂に操られて静かに到着した。一人ずつ小舟に乗り込んだ。

「商人《あきんど》さん、ご機嫌よろしゅうに、また会いましょうぞ」と、六郎太は残念な気持ちを抱いて別れを告げた。

「うっ、うん、これも多少の縁ぞ。儂は急がぬので次の船で参る。貴殿と同じ船で渡ることにする」と、商人は親しみを言葉に込めた。

八雲の地から対岸の江口の地が淀川を渡る最短距離になる。大雨などの天候異変を除いて、ほぼ規則正しく渡し舟は運行される。八雲の渡しには再び、商人と六郎太父子だけになった。商人は名を卜早《ぼくそう》と言った。堺の村の出身で銅製の鏡や金属で作った髪飾りなどを江口へ売り捌きに行く。

ようやく大きな船が、漕ぎ手四人により渡しに到着した。馬と荷車が載せられるように船の床に大きな板が嵌め込められた。荷車の駒が音を軋ませながら、やっとのことで船に入った。

「かくのごとく貴殿と同舟《どうしゅう》するのは縁ぞな」と、卜早は眼を輝かせた。六郎太も頷いた。

「丈次、聖武帝という帝のことを詳しく教えて貰うたことがあろう、乗実和尚より」と、六郎太は北へ川を渡る船が切る緩やかな風を頰に感じながら尋ねた。丈次は太助に大豆を頰張らせている。丈次は思い出せない様子だった。

「そのうちにいつかまた、聖武帝のことを教えて貰えようぞ」と、言って続けた。

「その皇の頃はの、大和に皇が住んでおったんじゃ。だがの、中国から招いた人々をまず、茅《ちぬ》の海（大阪湾）から淀川を上らせてすぐそこの江口で出迎えたのよ。江口はその頃から栄えておっての。今では男が遊ぶ里に成り下っておるが。そこで手厚く中国の大切な人々を接待したらしい。その後、この川を渡って大和へ案内して皇に会わせたんじゃ」と、六郎太は歴史の小さな文《ふみ》を開いて聞かせた。

「ふぅーん、ふぅーん」と、丈次は相槌を打った。太助は食べることに夢中になって、穏やかな様子に見える。六郎太は眼前の江口の村が少しずつ大きく見えることに安堵した。これ迄なら一人で殺風景な心模様だった。だが、今回は全てが異なる。そんな心持ちに胸の底で一人、納得した喜びを味わった。

「卜早殿は品物を江口の村で売り払《はろ》うた後は、得た銭だけを持って堺へ帰るのか」と、六郎太は商人の行動に関心を持った。

「んっ、んっ、というと」と、卜早は問いを発した。それが六郎太の更なる質問を誘った。

「江口の村から何かを仕入れて、堺へ運ぶのか、と思うての」と、自身の問いの真意を再度、尋ねた。

「んっ、んー。これじゃ」と、右手の四本の指を閉じて小指を上に立てた。

「そうでご座るか」と、六郎太は返事をしたものの、それ以上は無表情になって興味を示さなかった。卜早は村に集まる若い娘を数人、堺の村へ連れて行き、若い男や中年の男に紹介する人買《ひとか》いでもあるのだろう。

「商人は商うことが本分ぞ」と、口調は軽かった。「だから儂は何物も商のうておる」と、卜早は付け加えて意味ありげに微笑んだ。

「父さん、江口の村から槻本郷は近いのけ」と、丈次は前方を見た。

「そうよ、一時《いっとき》（約二時間）位で着こうぞ、江口へ上陸すればもうすぐよ」と、丈次を安心させるようにゆっくりと答えた。六郎太には丈次が父親と同行していても初めて、遠方へ荷を送り届けることが精神や身体の負担を募らせることが分かる。

「もう少しじゃ。よってもう少し我慢」と、息子を励ました。

八幡《やわた》の村を発《た》った時、背中に受けていた朝日は、南へ昇り詰めた後、少しずつ西へ傾きつつあった。

「では、息災に過ごされよ」と、卜早は六郎太達が川原に上陸するのを見届けて、別れを告げた。

「気遣い下されて有難し。貴殿も無病で息災に」と、六郎太は商人の眼を見た。丈次は別れた後、一度、二度と卜早の後姿を振り返った。

江口の村は淀川から分岐した神崎川により北を仕切られ、西へ延びる地域である。旅人を受け入れ、男に酒と慰めを与える民家が点在する。荷車は車輪を軋ませて西へ進んだ。小さな流れが東西南北に網目のように流れている。丈次もそのような地形の変化に気付いていた。

「随分、低い所を小さな川が幾つも流れておるの―、父さん。落ちたら危ないの」

「そうじゃな、かような小川が沢山見え始めると、すぐに槻本郷に着こうぞ。この辺は小さな川が幾つも流れる湿《じ》め湿《じ》めした土地ぞな。だからじゅうそう（大阪市淀川区十三）と呼ばれる所よ。あと四半時とはかかるまい」と、長い道程に慣れた六郎太ではあるが、疲れを紛らそうと自分に言って聞かせるようだった。丈次は父に相槌を打つことが出来ない位、脚と腰に疲れを覚えていた。

荷を送り届ける先は荘若《しょうじゃく》という名の田畑を耕し商いも兼ねる人物である。六郎太はもう五年前から年に二回は送り届けている。やがて眼前の田畑の真中に白い壁に囲まれ南に向いた建物が現われた。

「あのお家ぞ、送り届ける所は」と、六郎太は丈次の注意を呼び覚ました。

屋敷のように見える大きな佇《たたず》まいの門からは、人が数人、転がり出た。すると、長い木の棒を持った一人の男が彼等を追いかける素振りをして威嚇する様子だった。その男は六郎太には見覚えがあった。荘若の下男だった。

「さあ、着いた。手綱《たづな》を松の木にしっかりと結わえてくれるか」と、六郎太は指示してから南に開かれた所へ回った。程なく馬を止めている所の近くにある小さな門が開いた。先程とは別の下男が辺りの様子を窺うような眼差しを放った。その小さな門から入るように告げられ、六郎太だけが庭に通された。

「ようよう遠路はるばる来てくれた」と、四十代後半になる荘若は眼を輝かせた。

六郎太は客である荘若へ丁重にお辞儀をした。その後、外へ出て馬を松の木に繋いだまま、荷車を外し南の門から邸内へ引いて入ろうとした。

「丈次、太助を盗まれぬようにここで見張っておいてくれ。馬泥棒に充分、気を付けてな」と、指示した。馬は特に良馬は盗まれ易くて高い値で売買される。

「六さん、荷を改める」と、荘若は自分の背丈位の高さの荷を調べようと、被せている菰《こも》に手をやった。

「小芋、自然芋《じねんじょ》、すずしろ（大根）、豌豆《えんどう》」と、小声で呟きながら入念に点検した。

「宜しかろう。蔵の中へ運んでくれ」と、六郎太に命令した。

六郎太は黒壁の蔵に不揃いの大きさの木箱に入れた農作物を運んだ。作業を終えた時、荘若に言った。

「あのー、一つお願いがご座いまする。私の息子を紹介致しとう存じます。外で馬の番をしているので、こちらへ呼び寄せたく、その間、下男の方に馬の番をして戴けますれば」

荘若は心良く申し出に応じた。屋敷の玄関で六郎太は息子を紹介した。丈次は深々とお辞儀した。

「立派な息子に見えるのう、六さん。丈次とやら、しっかり父御《ててご》の言い付けを守って早《はよ》う一人立ち出来るように致すが良《え》え」と、丈次に眼をやってから、六郎太へやさし気に目配せした。

「先程から気になっていることじゃが、六さん、口唇が膨れ、背中も汚れておる。如何したのか。土で汚れておるの、何ぞ大立回りでも良うない輩《やから》としでかしたのかの」と、興味を示した。

六郎太は事の顛末を簡単に述べた。

「如何に大柄な六さんでも、数人の男とは組めぬな、気を付けられい。外見《そとみ》では大した怪我が無かったようじゃ、不幸中の幸《さいわい》かな」と、小さな笑い声を漏らした。

「忘れぬうちに渡しておこう」と、荘若は下男を屋内へ遣《や》った。下男はすぐに玄関先へ戻って来た。

「荷受け証ぞ。一通は儂、一通は六さん、もう一通は喜重殿宛《だいだい》」と、二通を六郎太に手渡した。

「ちょっと、お尋ねしても宜しいかの」と、山吹き色から橙色に色合いを濃くしている夕日を全身に浴びながら、六郎太は切り出した。

「こちらへ着く間際、下男の方が男二、三人に何かをしておいでだったように見受けられ申したが」と、下男の方を見やりながら言った。

「んっ、あれか、あれはの乞食《こつじき》ぞ。二、三度、奴等に食べ物を施したことがあっての。さすれば、いつでも貰えるものと思いよって、家の中迄、入って来るのじゃ。よって下男を遣《つこ》うて追い払《はろ》うたのよ。奴等は身体はどこも悪うない。健康ぞ。だから働いて暮らさねばのう。しかるに儂から食べ物をせしめようとばかり考えとるのよ。五体満足な者は自分で働いて稼げ、自分一人できちんと生きよ、と儂は言いたいのよ。他者《ひと》を当てにして生きるでない」と、荘若は自分の言葉に首を縦に振った。

「まさしく、左様でご座いまするな」と、六郎太は頷いた。

「他者はの、少し甘く扱えばすぐ隙間に分け入ってつけ込むものよな。何も儂は善人であるとは思うて欲しゅうはないが、時には善い事がしとうなる。だがな、いつもではない。それで先程の乞食のような輩が儂に近寄って来るのじゃ。迷惑よの。六さんや他の者が運んで来る作物を儂が売り捌いているのを伝え聞いた者が、『荘若は銭儲けがうまい、銭をたんと貯めておる』と、思いよってな。他者と同じことだけをしていては暮らしは楽にならぬわ。田畑《でんばた》をひたすら耕し、余った時間も一所懸命、働くのよ。幸い、儂は喜重殿と知り合《お》うて銭儲けの運が開けた。もう十年以上になる。男山の石清水八幡宮《いわしみずはちまんぐう》に参った時に、野良仕事中の喜重殿に水を所望《しょもう》したことがきっかけで懇意になってな。『神さんが二人を引き合わせ賜うた』と、喜重殿と言い合《お》うては喜んでおる」と、荘若は口元を緩めた。六郎太は小刻みに首を縦に振りながら、聞き耳を立てた。丈次はじっと荘若を見詰めているものの、話の内容を充分、理解出来てはいないだろう。

「六さんも儂が如何なることをしてるか、よう存じておろ。喜重殿が名主や領主の眼を掠めて、余剰の作物を集めておろ。それを儂が買い取り、この近隣の者に売り捌いておるのを。凶作の時などは特に高《たこ》う売れて、儂は心地が良《え》え位よ」と、その光景と自らが抱く心象を思い出すかのようだった。六郎太は喜重と荘若が行っている好ましくないことを手助けしている。家族を養って生活するためにはせざるを得ない。そのように考えて、自分を納得させた。

「さすれば、この六郎太めは荘若殿と喜重殿の家来かも知れませぬな」と、自分の置かれた状態に作り笑いを浮かべた。そのように笑いながら、彼等二人により与えられた仕事に就いていることを感謝した。

「さあ、儂は作物を捌き易いように少しだんどりを付けねば。気を付けて帰られい」と、荘若は二人を見送った。

六郎太と丈次達は空になった荷車の立てる軽やかな音を聞きながら、元来《もと》た道を戻って行った。江口の村に入る手前に建つ真言宗の寺へ向かった。馬を使って荘若へ荷を届ける時には、いつもその寺で一泊することにしている。馬に荷を運ばせなければ、一人で野宿する。馬を伴う運搬人は殆どが寺社で宿を借りるだろう。周囲との仕切りがない野宿は、馬泥棒の恰好の餌食になり易い。良馬は高値で取り引きされる。荷物を運ばせたり、調教して軍馬として用いられる。農耕にも使えるし、亡くなれば肉が人間の食欲を満たしてくれる。重宝であり利用範囲は際限がない。

檜皮葺《ひわだぶ》きの屋根を持つ小さな山門を潜った。右手には近くの小川から引き入れた水を湛える手水鉢があった。太助をその場に停めて六郎太は水を含ませた手拭《てぬぐ》いで顔を拭《ぬぐ》った。一日の仕事の終わりを告げるかのような、癒しという冷たくて爽やかな心地良さが、顔から上半身に下がって行くようだった。太助を樟の幹に止めた。寺小僧に住職への取り成しを頼んで、泊を請《こ》うた。境内の隅に広げた菰の上で乾飯を梅干と共に食べ始めた。

「一日たっぷり歩いた後の晩飯は格別、旨いのう」と、横に座る丈次に語った。丈次は無言で乾飯を口に運んだ。蓄積された疲れのために話す気力を失ったように見える。

やがて住職の勤行《ごんぎょう》が終わったらしく、筋肉質の住職が本堂の廊下から六郎太へ声を掛けた。

六郎太は愛想良く返事した。

「またお世話になり申しまする。これは息子の丈次でご座いまする」と、六郎太は疲れを隠して声を絞り出した。住職は福々しい表情を浮かべた。

半時が経っただろうか。六郎太達が通された本堂に繋がる小さな部屋には、いち早く夜が降《お》り始めた。太助はすぐ近くの雨風を遮る東屋《あずまや》風の建物内で結わえた。丈次は八幡の家にいる時と同じように、麻の布を三重に重ねた腹巻きを着《つ》けて、寝冷えを防いだ。

「一日、歩き疲れたろうよ」と、六郎太は丈次を犒《ねぎら》った。

「父《とと》さんは身体が痛みませぬか。あのような悪人に足蹴りされて」と、丈次は労《いたわ》った。

「儂か、脚よりも背中が痛《いと》うての。こうやってじっとしてると、余計にそう感ずる」と、答えた。

「早《はよ》う寝ようぞ。明日《みょうにち》も早い故《ゆえ》」と、丈次を夢の扉へ促した。

息子を眠りへ誘ったのだが、六郎太は容易に睡眠を楽しめそうにない。枕が変わればたやすくは寝付かれない。運搬業に就く者がいまでもこのようでは、良くはないのだがどうも改善出来そうにない。

青白い霜のような月の光が、板戸に空いた小さな節穴を通して差し込んでいる。その光が時の経過と共に、少しずつ移動しているのが分かる。八幡《やわた》にいる家族も安全に一日を終えて休んでいるのだろうか。田圃は明日も充分な量の水を湛えるだろうか。そのようなことを気にかけながら、じっと眼を開いたまま天井を見ていた。すると、みま、みお、みと、それに秀伍の姿が天井に映し出されるように感じた。瞬きを数回、繰り返すと彼等の姿は天井に吸い込まれるように見えなくなった。その後は、月とそれが照らす男山の光景が、天井に浮かび上った。六郎太が住む村は男山の頂きから北東へ二十町程下った所に位置する。丁度、そこから眺めた風景に見える。数回、瞬いたものの、その情景は天井に染み付いたかのようで消えそうにない。

明日《みょうにち》は堺の村で荷を預かり、根来《ねごろ》へ向かう。途中、貝塚で泊まることにしている。荷物の内容は知らない。運搬費が相場よりもかなり良いので、農作物や引っ越しに伴う家財道具ではないことが分かる。二十年振りに訪れる根来は、修行僧として下山《げざん》した頃とは大いに変化しているだろう。そのように想像すると、妙に気分が高揚して張り詰める。睡魔に身体を委《ゆだ》ねようとするものの、しっかりとは支えてくれそうにない。

百姓の仕事を考え淀川、大和川を越える

じっと眼を開けていた。百姓仕事の様々な出来事が脳裏に浮かんだ。隣村である川口の村人と田畑に引き入れる水を巡って争ったことがあった。六郎太が住む八幡の地域にある浜《はま》という村は、木津川がすぐ北を流れている。山間の土地や溜池の少ない土地に比べると、随分、恵まれてはいる。だが、百姓は自分達の田圃が少しでも水を有利に使うことだけを考えて、他の村人のことは頓着しない。

八年前のことだった。浜の村は近くの木津川から細い水路を設けて、村全体の田畑を潤している。浜の村から東にある川口の村人は、その水路の壁に穴を空けて取水し、自分達の村を豊かにした。不正が露見しないように、細い籐《とう》で編んだものを取水口の上に被せて、土を盛った。川口の村へ地中を這う細い水路を繋げたのだった。浜にある田圃へ流れ込む水量が減り、水位が下がった。始めの頃は、木津川の流量が減ったのだろう、と六郎太も楽観していた。だが、夏の或る日のこと、水遊びをしていた浜の子供達が幾人も同時に転んで、尻餅を突いた時のことだった。地面が陥没して細い籐で縦横に編んだ細工物が露呈した。子供達の怪我の状況を聞

いた親達は事故の原因を調べて特定した。百姓達は威切り立ち、村の名主へ川口村の奸計を訴えた。川口村の名主へ謀り事が伝えられ、名主同志で話し合いが催された。数日に及ぶ話し合いの最中に、浜の村人達は我慢に耐え切れず、川口村へ夜討《ようち》を掛けた。六郎太は大和中部へ荷を運び、家を留守にしていた時のことだった。

油を染み込ませて燃え盛る薪を農家に多数投げ込んだ。恐らく十軒近くの家が、炎に包まれ焼け崩れただろう。川口の村からの報復はなかった。迅速に政所《まんどころ》の役人が凶変を調べるためにやって来たからだった。六郎太はこの事件には関知しなかったものの、役人から厳しい取り調べを受けた。調べの結果、二十代の百姓十六人が放火したことが明らかになった。この事件の原因になった川の水の流用を画策した罪人は特定出来なかったらしい。十軒近くの農家が焼かれたことを重視した役人が、被災した農家に個人的な同情という私情を寄せたのに違いない。騒ぎを起こした十六名の若者は、京《みやこ》の三条にある左獄《さごく》に暫くの間、ぶち込まれた。その間、働き手を失ったために彼等の家々は、稲田の雑草抜きや害虫の退治など、秋の実りを保証する農作業が充分に施せなかった。

百姓にとって水は耕作に必須である。その水を盗むのに等しい策略を講じた者が、特定されず罰せられなかったことは、随分、偏見に満ちた判断に思える。六郎太は名主であり荘官でもある権左殿にこの処置について不満を訴えた。権左殿は六郎太の不平に耳を傾けたものの、決して川口の村の名主には伝えなかった。二つの村は同一人の領主により治められている。だが、村の収穫高は別々に記録され、個々の百姓は自分の収穫に応じて、米や野菜を得ている。

二人の名主は紀伊国南部の出身地を治める三好氏が、領国に戻っていることを自分達にとっての好機と見做した。領主に知らせずに不問にした。

「そんなものか」と、六郎太は落胆した。

百姓は田堵《たど》であり、権利や権限を持ち合わせない。固定した土地と水が生活の糧を得る必須の物である。

「ふん、固苦しいのう」と、百姓としての不満足の声を漏らした。

やがて、瞼が重くなった。浅い眠りに浸ったかと思うと、すぐにそこから這い出した。田畑の耕作用にかつて共同で飼っていた「参（さん）」という名の牛の顔が眼前に現われた。舅の秀伍は野良作業にその牛を使っていた。霜柱が立ち始め、麦を撒く頃のことだった。土を掘り返すのに参に長い鍬を結わえて、畑を進んでいた。すると、近くを通っていた神社に仕える者から成る小さな集団が、急に鉦や太鼓を力一杯、鳴らし始めた。鉦のかん高い音と動物の体を震わせる程の太鼓の低い音が、参に恐怖心を与えたのだろう。道から一段、低くなった畑から参は駆け上り、道を暴走したのだった。途中、数人に突進した。女二人が胸を牛の角に突かれて重傷を負った。薬師《くすし》を呼び手当てを依頼した。その後、六郎太は秀伍と共に被害者宅を訪れて、参が引き起こした傷害の顛末を陳謝した。

「お前達が幾ら詫びようとも、非は免れぬ。あの牛はお前達が数人の百姓と共に、共同で所有している故、それに牛の角を切らずに耕作させるとは不注意ぞ」と、娘の父は吠えるような形《ぎょう》相《そう》だった。その父親に六郎太は完治する迄の充分な砂金を渡して、嵩じた気分を慰めようとした。

秀伍は被害者やその身内は出来るだけ野卑な言動を用いて、被害を大きく装うことに徹するのだろう、と六郎太に教えた。そうすれば外傷の補償額を吊り上げることが出来る。六郎太は舅を自分よりも長じた考えが出来る人物と讃えた。

「牛は急にあのような大きな音と振動を感ずれば、恐怖心を抱いて逃げ回るものじゃ」と、秀伍はしっかりとした口調だった。この出来事は村の中で途切れることなく、語り伝えられていった。

十日程経った或る日のこと、念相寺の乗実上人は妻のみおに鉦や太鼓を叩いて進んでいた小さな集団のことを語った。

「あんた、どうやらうち達の飼う牛はわざと怖がらされたみたいじゃよ。上人が言うにはの、山城の国に鉦と太鼓を牛馬の近くで急に掻き鳴らしては怖がらせて狂わせ、その様《さま》に興じる男女の一行《いっこう》があるとか。方々《ほうぼう》で被害が起きとるらしい、と。神社の関係者の振りはするが、何も縁者ではないらしいの」

それを聞いて六郎太は秀伍と顔を見合わせた。

「かも知れぬな」と、秀伍は首を縦に振った。その後、丁度、今頃の季節、六郎太は京《みやこ》へ野菜類を運搬した帰途、四条室町にさしかかった。四条室町の四つ辻は京で最も人の往来が激しく、賑やかな所である。大勢の役人が鉦や太鼓を持つ小さな集団を護送しているのを眼《ま》の当りにした。「やっと捕らえたのかの」「随分、迷惑な信者達よ。どこの社《やしろ》に仕えるかは知らぬが」「人騒がせぞ、面白がって太鼓や鉦を鳴らしおって。人を困らせ、迷惑をかけて何が面白いのかの」と、通行人は口々に漏らした。そのような非難を六郎太は耳奥で増幅させながら、相槌を打って、苦々しい記憶を蘇らせた。

百姓という仕事はつまらない、との思いを色濃く心に塗り付けた。やがて再び、眠気が海辺に打ち寄せる波のように幾度も迫ってきた。

夜の間、霜のような色合いの月の光が入っていた小さな隙間からは、少しずつ黄色と茜《あかね》色を混ぜた光が差し込んできた。いつもなら目覚めている筈なのだが、昨日の疲れからか丈次はまだ寝息を立てている。口元を動かしたり、瞳が小刻みに動いているのが瞼の様子で分かる。楽しい夢を見ているのなら幸いなこと、と六郎太は息子の寝顔を見詰めた。八幡の浜の村の家では息子をこのようにまじまじと見詰めたことは、恐らくはないだろう。

だが、二人で荷を遠国《おんごく》へ運ぶ道すがら、自《おの》ずと丈次に強い関心が湧く。六郎太は心中で丈次に話しかけた。

「お前は母親似じゃな。長い眉、濃い睫毛《まつげ》、二重の瞼にやや大きな眼、それに少し張った顎をしとるの。確かに母似じゃ。それに母と儂の両方に似て、働き者よな。しっかりとよう働いて、立派な大人になるのじゃ。世間の親の中には子育てに気を遣《つか》わない輩が結構おる。親のすることをそのまま真似させておけばええ、とだけ考えておる。しかしな、それでは良《よ》うないかもな。丈次には出来るのなら、百姓ではのうて荷を運ぶ仕事を専業にすることを奨《すす》めたい。それには荷を運ぶことが生業になるように充分な糧が入らねばならぬが。

百姓は惨めかもの。水争いやいわれのない事故に巻き込まれることが多過ぎる。田圃に粘着力が強い鳥黐《とりもち》で張り付けられたように縛られることは不自由よの。視界を外に向けて世の中を様々な角度から見詰める楽しさを重んじる人間になって欲しい。百姓の家に生まれると子供は必ず百姓にしか成れない、という訳ではなかろう。現に儂は運搬業も兼ねておる」

そんなことを考えて六郎太は、薄い蒲団の上で何度も寝返りを打った。

浜の村の領主は川口の村の領主を兼任する。紀伊国を広く治める武将なのだが、その先祖は公家や位《くらい》の高い人物を警護した者である。刀や槍、弓矢の扱いに励み、巧みになって馬も上手に乗りこなすようになった。武力を逞しく身に付けて武家になった。もとは武家でない人間が志を立てて武家になったのだった。

密教僧の頃を思い出し堺から南へ向かう

初日の眠りは浅かったものの六郎太は、爽やかな朝を迎えた。厠《かわや》を出て太助の様子を見ようと、東屋《あずまや》へ下りた。太助の頭と鼻をやさしく撫でた。元気な様子だった。

薄い蒲団を畳み、二人が座れる場所を六郎太は作った。吸い筒を二本並べて竹の皮に包んだ乾飯と梅干を、ゆっくりと時間をかけて食べた。

「父《とと》さん、今日は根来へ参るんじゃろ。あっ、着くのは明日《みょうにち》け。堺の村で荷を受け取ってから根来へじゃったな。何《なん》で父さん、そんなに遠い所へ荷を運ぶのけ」と、丈次は不思議がった。

「んっ、儂がどうして八幡から遠く離れた村で荷を預かり、紀伊国の根来へ届けるのか、とその理由を尋ねておるのか」と、吸い筒に口を近付けた。

「それはの、儂が根来へは頻繁に訪れておると、少し大仰《おおぎょう》に言うて周りを信じさせたのよ」と、六郎太は語った。

「はったりを言うたのけ」と、丈次は口を尖らせた。根来へはこの二十年間、訪れたことはない。だが、その地は修行していた六郎太にとって馴染み深い。だから仕事欲しさという望みが加わり、相手を信じさせようとして、虚構を作り上げた。

「嘘を言うて信用させたのか」と、丈次は六郎太に険しい眼差しを放った。六郎太は頷いた。

「ならば、父さんが見破った根来からの勧進僧を真似た男と、堺の村人を信用させた嘘とはどない違うのけ」と、眉間に皺を寄せた。

「それはの、全く異なるの。儂の嘘は丸っきり嘘とは言えぬ。根来の山は例え二十年間参らなくてもよう知っておる。六年間、そこで修行したからの。但しの、堺の村から根来へは直接、参ったことはないが。だがの、あの贋《にせ》勧進僧は全くの嘘を村人に信じさせようとしたんじゃ。金品を巻き上げようと企《たくら》んだのじゃ、仲間と仕組んでの。坊さんではないの。単なる香具師《やし》ぞ。それに数人の男も香具師の嘘をまことしやかに思わせる偽り人よ」と、六郎太の弁舌は滑らかだった。丈次は父親の理屈が充分に呑み込めない様子だった。

六郎太は息子が父親の言動を思考の対象にしていることを、むしろ好ましく感じた。「大きゅうなった」と、心中に満足という炎が灯《とも》った。

「ご住職、泊めて下さって感謝申し上げる。御寺《おんてら》のご繁栄、お祈り致す」と、六郎太は深々とお辞儀した。

「六郎太殿と丈次殿、無病息災で根来へ参られよ。寸志を戴き感謝申す。大日如来様と空海・弘法大師・遍照《へんしょう》金剛様（空海の別名）がお守りしようぞ。布施の返礼として寺のお守りを一人ずつ」と、住職は手渡した。丈次は頭を下げてぎこちなくお辞儀した。

六郎太一行は江口の渡しから、八雲《やくも》へ戻った。薄っぺらな雲が大空を西から東へと、速く流れている。昨日迄の暖かさは雲を吹き飛ばすかのような強い風に、追い払われたのだろうか。冷気が吹き降りていた。浪速《なにわ》の遙か南に位置する大和川へ延びる上町の高台の東端を、鈍い光が差してくる方向へ進んだ。小さな雨が落ちてきた。

「今はどこを進んでるのけ」と、丈次は小糠雨でくすんだ薄茶色の麻布で包んだ頭を濡らしながら尋ねた。

「矢田《やた》ぞ。もう少し西へ行けば行基《ぎょうき》菩薩様がお架けになった橋がある。橋を渡って一時《いっとき》も経《た》たないうちに堺のすぐ手前に着こう」

かつて六郎太は石清水八幡宮で得た摂津国と紀伊国を描いた絵図で、そのことを確かめたことがあった。

丈次は荷を運ぶことが再び、心の負担になっているようだった。丈次の足取りの重さから丈次の心模様を推し量った。退屈な気分をほぐそうと六郎太は行基上人を話題に上らせた。

「丈次、行基上人のことを知ってるかの。上人は今、向こうてる堺に生まれたお方ぞ。空海、お大師様より百年位昔の人ぞ」と、振り向いて丈次を見た。

「んっ、行基菩薩と言われる上人け」と、丈次は六郎太を見上げた。

「行基上人のことで信じにくいことがあるんじゃ、父さん」と、口唇が一瞬、尖った。

「橋や池をたんと（沢山）作ったらしいんじゃが、本当にたんと作れるんけ」と、行基の功績が素直に理解出来そうにない。

「儂は本当だと思うとる。上人は常に真正面から民衆に仏の道をお説きになったお方ぞ。上人が生きなさった時代は、仏の教えは朝廷を中心に広がっていたのじゃ。じゃがの上人は我等百姓や村人に分かり易く教えたんじゃ。だから村人達は行基様を通して、仏の教えを理解出来たのよ。上人様は村人から信頼された。多分、仏の道を始めた釈迦と見做されたのではないかの。そんで（それで）『ここには橋が必要ぞ。橋を架ければそなた達の生活はし易くなり、楽になる。さあ、橋を架けよう』とか、『日照りが続いて作物が育たぬ。この辺りに溜め池を作るが良い』と、村人に言えば村人がこぞって労役《ろうえき》を申し出て、奉仕したんじゃ。村人は歩いている上人を見かけると、一人、二人というように付き従《したご》うて共に歩いたんじゃ。そんだけ魅力があったんじゃ。だからすぐに大勢で橋を作り、溜め池を掘ったのよ」と、六郎太の声は弾んだ。

「ふうーん、そうけ、橋や池はそうやって作ったのか。本当なんじゃな、父さん」と、丈次の声は折からの小雨を降らせている天候とは反対に明るかった。

笠からは顔に雨粒が伝い、肩や背中を覆っている蓑からは雨が滴《したた》り落ちている。雨天なので太陽の正確な位置は特定出来ないものの、真南から西へ少し進んでいる頃だろう。午《うま》の中刻《ちゅうこく》（午後一時頃）と、推し量った。大和川を渡れば堺という地域が広がる。そこは初めての土地である。だが、六郎太には未知の土地に踏み込む心細さは殆どない。権左殿から聞きとって書いた荷物の正確な発送人の名前と居所の地名、それに石清水八幡宮での絵図に支えられた。

「三宝村《さんぽうむら》に住む孝益《たかます》」そこで荷物を受け取るのである。そこへの目印は三宝神社だった。孝益とは如何なる人物であるのか、未知の人物へ興味がそそられた。

「あと少しぞ」という六郎太の呼び掛けが、丈次には力を振り絞る励ましになったのだろう。丈次は活気を取り戻して冗舌になった。

「父さんは何《なん》で（どうして）百姓になったのけ。何年も修行僧として高野山と根来の山で密教を学んだんじゃろ。乗実和尚が言うとった。『お前の父さんは百姓と物運び人じゃが、若い頃は良う仏の道を学んだお坊さんじゃった』」と、六郎太へ鋭い矢を放ったかのような質問だった。経緯を語れば途方もないことになる。要領よくしかも息子が分かり易いように答えることを考えた。

「うーん、そうじゃな、えーとの。ずうっと坊さんを続けることが難しゅうなっての。儂がその上人の下で修行した正覚房覚鑁《しょうかくぼうかくばん》という上人が亡くなられたのじゃ。功徳のある坊様が亡くなられることを示寂《じじゃく》と言うての。そんで（それで）暫く経ってから、弟子の多くがそれ迄に迫害を受けていた高野山に戻ることを決めての。高野山が上人に危害を与えそうになった故、上人と弟子が根来へ逃れたのによ。位の高いお弟子達は高野山といろいろ相談したんじゃ。上人が亡くなってからは根来の寺を支える米や野菜、銭、紙などが集まらなくなってしもうた。生活が悪うなって修行が出来にくうなった。そんで高野山の言う通りの修行をする故、大勢の修行僧を引き受けて貰えるように頼んだんじゃ。元々、上人は高野山で修行したから、高野山と根来は切り離せない太い糸で結ばれていたのだろうて。

儂はそこから危害を加えられるのを恐れて逃げて来たのに高野山へ戻るのは、『上人の考えに反《そむ》く』と思うた。儂達、下に位置する修行僧に実際に危害を加えた高野山に引き取られることは可笑しい、と感じた。それと、その他にも高野山へ戻らなかった理由が儂にはあるのじゃがの。再び、もし高野山へ上っておれば儂は殺されていたかもな。だから儂は根来の山を下りて生活出来る所を捜したんじゃ。それに修行僧も辞めた。

仏道に励み即身成仏という生きているうちに仏に成ろうとする高野山の僧が、空海の教えに反した蛮行を行《おこ》のうておる。争いをふっかける。仏道に携わる僧達の世界はそんな程度か、と嘲《あざけ》ったからの」と、六郎太はその頃を記憶の底から蘇らせた。

「ふうーん」と、丈次は六郎太の心の襞《ひだ》を思い描こうとしている様子だった。「父さんは百姓と物運び人を勤めておって、満足しとるのか」と、尋ねた。

「ふーむ、満足かの」と、六郎太は外から自身の内部を覗き込むかのようにして返事した。

「修行僧であった頃よりは矛盾が少ない故、その点では満足しとるの。それにお前やみまという二人の子供と暮らせるのでの」と、告げた。「そうけ」と、丈次は反応した。

「もし、この辺りに孝益《たかます》殿のお住まいがあると、お聞きしておりますがご存知で」と、六郎太は三宝神社を南へ過ぎた所で、背中に大きな荷物を負う行商人らしい男性に尋ねた。男性は黙って南を指で示した。

「これはお初にお目にかかりまする。八幡の権左殿の紹介で参った六郎太でご座います。こちらは息子の丈次でご座います」と、玄関口で荷主となる孝益に丁寧な挨拶をした。

「おーおっ、左様か。六郎太とやら、早速じゃが、納屋へ回ってくれるか」と、指示されて孝益の後に従った。孝益は時候の挨拶などに時を割くことは出来ない位、急いでいるように見えた。

納屋の中には菰《こも》や莫蓙《ござ》が乱雑に立てかけられたり、床に敷かれていた。奥の隅には荷車らしい物が稲藁を被って置かれている。指示に従って稲藁を取り去って、荷車を引き屋敷の外で待たせている太助に繋いだ。荷車はかなり重たかった。荷を六郎太の荷車に積み替えずにそのまま馬に繋ぐという指示から判断すると、やはり荷の中味を知られたくないのだろう。

菰で縛った幾つもの荷の形状から判断すると、決して農作物や生活用具ではなさそうに見える。刀や短い薙《なぎなた》、小刀などの武具かも知れない、と六郎太は感じた。

「六郎太とやら、この堺から根来の地へは詳しいのじゃな。道をよーく知っておるのじゃな。盗賊や追い剥ぎに遭わぬよう、早う根来へ運んでくれ」と、孝益は神経質そうな表情を漂わせた。

孝益が住む屋敷は百姓家《や》のようには見えないし、その匂いもない。荷車が納められていた納屋には農耕具はなかった。何を生業《なりわい》にして暮らしているのか、見当がつきにくい。荷を武具であると断定するのなら、刀鍛冶や他の工匠が作った武器を買い集めて、遠国《おんごく》へ売る商人かも知れない。もしそうだとすると、遠く離れた地域へ武具を売り捌くので、時には商う品が事故に遭って損害が生じたのだろうか。

「よーく存じておる故、安心下され。根来へは安全な道を辿り、安全な時刻に着くように致しまする」と、六郎太は眼を輝かせて孝益の不安を払おうとした。

もし荷を無事に送り届けて、気に入って貰えるのなら次回も仕事を依頼されるかも知れない。期待が大船に張る帆のように風を受けて、大きく膨らんだ。

南へ進んだ。雨は既に止み、夥《おびただ》しい数の小さな雲が空を東南の方角へ流れていた。小川があちこちに流れ、雨により地面の砂地を運んで黄土色《おうどいろ》に濁っていた。小川の近くには草むらが広がっている。そこを小さな動物が駆けていた。すると、それを狙って小型の鷹が舞い降りたかと思うと、その小動物を鋭い爪を持つ足で摑んで空高く昇った。

「父さん、今のを見たかの」と、丈次は興奮気味だった。獲物は野ネズミであり、空へ昇ったのはチュウヒと呼ばれる鷹だった。六郎太は京や宇治方面、田辺の地域などへ荷を運んでいる際に何度か見たことがある。草むらに出ている野ネズミが好物であるらしい。空中を羽搏きをしない時は翼をじっと広げたまま、気持ち良さそうに風に乗って飛行する。そんなことを丈次に伝えた。

「鷹なのけ、あれは。面白いのう、好物があって飛び方もちゃんと心得とるんか、ふーん」と、丈次は感心したようだった。そんな風に話す丈次に六郎太は興味を持った。

石津川《いしづ》、大津川という川を渡り、なだらかな丘陵を登って進んだ。

「もう少し南へ行くと久米田寺《くめたじ》がある。今宵はそこで泊まろうぞ。大きな寺院故、安全ぞ。行基上人が建立《こんりゅう》された寺で臥竜山隆池院《がりゅうざんりゅうちいん》が正式名ぞ。すぐ前には大きな池があっての。やはり上人が田畑に流すために作られたそうじゃ。『ここに池を作ろう』と、言われて百姓達が大勢、協力して田畑を潤す溜池を作ったんじゃ。儂が修行していた頃、和泉《いずみ》の地域から参った修行仲間から寺の縁起と池のいわれをよう聞かされたので、覚えておるのよ。儂は久米田寺に泊まるのは初めてぞ」と、丈次を振り返って見た。

丈次は辺りの濃い緑色の森に眼をやっていた。樹木と土の匂いが強くなっている。太陽が西の空に憩う迄には、まだかなりの時間がある。

「おっ父っー、横に見えるのは湖けー、大きいなぁー」と、丈次はその巨大さに感嘆の声を上げた。

「なぁーに、あれが先程、言うた溜池ぞ。久米田池よ」

その途方もない規模の池は、聖武天皇による命を受けて行基が、地元民の労役や土豪の財力という支援を得て完成した。天平十年（七三八年）のことだった。

久米田寺は古刹《こさつ》の名にふさわしい大寺だった。仁王像が立ちはだかる大門の前では、邪心は追い払われる。大門の左右に寺男《てらおとこ》と思える屈強そうな二十歳代の若者が、一人ずつ立っていた。この堺の土地も京と同じように治安が良くないのだろう。六郎太は一泊したい旨を一人に告げた。その男は離れた堂宇《どうう》の中に消えた。程なく一人の四十代と思える僧がやって来た。

「二人だけでのうて馬とその荷物もじゃな、ふーん、そうか」と、超永《ちょうえい》と名乗る僧は六郎太一行を見詰めた。荷物の中味や届け先について僧は詳しく尋ねて、六郎太の言葉の中に偽りがないかを調べた。超永は荷物の中味がすずしろや牛蒡などの重い根菜類であるとする六郎太の言葉を信じた。

「寺への謝礼には如何なる物を持って来たのかの」と、超永は金品を期待することに、あからさまだった。

「貨幣を持って来てご座る」と、六郎太は力を込めた。超永は六郎太の返事に相好《そうごう》を崩した。

「ならば、入られよ」と、超永は境内へ導いた。「夜には何人《なんびと》も入山を禁ずるが、馬にはくれぐれも気をつけられよ。馬泥棒が横行しておるからな。馬は泥棒にとり良い金蔓《かねづる》じゃ。軍馬にして良し、農耕に使って良し、それに荷を運ばせて良し。しっかり杭に結わえておくが良い」と、諭《さと》すように言って本堂裏にある数本の杭が立つ所へ案内した。

六郎太は超永が示す指先の向こうを見た。

「それに大きな荷物は如何に致すのか。この分だと、雨はもう降らぬようじゃが。盗まれないように荷車から下して堂内に運び入れた方が、無難じゃろう。農作物故、盗まれると大事《おおごと》ぞ」と、超永は助言した。

「そのう、一旦、荷を解いてしまえば出立の時に再び、しっかりと荷を縛らねばなりませぬ。従って荷車ごと、もし余裕の場所がありますれば、そこに置きとう存じまするが」と、しっかりとした口調で望みを伝えた。

「ほほう、そうでご座るか。ならばお堂の廂の下にでも、如何か」と、超永は親切だった。

「我等が泊めて貰える所か、その近くのお堂の所にでも」と、六郎太は穏やかに言った。

「泊まれる所は御影堂《みえいどう》（開山の行基上人の座像を祀るお堂）の裏に続く所ぞ」と、超永は指示した。

「しからば後にそちらへ我等の身回りの品を置きに伺いまする故、しばしお待ち下され」と、六郎太は丁寧だった。御影堂は広い境内の中央に建つ金堂（本堂）より西に進んだところに位置していた。その裏に参詣者が憩える宿坊があった。

二台の荷車と太助はその建物の近くに、少し離しておくことにした。雑草が脚を保護するために履いている脚絆《きゃはん》に巻き付くように触れた。その時、腹が輝く青色、背中が金色を帯びた蜥蜴が数匹現われたかと思うと、どこかへ散るようにして逃げた。

「そこなら父さん、両方ともよく見えますな」と、丈次は頷いた。

太助を繋いだ所とは反対の東の方角を木戸を開け放って眺めた。金堂の裏やその近くからは観音堂が見えるが、六郎太の視覚を驚かせたのは大きな樹木や灌木の緑色の鮮やかさと豊かさだった。その緑色に混じって赤紫色や薄黄色の花が小さな点となって、自らの色を主張している。その光景に暫くの間、見とれていた。すると、根来の密厳院《みつごんいん》で覚鑁上人と共に立ちつくして、戸外の景色をじっと見詰めていた時の思い出が蘇った。

「五月の頃の若緑《わかみどり》は如何にも活き活きとして生命《いのち》に満ちておるの、稜法（六郎太の修行僧名）」と、上人は自然の息吹に魅了されているかのように語った。

「左様でご座いまするな、上人様。折から吹く風が生命感溢るる緑の風に見えまする。緑色を風が運んで来るように拙僧の瞳が感じまする」と、稜法は日頃の感じ方を述べた。

「おーっ、おっ、風が緑色に見えるとな。心引かれる物言《ものい》いぞ。そちは仲々、感じ方と言葉が独特で面白いのう。そうよな、緑の風ぞ」と、小刻みに首を縦に振りながら、上人は横にいる稜法を見た。

風は急に勢いを増して密厳院に吹き付けた。その時、屋根の廂に吊ってある青銅製の風鐸が、風に応えるかのように金鋳た音を小さく放った。

「ふーむ、ふーむ」と、上人は二度、こくりと頷いた。稜法は上人を見た。視線が合った。

「愚僧は、愚僧はの……、この金鋳た風鐸の音色《おんしょく》にこの上ものう（なく）心引かれる。かすかな音色は最上ぞ」と、上人は眼を閉じた。稜法には上人の容貌が衆生《すじょう》を救う大日如来の微笑のように見えた。その時の上人の姿を六郎太は瞼の裏に再現し、往時の思い出という海の中に全身を沈ませた。

「父《とと》さん、父《とと》さん」と言う丈次に左肘を突つかれた。六郎太は若い頃の修行僧を勤めた根来・密厳院から現在いる臥竜山・久米田寺へ舞い戻ったかのようだった。

旅人らしい男が二人、六郎太達が立っている所へ、荷物を置こうとしていた。その様子を知って自分達の生活の品を置いてある方へ、場所を譲った。申《さる》の刻（午後四時）だろうか。周囲の明るさからそのように判断した。空腹を覚えた丈次が夕餉をねだった。すると、後から入って来た二十代と四十代に見える二人の男も夕餉を摂り始めた。二人は面識がないようだった。六郎太達も竹の皮から乾飯を指で掻き落したり、梅干を口に運びながらも、時々、二人の方を見ては小さな会釈をした。

超永の声がした。男三人と女二人が姿を現わした。彼等もここで一夜を過ごすのだろう。彼等はほぼ中央に身回り品を置き、自分達の居場所を確保した。御影堂の裏にある宿坊がにわかに活気付いてきた。今宵は大勢の人達と一つ屋根の下で寝ることになる。夜行性の鳥の鳴き声が広い堂内に届くだろう。寝付きの悪い六郎太はそのように感じた。

このような大きな寺を訪れた六郎太は、生来の物見高い性質が砂浜の小さな穴に、塩を注ぎ込まれたまま貝のように姿を現わした。丈次に告げて境内をそぞろ歩いた。境内の北側では住職などの先輩僧が、弟子の修行僧に仏典を教え、講釈する講堂から朗々とした声が響く。六郎太は雨上りの濡れた下生えに足を湿らせながらも、その声の方へ進んで行った。

空海が祖になる真言密教に蘇生の灯《ともしび》を煌煌《こうこう》と点《とも》した正覚房・覚鑁上人が尊んだ教えを講じているのだった。

「もしこの満月を観《かん》ずれば、すなはち彼《か》の大日を念ずるなり」との教えが聞こえた。その瞬間、修行僧を辞めて還俗《げんぞく》した筈の六郎太は身体が震える位の興奮を覚えた。

久米田寺にて覚鑁上人について語り始める

上人が重視したものとして満月が持つ霊力がある。月が持つ不思議な力、即ち清浄さを修行者が取り込んで自身のものとする修行方法を上人は編み出した。梵字の𑖀を円の中に書き、その円を満月と見做す。その満月の前で安座して瞑想する修行なのである。阿字観《あじかん》と呼ぶ。

六郎太が仏道に帰依した十年間は、百姓と運搬業による現在の生活の中では、重い鉄の扉で閉じ込められていた。だが、何らかの刺激を受けると、重厚な扉に隙間が生じる。

「お前はそこで何をしておる」という嗄れた声により、六郎太は自分が佇んでいる場所に気付いた。声の主は超永だった。

「えーっ、どのようなことをお坊さん達は学んでいなさるのかと、遂々、講義なさっているお方の声に聞き惚れてしまい、その……」と、丁重に腰を屈めてお辞儀した。

「そうか、それならば良いが。近頃は寺同志の争いが絶えぬ。いつ間者《かんじゃ》が忍び込んでも不思議ではないのでのう」と、口元を尖らせた。

「そうでご座いまするか。それは大変でご座いまするな」と、六郎太は首を縦に振った。

「私は間者などではご座いませぬ」と、続けた。その場に立ち続ける気まずさを感じて、太助を繋いでいる様子を見ようと、境内に下りた。近づいて背中と鼻を撫でた。太助は飼い主にきちんと世話されているのを感じて、安心した様子だった。

広い境内の端には、幾つもの畝が作られ、野菜が育てられている。しろ菜、すずしろ（大根）、牛蒡などが一列に整った筋を形作る。緑、白それに土の茶色が、よく調和した色合いを醸し出す。それらの様子が、高野山・密厳院（根来の密厳院とは異なる）で寺小僧として働いていた頃を思い出させる。

京《みやこ》にある東寺から高野山に上って、短期間働いた後、根来の神宮寺で上人に雇われた。その後、上人に連れられて高野山に上った。その時に住んだ寺が密厳院だった。丈次位の年だった。寺での与えられた仕事は、念相寺のそれと似通っていた。そのようなことを思い出すと、覚鑁上人へ思いが自ずと収斂《しゅうれん》していくのを六郎太は感じた。

「正覚房・覚鑁上人は即身成仏されたのだろうか。空海が唱えた『人間は修行することにより、生きているうちに仏に成れる』という説を実践できたのだろうか。果たして満足された生涯を結ばれたのだろうか。四十八歳という仏道に邁進する者としては短い一生を送られた。入滅する直前には、数々の修法を成就させ、上人としての生活を完結された、と六郎太は聞いている。その時、六郎太は自《みずか》らの素行《そこう》のために、根来から離れた土地に隔離されていた。だから、他の学僧とは異なり、上人の傍近くにいることが出来なかった。

高野山・金剛峯寺から放たれた夥しい矢を潜り抜け、罵声を背中に浴びせられ続けた。その後半生は果たして上人にとって、心休まるものだったのだろうか。上人を信仰の敵と見做す金剛峯寺が仕掛ける炎の中で、不平不満を弟子に漏らすことなく、どうして修行を続けられたのだろう。高野山に天罰が下ることを何故、望まれなかったのだろうか。

康治二年（一一四三年）十二月十二日、円明寺の廂の下で密厳浄土《みつごんじょうど》のある西を向き、正座したまま静かに入滅された。平素から自らが置かれた境涯に何ら不満を漏らさなかった。それは上人の上人たる由縁でもある。六郎太は修行僧として教えを受けた上人の死の間際に居合わせ、受難の中で生を終える上人を見送りたかったのである。それが出来なかった無念さが、今尚、全身を包んでいる。上人の下で密教を学んだ五年間は、四十路《よそじ》を過ぎた我が身にとって、金剛石のように貴重なのである。

胸中に根来での思い出を蘇らせたまま、六郎太は宿坊へ戻った。坊内には親し気な風が流れていた。六郎太達は西側に多くの身の回り品を置き、やや広い場所を占めている。そこにいる丈次が反対側の商人に見える男と話をしていた。五人の男女達は二人の話をほほえましそうに聞いている。

「今、息子さんに色々、教えて貰《もろ》うておったのじゃが、仲々、孝行な息子さんよの。若苗を植え終えてすぐに荷を運び、かように遠い所へ来なさったとは。根来へ参られるのじゃな」と、板壁にへばり付いている男が語った。

その男は名を捨吉《すてきち》と言い、商人ではなく四十五歳になる庭師《にわし》だった。根来の手前にある山寺に請われて、境内に池を作るための絵図（設計図）を描きに行くらしい。六郎太は我が子を褒められたことに父親としての心地の良さを感じた。捨吉は庭師にありがちなとっ付きの悪さは、凡《およ》そ持ち得ない男だった。

「こう言うたら何じゃが、この宿坊で出会《お》うたのも縁ぞ。仏様が会わせてくれたのかも知れぬな。黙って互いに気兼ねしおうて知らぬ顔をするよりも、どうかの、名前を名乗って親しうなれたらええかもな。一夜をここで過ごすのじゃから」と、捨吉は他の人々へも声を掛けるようにして、六郎太を見詰めた。

五人の集団は杉丞《すぎのじょう》という名の男を筆頭に、女は妻と娘、それに二人の男は杉丞の親戚だった。根来から南東の地、紀ノ川の南岸に広がる志富田《しぶた》（和歌山県かつらぎ町渋田）の住人だった。親戚がしばしば浪速・茅渟《ちぬ》の海《うみ》で行う漁に狩り出される。だから今後も安全に漁が続けられるように、海の神様である住吉大社へお祈りに出かけるとのことだった。六郎太達とは反対の方角へ行くことになる。妻子の二人はここで初めて出会った男達へ、心が張り詰めた眼差しを送っている。坊内の南側の板壁近くにいる二十歳代の男は、根来の東にある粉河寺《こかわでら》という大きな寺へ、職を求めに行くらしい。僧兵に成るのではなく、僧達の賄いや身の回りを整える雑役の仕事に就くことが望みだった。

「ところで、六郎太さんは根来でお坊さんの経験があるそうな。先程、息子さんが言うとった。

田堵《たど》と運搬人を勤めるが、よう文字を知ってる。根来で若い頃、修行僧だったとな。儂はまだ根来へは参ったことがない。儂は摂津の尼崎《あまがさき》から来たんじゃが、根来からかなり手前のお寺で仕事よ。これもご縁じゃ、六郎太さん、根来の寺のことなど、儂に、いや、皆《みん》なに話して貰えんかの。寺で泊まる人の中に仏道に励んだ人がおるのは、お釈迦様に導かれる仏縁と思うのでの」と、捨吉は全員を見渡すように瞳を動かせた。六郎太は気恥ずかしさを感じて黙っていた。

「六郎太さんと儂《わえ》とは、ひょっとすると同《おな》い齢かもな。何歳かのよし、儂《わえ》は四十二よ」と、杉丞は紀伊国の訛を話して、気詰まりな六郎太の気分を解《ほぐ》すかのようだった。

「儂《わえ》は志富田に住んでるから、根来のことをよう耳にするんやして。紀ノ川を往き来する人からの。根来の寺を栄えさした覚鑁ちゅうお人はえろう（ひどく）戦好《いくさ》きだったらしいの。そんで自分が修行して育てて貰《もろ》うた高野山で、それ迄とは違うことばかり行《おこ》のうて、非難されたとかの。遂に山には居《お》れんようになって、若い坊さんを大勢連れて、紀ノ川を渡り根来へ逃げたんじゃの。それとあんたの住む八幡《やわた》とはどの辺にあるのよし」と、内容の異なることを尋ねた。

杉丞が日頃、耳にすることは、正鵠《せいこく》を射ってはいない。恐らく高野山から発せられる風聞を一方的に真《ま》に受けて、信じ込んでいるのだろう。物事は両者から放たれる報告を公平に判断して、真実を究《きわ》めねばならない。

六郎太は眼前の杉丞だけでなく、世間一般の人達にも二十年もの星霜を経た真実を、言い伝えることの大切さを思い知った。

「儂も四十二歳で杉丞さんとは同い齢よの。八幡は浪速から来ると京《みやこ》の手前にある所ぞ」と、六郎太は説明し易いことを先に答えた。杉丞は小さく頷いた。

「根来は空海様が開かれた高野山とも繋がりが深いんじゃね。よう仕事でそのように聞いとるが。『空海さんがおらんかったら根来は無かった』とも言う人がおる位じゃからの。空海さんは偉いお方よ」と、捨吉は周囲を見回した。

六郎太は覚鑁上人について、上人の下で修行した者として真実を語ろうとした。だが、話題は予期しない方向へ、池に落ちた水滴のように広がった。

「『いろは歌は空海様が作られたのよし』と、伺うております」と、杉丞の妻が話の輪に入った。

「うっ」と、六郎太は言って異論を告げようとした時、捨吉が六郎太に代わって意見を述べた。

「ちょっと、それは違うみたいの。空海様が亡《の》うなって、だいぶ時を経てかららしいんじゃ、『いろはにほへと…』の『いろは歌』が出来たのは。『いろは歌』の平仮名が作られたのは、それ迄の漢字ばかりだと、何分《なにぶん》、書くのに手間どるじゃろ。それで平仮名が作り出されたんじゃが、そのきっかけになったのがお大師様、空海様よ。空海様はそれ迄になかった文字をたんと(沢山)編み出された。複雑な漢字をまるで何か、省略したかのような簡単な文字に作り変えたらしいの。平仮名が創り出される機会を作ったお人ぞ。

更にの、四国の讃岐にある万濃池《まんのういけ》を修繕して決壊を失くしたのは、正《まさ》しく空海様ぞ。雨が少ない土地に大きな溜池を作らせたのは、大昔の聖武帝様なんじゃ。だけどのう、大雨が降ると土手が崩れて池の水が氾濫し、田畑が流されて余計に被害が出たらしい。中国から帰られた何でもお出来になる空海様が、万濃池を改修なされた。

高徳の薬師《くすし》（医者）が病人の具合が悪い箇所に手を当てると、病が癒えるようにのう。ぴたりと池が潰れなくなった。空海様はそれ迄のお坊様が出来なんだことを次々と、叶えられたが、全てが空海様の偉業とばかりは考えぬ方が良かろ。空海様を土木の天才と人は言うが、そうではないと儂は思うとる。空海様が中国で学ばれたのは二年間に過ぎぬじゃろ。幾ら空海様でも土木という学問を充分、こなされるには月日がなかったろう。しかるに、国に戻りなさる時に中国から万巻《まんがん》の書を船で持って帰られたに違いない。その中には川や池、湖などの書物も入っていたろうよ。後には空海様には大勢のお弟子がおりなさったろう。そんで彼等が書物をきちんと整えて、分類したんではなかろうかの。万濃池の修繕を頼まれると空海様は、お弟子が整理した書物を繙《ひもと》いて池を直す方法を考え出されたのではないかの。実際に万濃池に似せた小さな池を幾つも作って、試されたのではあるまいか。そんで空海様は天才振りを発揮されたのよ。中国の言葉にも人間離れした理解力と話す力を持っておられたからの。

書物は単に沢山持っているだけでは駄目ぞ。常にきちんと整えて、何処《いずこ》に何がどのように書かれてあるかが分かるようにしておかねばの」と、捨吉は一気に喋りまくった。

六郎太は捨吉の意見には賛同出来る事柄が多い、と感じた。熱を帯びた語り口調に引き寄せられた。

捨吉は若い頃、庭師になる修業時代に親方に連れられて、四国は讃岐にある万濃池を訪れたのだった。「途方もない湖の如《ごと》き溜池ぞ。土手には多くの樹木が育ち、森のように見えた。対岸は灰色に霞んでいての」と、その時の在り様を思い出すように、興奮気味に眼を輝かせた。

「万濃池に似せた小さな池を幾つも作って、大雨にも潰れない丈夫な池を工夫したに違いない、空海様は」と、繰り返した。

「単にの、堤だけを強うしても充分ではなかろ。池の底の形を考えるのよ、それに岸の内側もな。池の土手が崩れるのは、池が湛えておる水の重さが、どうも原因らしい。それ故、水の重さが数箇所に集中せずに色んな所へ、分散させれば良いことを儂は知ったんじゃ。幾度も小さな池を作ってのう」と、捨吉は六郎太の方を見詰めた。

「そのう、空海様とはいつ頃の人なのかの」と、杉丞の親戚の男が尋ねた。

「そうよなあ、三百年、三百年も昔の人ぞ」と、捨吉は右手の指を折って確かめるように言った。

「三、三、三百年も前の……」と、言って驚きのために言葉が後に続かなかった。

「空海様は鬼才よ。人間離れしたお人ぞ。だから後《のち》の世の人はその偉い方に『何でも出来た』ということを擦り付けるのかもの。空海様が本当に成し遂げたことと、本当は成し得てないことを区別せねばならんの。そんで周りの人に真《まこと》の空海様の御姿を見せたらええ。そうやっても空海様は如何に秀れたことを沢山、成し遂げたかが分かるがの」と、捨吉は自分の考えに頷いた。

六郎太は庭師に心の中で拍手を送った。高野山と根来で修行していたので、空海についても多くを学んだ。捨吉は真言密教を学ぶ僧としての観点からではなく、庭師としての視点から空海を考察している。その意見は面白い。捨吉が放った「空海上人は鬼才」という考えは、六郎太には誘い水のような役割を果たした。空海が中国から持ち帰った真言密教に魅了された覚鑁上人。上人についての誤解を糺して上人が目指した精神の高さを語りたい六郎太。すっかり上人と自分とを話す心の準備が出来ていた。

久米田寺から西の方角に太陽が沈むには、かなりの時間がある。自分の後には捨吉か杉丞が続いて自身を語れば良い、と考えた。

「儂はの、農家の六人目の倅《せがれ》として生まれての」と、六郎太は丈次に視線を送った。家においても息子に自分の半生を、順序立てて言い聞かせたことはない。半生を語ることは気恥ずかしいことではある。だが、息子が将来、如何に生きるかの判断に生かせば良い、と考えると気分が楽になった。

六郎太は河内国《かわちのくに》、星田《ほした》（大阪府交野市《かたのし》星田）に生まれた。七歳になると村から遠く離れた男山近くにある念相寺へ、寺小僧として預けられた。男子が多くいる家では、末または末に近い男子を神社や寺へ送り出すことが、ならわしのようになっている。子供を養い育てる費用を軽減するためである。家から遠い所を親が選んだのは、子供が容易に親元へ戻りにくいと考えたからだった。たやすく実家へ帰り親と共に生活するのなら、親子共々、暮らしが出来なくなる。

念相寺へは住職の息子である乗実が時々、戻って来るが、東寺で修行していた。二歳上の先輩格の寺小僧と共に六郎太は掃除、湯屋の準備、洗濯、荷物運びなど住職に命じられるままに勤めた。勿論、年少なので上手にはこなせなかっただろう。半年程が経ち、雑草が生える境内に霜柱が立つ頃、念相寺の本山である東寺で学ぶ僧により高野山へ連れて行かれた。

恐らくは念相寺が近くの村から、六郎太と同じような条件で子供を引き取ることになったからだろう。寺小僧を三人も必要としない念相寺は、六郎太を他寺へ引き取って貰わねばならなかった。先輩格の寺小僧は働き振りを見込まれて、寺に必要という評価を得ていたのだろう。

高野山には堂宇が数多く居並び、寺の雑用をこなす寺小僧が数人、必要だった。六郎太は高野山で長期間、働くものと思っていた。だが、半年余り勤めると、今度は根来にある寺へ連れて行かれた。根来に建立されて日が浅い寺が、寺小僧を必要としていた。六郎太には良く分からないが、高野山での寺が六郎太を手放す時に、受け入れる根来の寺から金品を受け取ったに違いない。寺が財政的に苦しくなれば、寺小僧や雑役人を売買するのだろう。

高野の地で真言密教に熱い法灯の炎を燃えさせている僧がいた。三十三歳になるその僧は中背で、やや痩せ型の体型をしていた。その僧は前年に信仰心の深い武士、平為里《たいらのためさと》に出会った。為里は精進しているその僧の中に、他の密教僧が及ばない求道《ぐどう》の激しさを見つけた。その僧は名を正覚房覚鑁と名乗った。広い土地を有する為里は真言密教を根本から学び、教えを広めようとする覚鑁を支えた。根来の近く石手荘《いわでのしょう》という荘園を寄進した。

根来とは高野山から北西へ、紀ノ川を隔て葛城山系の南の麓に広がり高野山に比べると、遙かに低い地域である。

石手荘は広い耕作地が米、麦、種々の野菜を生産していて、覚鑁上人の活動を経済的に援助した。やがて石手荘の中にその荘園の鎮守として神宮寺《じんぐうじ》を建立した。更に後に修行の場として上人は密厳院の建築に着手した。六郎太は寺小僧として上人の傍で働いた。密厳院で修行する若い学僧の身の回りの世話にも心を砕いた。

上人は学僧の指導、自らの修行と信仰、寺の運営に情熱を傾けた。上人にとって石手荘を含む根来という地域は、高野山と比べても新しい霊場となり、根来山という呼び方がふさわしくなった。若い僧達の信仰生活が樟の大木がどっしりと地中に根をはるように安定すると、上人は高野山へ戻った。六郎太も小僧として上人に付き従った。上人は高野山だけでなく、根来山にも学僧が学べる寺を作ったのだった。

高野山へ再び上った六郎太は不思議な光景に気付いた。それ迄に幾つもの寺を見たので強くそのように感じたのだろう。それは山に建つ寺院の中には寂れた堂宇が少なからずあることだった。根来の密厳院で短期間ながら生活したので、学僧達が日課をこなす真摯な態度に触れていた。その張り詰めた生活が堂宇の維持管理にも反映されていた。掃除が行き届き床や廊下は栗の外皮のような色合いをして輝いていた。ところが、栄えていない堂宇では猫は多くは放たれず、鼠が庫裡《くり》（寺の台所）に現われては米粒を悠悠と喰《は》んでいた。

空海が高野山に真言密教という蓮の大輪の花を広い池一面に咲かせたものの、入定後は多くの花は次第に萎んでいった。修行僧の仏道への思いが薄らいでいた。全国から高野山に上った大勢の修行僧を金剛峯寺は、引き受けられなくなった。

上人はそのような状況の中にある高野山を自らの理想郷にするべく、日々、仏道に精進した。学僧数人に自らの望みを語った。六郎太は荷物運び、洗濯、湯屋の世話、掃除などに励みながらも望みを打ち明けられた学僧から教えられ、少しは理解出来た。上人の仏道への邁進の仕方は真言密教が持つ難解さを少なくして、より多くの人達が学べるように工夫することだった。真言密教僧として開祖・空海の教えを咀嚼《そしゃく》し、忠実に後継者になろうとしたことだった。

空海入定後、上人は二六〇年を経て九州は筑紫国《つくしのくに》（佐賀県）で小さな豪族の家に生を受けた。自身の著作『述懐詞《じゅっかいし》』に語っているように、子供の頃から求法《ぐほう》の精神が強く、仏法への姿勢は崇高だった。

「余《よ》未だ八歳に満たずして生界を厭《いと》い、仏教を欣《よろこ》ぶ。……十三にして求法《ぐほう》の為めに西海万波を渡り、東寺の一流に学ぶ。二十にして成仏《じょうぶつ》を欲し……善根を成仏に廻《めぐ》らし、功徳《くどく》を利他の為めにせざることなし」と、書いている。

喰《く》い扶持《ぶち》を減らすために交野の地から、遠く離れた念相寺に預けられたことが、仏道との出会いであった六郎太とは根本で異なる。

筑紫国を去り、上人はまず京《みやこ》にある仁和寺《にんなじ》は寛助《かんじょ》僧正の下で真言密教を学んだ。その間にも空海が嵯峨天皇から賜わった官寺の東寺で修行した。更に南都の東大寺へ赴き華厳教の世界に触れたり、阿弥陀如来が衆生《すじょう》（一般の人々）を極楽浄土へ導く浄土教をも学んだ。それらを深く理解した。その頃、浄土教は市井《しせい》の人々に広まり、信者が日毎に増え続けた。そのようにして上人は時代の風にも充分、溶け込んでいった。

二十歳の時に上人は自ら辿る修行は高野山金剛峯寺が叶えてくれる、と信じた。高野山には数多くの寺院が建ち、更には個人が結んだ庵《いおり》が川沿いにあった。寺院では僧侶や学僧が密教の道を歩み、庵には高野聖《ひじり》と呼ばれ全国へ行脚《あんぎゃ》して密教を広める者が住んでいた。中には下界に妻子を残して、修行する者もいた。上人はそれらの高野聖と交わり、時には自身も高野聖となって修行をこなした。

高野聖とは正式の僧侶ではなく学僧でもない。低い地位の求道者《ぐどうしゃ》と見做される。上人は若さにも拘わらず、既に具足戒《ぐそくかい》を受けていた。だから僧侶だけでなく、高野山へ財を寄附する泉州や紀伊国に住む信心深い豪族にも高い評価を得ていた。具足戒とは僧が守らねばならない戒律である。これを受けることは僧としての資質や学識を認められたことになる。

二十二歳と二十三歳の時に求聞持《ぐもんじ》法の修行を成し遂げた。虚空蔵菩薩の真言（ナウボウ・アキャシャギャラバヤ・オン・アリキャ・マリ・ボリソワカ）を百日間を費やし、百万遍念誦《ねんじゅ》したのだった。この修行をこなした頃から、山深く谷の多い高野山の隅々に迄、正覚房覚鑁の名は谺《こだま》するようになった。

「凄い僧が現われたの。愚僧達は長い間、高野で精進しておるが、今迄以上に励まねばの。さもなくば足元を覚鑁に掬われそうじゃ」。そのような危機感を募らせる言葉が僧侶の間で飛び交った。

その後、上人は仁和寺へ戻り、四十歳以上の僧が対象となる阿闍梨位《あじゃりい》（密教伝法の師の位）の継承を認められた。弱冠二十七歳だった。仁和寺の寛助阿闍梨は弟子である筈の上人を「大和尚《だいわじょう》」「慈悲の大阿闍梨」とも呼ぶくらい崇めた。上人は自分の名前が高まったことを自ら認めて、若い僧達を教え育てようと決心を、鞠のように弾ませた。

「伝法会《え》」という仏法や空海の教えを学僧に講義する集まりを催す伝法堂を高野山上に建立《こんりゅう》する望みを膨らませた。その計画と建立費用などについての相談を寛助へ働きかけた。寛助は鳥獣戯画を描き、「絵師《えし》の僧正様」として知られていた鳥羽僧正覚猷《かくゆう》を訪れ、実現出来るように助力を求めた。やがて鳥羽上皇に伝法堂建立の願いが、奏上された。

仏法への帰依が深い鳥羽上皇が高野山に詣でた折に、覚鑁上人は直接、自らの望みを申し述べた。後に上皇から便宜が図られた。堂宇を建てるには建築に要する費用だけでなく、完成後の維持費用が必要となる。それを叶えるには土地である荘園を手に入れなければならない。その荘園から穫れる米、粟《あわ》、稗《ひえ》、小豆、大豆、蓮根、小芋、慈姑《くわい》、すずしろなどの作物や紙、絹などが形を変えて砂金にもなる。砂金は堂宇建設の資材になり、その後の修行僧達にとっての蠟燭、灯火用の荏胡麻《えごま》油、巻紙、墨、硯や筆などに変身する。

上人は上皇に奏上するだけでなく、昔、暫くの間、共に暮らした高野聖が多く住む川沿いの地域へ何度も出向いた。伝法堂建設という実現が困難と思える自分の願いについて、彼等に薔薇色《ばらいろ》の言葉を口元から散華《さんげ》のように撒《ま》いた。散華とは蓮の花や花びらを形どった紙などであり、修行の儀式などでその場所を清めるために床に撒く。高野聖という正式の僧ではない求道者にも、将来に備えて勧進協力を上人は願い出たのだった。

覚鑁上人が自らの夢に手を届かせようとしている頃、六郎太にも望ましいことが起きていた。寺小僧として共に仕えている同年齢の達助《たつすけ》と二歳年長の法和《ほうわ》とも親密の度合が増していた。伝法堂建立を巡って様々な人達が、上人のもとを訪れた。高野山上は下界よりも涼しいのだが、日差しを遮ることが出来ない所ではかなり暑くなる。

そのような夏の昼下がりのことだった。法和が考え出したことなのだが、汲《く》んだ井戸水に紫蘇の葉を漬け込むのである。穏やかな酸味と鮮やかな赤紫色が水に滲み出す。それを素焼きの碗に入れて僅かばかりの水飴を混ぜ、十名に及ぶ客人に給仕した。伝法堂建築についての打ち合わせが終わり、客人が帰った。すると、弟子の筆頭である兼海《けんかい》に呼ばれて、六郎太達が上人の前に居並んだ。上人から接客について何らかの粗相を咎められると、全員が下を向き眼を閉じていた。

「ここへ呼び寄せたのはの、先程の客人の接待についての」と、上人が語った時、六郎太は叱咤の言葉が次に発せられると感じた。膝に置いた手で握り拳を作り、肩に力を入れて上半身を小さく固め、非難に耐えようとした。

「余りにも爽やかで、かすかな甘味があり、見事な飲み物、客人全員が褒め申した。『和尚様は良き小僧様をお持ちで、さぞ鼻が高かろう』と。客人達は伝法堂建立について、気持ち良く協力してくれようぞ。拙僧は大いに満足ぞ。そなた達の作った飲み物が客人を丁重にもてなし、心地良う話し合いが出来たことをの。ついてはあの飲み物は三人のうち、どちらが考えついたのかの、んっ」と、上人はにこやかな表情で三人を代わるがわる見詰めた。「んっ、どうじゃな」と、寺小僧の誰が名乗り出すかを待った。

「誰ぞ」と、上人の横に座る兼海は促した。

「皆でそれとはなしに作ってご座います。偶然にも時を同じうして考え出したのでご座います」と、年長の法和が真実とは異なることを、声を上づらせて言った。上人は首を小さく縦に振りながら頷いた様子だった。

「左様か、そうだったのかの」と、上人は少し思案している様子だった。

「ならば兼海」と、上人は眼で指図した。立ち上って兼海は隣の部屋へ去ったかと思うと、程なく紙に包んだ細長い物を三本、持って現われた。

「法和、六郎太、達助、これは褒美ぞ」と、上人が一人ずつ手渡している時、兼海は言葉を添えた。

「寺小僧を勤めながらも少しずつ、文字を習うて仏への道に歩み出すが良かろう」

上人は兼海の言葉に小さな微笑を付け加えた。幼い三人に将来、得度を授けて僧になる道を照らし出したのだった。

「有難く頂戴致しまする」と、法和は三人を代表するかのように木の床に両手を付いて、深々とお辞儀した。

「文字を沢山、学ぶことをお誓い申し上げまする」と、達助は上人を見上げた。

「冥加《みょうが》に余りまする」と、六郎太はやや大仰な言葉遣いだった。その言葉は念相寺の先代の和尚が寺で時々、使っていたのを咄嗟に思い出して口を突いて出たのだった。

「ほほう、仲々、難しい言葉を知っておるの、六郎太は」と、上人は六郎太に微笑を返した。

「冥加」とは神仏により知らず知らずのうちに与えられる慈悲のことである。「冥加に余る」とは、「冥加を与えられて恐縮する」という意味になる。

六郎太達は密厳院と繋がる小僧部屋で、一気に親密さを増した。六郎太は法和が考案した紫蘇を用いた爽やかな飲み水のことを話題にした。

「儂《わえ》一人では作れんかったから、おまん等に手伝うて貰《もろ》うて何とか出来たのでの。それにあの飲み水は儂の父《とと》が作って飲ませてくれたことがあるんよ。だから儂一人で考え出したんではないからの。そんで『皆でそれとはなしに作った』と、上人に言うたんよ。儂一人で褒められたんなら、おまん等に申し訳のう思うから」と、法和は六郎太には出来そうにない心遣いを示した。確かに紫蘇の葉を境内の畝から鋏で切り取り、小さく刻んだのは六郎太だった。達助は自らの味覚を頼りにして、本堂から遠く離れた高野山で最も甘く感じられる水を湛える井戸から水を汲んだ。水と紫蘇の量、それに水飴の分量は法和が天秤量《てんびんばか》りで量った。

「漁師の父《とと》さんは茅渟《ちぬ》の海で鰯をよう漁《と》るんじゃけど、いつも塩や酢で味付けしたんじゃ旨《うも》ない。そんで道端に生えてる紫蘇を刻んで鰯に天盛りに載せて食べたんよ。そしたら旨うての。紫蘇は香りがええし、ちょっと酸っぱい味が鰯の脂《あぶら》っぽさにほんに良う合うんよ。それ以後、魚を捌くことが好きな父は紫蘇の葉をいろいろ工夫しての。そんであの飲み水を作り出しての。水飴をちょっと混ぜるのがミソかもな」と、法和は紫蘇の葉を漬け込んだ爽やかな飲み水誕生の経緯を伝えた。

六郎太はこの時、初めて法和と父との日常生活の一部を知った。

「上人様は私達三人がお坊さんになることを望んでおられるの。嬉しう思うた」と、達助は明るい表情だった。

「儂《わえ》は上人様の下でずーっと暮したい。おまん等はどうか。儂と同じか」と、法和は二人を見た。六郎太は達助と同じように首を縦に振った。この出来事は三人が行動をしばしば共にすることを導く役割を果たした。

盆が過ぎると、高野山は朝夕、冷気が重く降り注ぎ始めた。日中は乾いた暑さが六郎太の身体をむしろ心地良くした。学僧が写経や阿字観《あじかん》という瞑想に耽っている間、仕事から解き放たれた三人は、谷川と呼ばれる細くて浅い川で水浴びを楽しんだ。椿《あべまき》や櫟《くぬぎ》という大きなドングリをつける大木に、日差しが所々、遮られ風と共に揺れていた。そのような所では、何かがひらひらと川面を低く飛び交っていた。六郎太は眼を凝らした。故郷でも見たことがあるハグロトンボだった。交野の実家のある地域で見たものとは異なり、随分、大きかった。懐かしさがこみ上げた。その時、ふと父母や兄達のことが心の中を過《よぎ》った。

法和に両手で救った川水をかけられて、現実に戻った。坊主頭にかけられた水は、何も抵抗を受けることなく、そのまま川面に落ちた。達助も加わり、三人は冷たい川水に身体の心地良さを楽しんだ。

「もう上ろう」という法和の声で、流れのすぐ傍の草むらから川岸へと上った。

「んっ、着物がない、それに帯も」と、六郎太は青冷めた。法和、達助も同様だった。三人は下帯を付けたまま辺りを見渡した。尾を小刻みに上下させ羽毛と羽根の色が黒と白のセキレイ以外に人の気配は感じられなかった。

「置き引きに盗まれた。かような霊山にも盗っ人はおるのじゃ」と、法和は口惜しがった。三人は着物を諦め、草履を履いて乾いた風に肌寒さを感じながら戻り始めた。剃髪した頭と幼い顔付きは、寺小僧を勤めていることが露《あらわ》だった。苔むした岩や石が作り出す凹凸の激しい道を、三人の方へ五、六人の僧がやって来た。

「ほほう、おぬし達は覚鑁上人の下に仕える小僧さんじゃな。何というあられもない恰好《かっこう》か。好んでするとはのう。正覚房覚鑁と同じう目立つことが好きと見ゆる。この聖なる高野という仏法の地で、幾ら女人《にょにん》はおらぬとは言え、下帯だけを付けて昼日中《ひるひなか》、歩き回るとは。さすが目立ちたがり屋の上人と暮らす者は、人目を憚《はばか》らぬのう」と、そのうちの一人が立ち止まって悪態をついた。六郎太達は反論する言葉を思いつかなくて、黙っていた。

「拙僧達は金剛峯寺で学ぶ者故《ゆえ》、覚鑁とそなた達のような破廉恥ではご座らぬ。良いものを見申した。周りに言いふらそうぞ、はっ、はっ、はー」と、別の僧が嘲《あなど》った。

六郎太は彼等に反駁しようと考えた。だが、事態をこじらせると、先日、上人から受けた褒め言葉が、厳しい忠告に変化することを恐れた。我慢するものの、金剛峯寺の学僧を憎らしく感じた。自身が仕える上人を罵倒する言葉を浴びせられたことが、許せなかった。

高野山には百以上の寺院が立ち並ぶが、最も多くの僧を抱えるのが金剛峯寺である。高野山は空海が仏道を重んじる嵯峨天皇に許されて開いた霊山である。紀伊、熊野、泉州や大和に住む豪族達が、財力を寄附して堂宇を建て、営んでいる。京にある官寺として発展している東寺とは運営方法が異なる。高野山は全くの「私《わたくし》」による寺院が集まる学問の府と言える。その中の金剛峯寺に詰める僧が、新しい試みを成そうとする覚鑁上人に穏やかでない心証を抱いている。

大治五年（一一三〇年）という新しい年が明けた。大勢の学僧が吐き出す息を白くさせて、上人の下で修行している。数人の学僧が三面ある壁に向かって月輪《がちりん》の前で、心を静め、阿字観に耽っている。他の数人は台の上に渡した板を文机《ふみづくえ》にして、写経に励んでいる。上人が崇める空海による著作『秘蔵宝鑰《ほうやく》』を書き写している。

市井の人々の多くは空海が著わした書物などを「弘法大師がお書きになった」と、言うのが常のようである。弘法大師という名は諱《いみな》（諡）であり、死後八十六年が経って醍醐天皇により与えられた尊称なのである。だから「この道は弘法大師が修行で歩かれた」という表現は間違いであり、「空海が歩いた」と言わねばならない。

『秘蔵宝鑰』には「生まれ生まれ生まれ生まれるが、その生の始まりはよく分からぬ。死に死に死んで、その死の終わりというものも、よく分からぬ」と、書かれている。

上人と筆頭・弟子の兼海、竜玄《りゅうげん》それに聖応《しょうおう》（「打聞集」という上人による伝法堂での講義を記録した著作がある）が、修業中の学僧を見て回った。その後、上人の住居である密厳院本堂に繋がる小さな堂宇に戻った。上人は完成間近な伝法堂の落慶供養について、それらの三人の弟子と堂内へ導く職衆《しきしゅう》の順番について相談した。職衆とは儀式に招く関係者のことである。堂内へは大導師を務める上人が彼等を招き入れる。伝法堂完成について功績の大きい人物から小さい人物への順位付けをしなければならない。順位付けは後《うしろ》へ行く程、難しくなる。兼海と聖応が意見を述べた。

暫くして、庫裡にいた六郎太には手を打つ音が聞きとれた。上人は数日前に一旦、墨書していた木簡の墨を消して再び、使えるようにして持って来るように指示した。巻き紙は潤沢に保管してあるのだが、五十名に及ぶ職衆の順位付けは紙よりも木簡の方が、作業がし易い。木を細く切り、薄く削って作った木簡は札のように扱える。それに紙は貴重で高価である。上人は三人の助言を得て、職衆の順番を木簡に記《しる》し始めた。その作業中も三人の弟子は修行を行っている後輩僧を指導するために中座した。

その後、三人は上人の命を受けて落慶供養への案内状の文案を話し合った。伝法堂建立は白河法皇、鳥羽上皇という政治《まつりごと》の大建物の許可を受けなければならない。その上、建立後の運営に関しては、武士の平為里が所有する石手荘《いわでのしょう》と呼ばれる荘園を借り受けることが必要となる。上人は空海が始めた頃のように、学僧を活発に教育して真言密教を蘇らせることに、炎のような情熱を燃やし続けることを願う。既に数多くの人達が上人に惜しみない助力を願い出ている。三人はそれらの人達へ心を尽くして、言葉を慎重に選んで文案を完成した。

六郎太、法和、達助の三人は硯石に墨を擦る役目を務めて、両手首が膨れ上る位、多量の墨汁を作った。筆跡が最も美しい若い学僧が選ばれて、上人の代筆をした。案内文を入れた書状が確実に届けられるように、信頼のおける配達業者の候補者が選ばれた。六郎太達寺小僧も伝法堂建立の落慶供養という、晴れがましい儀式挙行に参加していると感じて、心が高鳴った。

正覚房覚鑁、密教を大勢の学生《がくしょう》に教える

「上人様、落慶供養が盛大に、しかも季節も良い若葉の頃に挙行出来、誠にお目出とうご座います。ひとえに上人様が高野山復興を発願《ほつがん》されてから四年を経ずして成就なされたこと、弟子一同、上人様を尊《たっと》び申し上げまする」と、兼海は弟子を代表して祝辞を述べた。

「有難く存ずる。拙僧が発願したことが叶えられるように、一同の助けを貰《もろ》うた拙僧こそ、感謝の念で心は満たされておる。空海、弘法大師、遍照金剛《へんしょうこんごう》様も奥の院の御廟で我等の諸行をご覧下さり、ひとまずは心を安らかにされておられると存ずる」と、上人は弟子一同を見渡した。最後列の学僧には声が届かない位、物静かに語った。落慶供養を終えた翌日、檜の香りが立ち込める正方形の伝法堂内で、最年少の学僧より一列の幅を隔てたところで寺小僧の六郎太達も居並んだ。

上人は昨日、落慶供養の最中、伝法堂での講義名と内容を披露したのだが、再び弟子達にそれらを繰り返した。弟子達に真言密教の本道と奥義を教えて育てようとする上人の強い意気込みが察せられた。幾つもの講義の中に「伝法会談義《でんぽうえ》」というものがあった。それは数多くの仏

典に書かれている事柄を正しく解釈するために、上人が言葉を尽くして説明するという講義である。

上人の声は高くて明るく澄んでいた。高野山に建つ多くの寺で学ぶ僧を、一名でも多く伝法堂へ来させること。修行を伴う難解な真言密教を分かり易く、しかも僧の向学心を引き出させるように講義すること。これら二つが上人の深遠な望みだった。

高野山は空海が入定《にゅうじょう》（入滅、高僧が没すること）して以来、二九〇年以上、経つ。人は死後に成仏出来るのではなく、修行を通して生存中に仏に成ることが出来る。それが空海の即身成仏観である。だが、それを実行しようとする僧の熱意は、薪の残り火のように消えかけていた。空海自らも感じたように、即身成仏への修行とそれを支える学問を成し続けることは容易ではない。だから、良き指導者を見つけ出せないのなら、学僧の志は自分で燻らせてしまうことになる。やがて、それは消えてしまうかも知れない。

だが、上人が伝法会を再興して講義を始めると、伝法堂は内に眠る向学心を柔らかな筆先で刺激されたかのように、若い僧が密教への探求心を激しく発露させる所となった。若緑色《わかみどりいろ》だった樹木の葉は色濃くなり、太陽の光は次第に強くなっていた。上人による伝法会を受講した僧達は、自身が詰める寺院の仲間に充実した講義内容を賞讃した。彼等の賛辞は時には大風のように各寺院に吹き付けた。それと同時に、僧達の日常生活も充実し始めた。僧以外の寺院に出入りする仏道に帰依しない人達も、上人の活躍振りに注目し始めた。

「六郎太、伝えておいてくれるか。法和と達助に。明後日、大和から筆と墨を作る工人《こうじん》達が六名、こちらへ参るとのこと。上人と拙僧、それにあと二名がお相手致す。よって爽やかな飲み物を所望《しょもう》したい」と、兼海が表情を崩さずに言った。

「うん、ならば今度は紫蘇の代わりに茗荷を摑こうか」と、六郎太から用件を聞くと法和は口唇を噛みしめた。

境内の畝から茗荷を沢山、鋏で切り取った。それを庖丁でみじん切りにした後、布巾に包んできつく絞って茗荷汁を作った。水、絞り汁、水飴の分量は法和が調整した。茗荷の仄かな酸味が水飴の淡い甘さに引き立たされているかのようだった。試みに作ったものを兼海に差し出した。満足の表情だった。

「法和兄《けい》、美味なる飲み物じゃが、沢山飲むともの忘れがひどくなりませぬか。『茗荷を食べると記憶が無《の》うなる』と、親に教わったことがありまする」と、達助は尋ねた。

「水で薄めて水飴を混ぜとるので、大丈夫と思うが」と、一瞬、不安がった後、法和はそのように答えた。六郎太もそのように感じた。だが、茗荷は本当に記憶力を弱める食べ物なのだろうか。六郎太も不思議な思いがした。

「仲々、お前達は名人よの。美味であった。『珍しくて旨い飲み物じゃ』と、大和の工人達も言うておった」と、竜玄が工人達を帰した後、庫裡へ来て三人を褒めた。六郎太も他の二人と同じように得意気だった。

「竜玄様、お教え下さいませぬか。茗荷を食べると物忘れがどうしてひどうなるのか。親に尋ねたことがありまするが、親は『知らぬ』と、言うておりました」と、問いかけて、六郎太は白い前掛けで木の椀を洗った手を拭いた。

「本当にそうかの。多分、迷い言ではないかの、それは」と、竜玄は一重瞼の眼に小さな笑いを湛えた。

「それはの、大昔の天竺《てんじく》（インド）でのこと、釈迦様のお弟子に周利槃特《しゅりはんどく》様がおられての。その方は忘れっぽくなって遂には自分の名前さえも忘れる始末。それで自分の名前を書いた木札を首から吊って、忘れぬようにしたのじゃ。人に会《お》うて名を問われれば、木札を見て答えたのよ。それからそのお方がお亡くなりになっての。墓を建てると、いつしか、草が墓の傍から生えたのじゃ。それが茗荷だったので茗荷と物忘れを結び付けたのじゃろう。じゃが、愚僧はそれを迷い言と思うておる。物忘れの御仁《ごじん》の齢《よわい》は知らぬが、誰しも齢を重ねると忘れっぽくなろうぞ。親や兄弟姉妹の名前を咄嗟に名乗れぬお人は沢山いようぞ。愚僧にとっては茗荷は香り、味、共に清々《すがすが》しうて美味なるものよ」と、語って笑った。

六郎太は竜玄が茗荷にまつわる言い伝えを迷い言と一蹴したことにむしろ爽やかさを感じた。その上、小僧に過ぎない自分が発した問いを、学僧を指導する高い位にある僧が、真正面に受け止めて分かり易く答えてくれたことに好感を持った。

「竜玄様、有難うご座います。よーく分かりました」と、六郎太は何度もお辞儀した。

「何でも不思議に思うことがあらば、いつでも尋ねるが良い」と、親しみのある表情を浮かべて庫裡を去った。

伝法会は日増しにより多くの学僧を集め、堂内に入れきれなかった者は、四方を囲む廊下を埋め尽くした。

「かようにまで熱心な僧が詰めかけるとは、想定外の誤算よの」と、上人は重鎮の兼海、聖応、竜玄に語るものの表情は満足気だった。

「かくなるうえは、拙僧の方もより向学心を嵩じさせて参加僧に応えねばの」と、口元を引き締めた。

朝夕が涼しくなったかと思うと、吐く息が白く見え始めた。大勢の学僧が一堂に会して声明《しょうみょう》という修行を行っている。鉦や小さな銅鑼《どら》を鳴らしながら経典を読んでいる。彼等の声や鳴り物が澄んで聞こえる。空気が乾いているからだろう。そんな頃、上人は伝法堂に溢れる僧や学僧を充分、収容出来る大規模な伝法堂を建てることを望み始めた。

「実情を包み隠さずに申し上げて、この伝法堂を建てて貰うて日が浅いが、もう一棟、もっと大きなものをお願いしたい」と、上人は将来への展望を示した。

「上人様の願いが、すみやかに実現されるよう、我等、大日如来様の御加護を祈りまする」と、兼海が上人の弟子を代表して朝の勤行《ごんぎょう》が終わった時に、上人に向かって語った。

伝法堂は一間だけの建物である。それを遙かに凌ぐ大きさの堂宇が、二年後、長承元年（一一一三二年）、常緑樹に混じり漆の木が他の木立よりも早く、葉を紅色に染める頃、完成された。伝法堂のすぐ横に建てられて、檜の香りを強く放つ堂宇は、大伝法堂と呼ばれる。部屋数は三つを有する。

一棟の建物が主に一つだけの目的で建立されると、〇〇堂と呼ばれる。やがて、そのすぐ近くに別のお堂が初めに建てられた堂宇を支えるような目的で建てられると、〇〇院と呼び名が変化する。堂という名称は単一の建物を指し、院は二つ以上の建物から成る。

先に建立された一間だけの伝法堂を、講義だけでなく経典、墨、筆、巻紙を保管する経倉《きょうぐら》の機能も持たせた。更に集まる僧や学僧の控室という空間をも提供するようになった。後に出来上った大伝法堂が伝法堂を合わせることにより、大伝法院と呼称された。

多くの学僧と僧を集め、仏法を学ばせて空海が目指した高邁な教えを講義する大伝法院は、金剛峯寺を凌ぐ活動を行った。京に住む鳥羽上皇や白河法皇は覚鑁上人の活動を見聞することにより、上人を高く評価した。座主《ざす》という最高責任者の尊称を与えた。高野山上には同じ真言密教を奉じる金剛峯寺座主と大伝法院座主の二人が併存するのである。このことに眉間を曇らせる僧や学僧が、僅かながら現われた。

やがて密厳院は改修を施された。渡り廊下で繋がれた建物が二棟、増えたのだった。修行する空間、上人の居場所、小僧の控え室、学僧などの寝所《しんじょ》が整えられた。

堂宇が完成したことは、それらを経済的に支える政治的な計らいも定着したことを意味する。

土地を所有する武士や豪族は、彼等よりも大きな武力を持つ者により、しばしば押妨《おうぼう》、侵犯される。だが、大伝法院や改修された密厳院が営まれることは、それらを経済的に支える荘園が社会に対して、明確に定められたことを意味する。そのことにより、荘園とその所有者はより大きな荘園領主により、押妨、侵犯という被害から免れることになった。荘園で働く農民などの領民は侵入者による被害を受けずに安心して農作業に専念出来た。

紀ノ川流域近くの岡田荘《おかだのしょう》、山東荘《さんとうのしょう》、山崎荘《やまざきのしょう》、志富田荘《しぶたのしょう》などの荘園が、大伝法院の運営に充てられた。密厳院は相賀荘《おうがのしょう》が財政を支えた。それらの荘園に住む領民は上人を真言密教を広める宗教家としてだけでなく、彼等の生活を保障する人物としても尊敬した。

一年後、六郎太は往生院《おうじょういん》と呼ばれる上人がかつて修行したことのある寺に、半年間住んだ。そこで修行する若い僧の身の回りの世話をするためだった。仕事の合い間に一位樫《いちいかし》が茂る森の中にある大伝法院へ赴いた。どのような講義が行われているのか、知りたかったのである。上人に気付かれないように板戸の後ろの廊下に座った。

上人は神々しく金色の輝きを辺りに放つ大日如来座像の前で鎮座していた。大勢の受講僧に高くて透き通った声で講義していた。後になってこの講義は菩提心《ぼだいしん》についてであることが分かった。菩提心とは煩悩を断《た》って生死《しょうじ》を越えた境地、即ち、悟りの境地に入ることである。講義が終わる前に受講僧に気付かれないように、六郎太は大伝法院を後にした。

半年後、六郎太は再び密厳院へ戻った。湯屋の炊き付けを達助と共に行っていた。その時、聖応が湯屋の外で二人に後程、兼海が詰める部屋へ来るように伝えた。兼海、竜玄、聖応は同じ所で寝起きする。普段から書き溜めている文字の練習帳を持って行くのである。湯舟の湯加減が頃合いになった時、賄いを補助する学僧に薪の程良いくべ方を頼んで、師範僧の部屋へ行った。既に来ていた法和は二人に眼配せした。

「どうじゃの、文字の学び具合は」と、兼海が三人を見た。他の寺院では寺小僧へは直接、文字の指導は学僧や、まして上位に就く師範僧が施したりはしない。寺小僧は学僧が学ぶことを盗み見して、学識を養う。だが、覚鑁上人が営む寺院では向学心があれば、寺小僧にも師範格の僧が直接、本式の指南を行う。上人の開明的な教育方針と言えるだろう。

法和が真先に練習帳を開いた。兼海は三人を見た時のやさし気な眼差しを鋭い眼付に変化させた。差し出された練習帳を厳正に点検した。次いで六郎太と達助のものも見始めた。

三人が用いる練習帳は学僧が一度、文字を書いた紙を自分達で水に溶かして、漉《す》き直した紙《かみ》屋紙《やがみ》と呼ぶ再生紙を用いている。紙は高価な必需品である。薄い灰色を帯びており、片方を糸で綴じている。法和、六郎太、達助という年齢順に兼海は文字の出来栄えを評価した。法和が一番良く褒められた。六郎太が見ても美しい形をしていた。

「六郎太は書くのが少し苦手かの。じゃが時を費やして慣れるが宜しかろう。何事もそうじゃな、練習に励むなら慣れようものを。毎日、忙しいとは思うが今迄以上に、文字を沢山書くようにな。さすれば、時が満ちると次は経典を直接、写経することに進めるからの」と、兼海は文字を指導する師として、六郎太に助言した。

達助も美形の文字を書いた。法和のそれとは異なり、柔らかくてやさしい書体だった。文字の指導は上人から兼海に一任されてはいるが、兼海は上人にきちんと三人の文字の出来栄えを報告していた。

夕餉を摂った後、庫裡で大勢の学僧が使った素焼きの皿を洗っていた。上人は庫裡に入って来て六郎太に話しかけた。

「六郎太も学僧が歩む道を辿っておるのじゃな。読み書きを習うて経典と取り組む準備をしておるのじゃの。しっかりと教わるのじゃ、兼海からの」と、上人の励ましの声は伝法会談義《でんぽうえだんぎ》を行なっていた時と同じの、高くてよく澄んでいた。六郎太は四十二歳の現在でも、上人の艶のある声を耳の奥で鮮やかに再現することが出来る。下働きを勤める自分のような者にも、行く末を示してくれる上人の思いやりに胸を詰まらせた。上人に心酔する六郎太は仕事を速く巧みにこなすようになった。余った時を見計らって大伝法院へ赴き、伝法会談義を廊下の隅で遠くから学ぶことにした。

伝法会談義は二つの講義から成る。春に催されるものは修学会《しゅがくえ》、秋は練学会《れんがくえ》と呼ばれた。それぞれ約二か月間続いた。修学会では主に経典を書写し、練学会では学んだ経論《きょうろん》に間違いがないかを確かめる。それらの講義が近づくと、学僧達は充分の準備をして、向学心を高め、講義中は神経を研ぎ澄ませた。受講後は急いでそれぞれが籍を置く坊院へ戻った。紙屋紙に訂正した箇所を何度も書いて、誤りを繰り返さないようにするのだった。

伝法会談義に遠くから耳を澄ませる六郎太を知って、法和は揶揄《やゆ》とも驚きともとれる言葉を発した。「六さん、凄いのう。もう学僧になったのかの」と。達助は「六さんのように自分も大伝法堂で上人の練学会を拝聴したい」と、望みを語った。

精神が強靱な上人は伝法会談義を行わない日は、朝は阿字観を毎日、修した。上人は夜空に煌煌と薄黄色く輝き、地上へは青灰色の光を放つ満月をとりわけ、修行上、重要と考えた。満月には人間が及ばない霊力が宿る、と信じた。その満月と見立てた円の中に描かれた𑖀という阿字を静かに観想する修行を尊んだ。上人が「月輪《がちりん》の聖者《じょうしゃ》」と呼ばれる由縁である。

高野山を空海以後、再び、密教の教えが蓮の花が盛んに咲くように、大勢の僧と学僧の注目を得ることが上人の望みである。大層、活力が外へ張るように見える上人だが、心根は実に物静かで沈着であるだろう、と六郎太は考える。上人は端目で眺めても深い思慮に富んだ和尚に見える。

不穏を告げる身辺と高野山

　六郎太は賄い頭を務める学僧で五歳年長の然善《ねんぜん》に従って、木耳《きくらげ》を採りに北の方角へ深い森へ入って行った。然善は賄い頭だけあって食べ物に関して定見を持っていた。木耳を含め木茸《きのこ》は膳を豊かにする具材と考えている。汁の具として食べても美味であり、酒をふってから焼くと、香りが一層、良くなって味も複雑な旨味が増す。採取後、数日間、天日干しすれば味が濃くなるし、必要に応じていつでも使える保存食になる。そんなことを語ったので、六郎太は然善に賄い人としての尊敬の念を抱いた。

　途中、一心院谷《いっしんいんだに》を下って小さな沢を渡った。高野山山上に建つ金剛峯寺の他、多くの坊院には学侶《がくりょ》、雑役役の行人《ぎょうにん》、警護を専門とする衆人《しゅうと》が住む。それらに加えて、小さな庵では高野聖が修行している。それらの人々の食糧として、それぞれの生活の場近くに自生する木耳は採り尽くされている。だから、人が足を踏み入れそうにない所へ、採集に出かけねばならない。

　日光が充分、届かずに落葉が地面を被《おお》っていた。苔蒸した匂いを楽しみながら、湿地茸《しめぢだけ》、月夜茸、玉子茸、榎茸《えのき》などを柳の細枝を編んで作った籠に入れていった。榎茸は短くて笠も軸も薄茶色をしている。その時、山雀《やまがら》が近付きつつある六郎太に警戒心を持つことなしに枝にじっと止まっていた。夏に見る同じ鳥よりも心なしか、太くて大きい。暫く、その変化に興味を持って眺めていた。

「六郎太、何をじっとしとる」と、然善は遠くから声を掛けた。六郎太は振り返って不思議に感じたことを告げた。

「それはの、冬が迫ってるためぞ。真冬になれば餌になる木の実や虫が少のうなる。それ故、今から食い貯めをして太っとるのじゃ」と、然善は説明した。六郎太はそのような小動物も近付く冬に備えて生活していることを知った。それに小動物に思いを馳せる然善に親しみを覚えた。

密厳院へ戻ると、玄関に学僧達が集まっていた。十五歳になる六郎太は多くの学僧よりも背が高いので、容易に中を覗き込んだ。達助が介抱を受けていた。

「痛ったっ、そ、そっ、そこでご座います。左肘が」と、痛みの部位を特定しようとする聖応に、額に汗をかきながら答えた。

「愚僧達が往来で倒れていた達助を抱き起こしてご座る。他に傷がないらしくて良うご座います」と、他の学僧が言った。聖応は彼等を見てから、再び、達助に視線を投げて経緯を語らせた。

密厳院から南東へ一町半位（約一六〇メートル）の所に金剛峯寺が建つ。その寺の南の小径を達助は山菜採りを終えて、一人で通っていた。すると、若い学僧三人に取り囲まれて暴力を振るわれたのだった。束の間の出来事だったらしい。話し終わると悔しがって泣き始めた。

「難儀じゃったの、達助、左肘を冷やすが良い。幸い肘は折れてはおらぬよう、強い打擲ぞ」と、聖応は言って六郎太に気付いた。六郎太は介抱する役目を聖応から与えられた。

「学僧とはどこの寺の者か、心当りはどうじゃ」と、聖応は眼を膨らした達助を覗き込むようにして尋ねた。

「それが、それが……」と、切り出しにくそうだった。聖応は達助の気分が鎮まるのを待った。

「どうじゃな、心当りは」と、再び尋ねた。

「言うと叱られまする」と、達助は気分が尚も揺れ動いている様子だった。聖応はじっと、達助の両肩にやさしく手を添えていた。

「構わぬ。申せ」と、聖応は穏やかだが毅然とした口調だった。

「上人様を恨む痴者《しれもの》でご座いまする。『我等は正覚房覚鑁を憎む寺の者ぞ』と、言うとりましてご座いまする」と、泣き声だった。

「よう申した、達助、よう教えてくれた」と、聖応は励ました。達助に添えた両手を離し、顔を上げて周りに視線を放った。

「このことは拙僧が直接、上人様へ伝えようぞ。よって、各自は他言してはならぬ。噂に出してもならぬ」と、聖応は口元を引き締めた。居合わせた学僧達は聖応の強い口調に、畏れるかのように頷いた。

この事件があって後、達助の仕事は密厳院内に限られるようになった。外出することは危険だった。六郎太と法和が密厳院を離れる時は必ず学僧が付き添うことになった。更に時を同じくして寺小僧三人が力を合わせて、これ迄以上に熱心に勤めることと、密教を学ぶ心の準備をするように申し渡された。六郎太は金剛峯寺の学僧達を恐れた。印を結んで修行する彼等の手は、刃に付け替えられているように感じた。

暴力沙汰を決して寺小僧の間では、話題に上らせない努力を六郎太と法和は続けた。だが、密厳院と大伝法院では学僧達の心中は、大風を受けた池の水面《みなも》が激しく波立つように、穏やかさを失っていた。六郎太達はそのような変化を鎮めようとする竜玄から指示を受けた。

「そなた達に多くの仕事を課することになるが、学僧がこれ迄以上に修行や仏法に真摯に向き合えるように、建物内外を一層、清めるようにな。学僧が仏道に専念するには身辺が整えられてねばの。外で行う荒行《あらぎょう》とは違《ちご》うて、屋内で脚を組む観想などでは、堂内が常に綺麗に保っておかねば。さすれば上人様の御意志に適い、更に上人様が敬《うやま》う空海様の御本意に通じよう。そなた達は金剛峯寺からの仕打ちにうちひしがれずに、強い心を持って日課をこなされよ。辛いことかも知れぬ。じゃが、そなた達はきちんとこなす器量を持ち合わせておる」と、竜玄の声は六郎太によく響いた。

自らの労を犒われるのと同時に、励まされているのを感じた。竜玄は心豊かな先輩僧であると、まだ僧籍に加わっていない六郎太は感じた。

冷たい風が吹くと、橅《ぶな》や小楢《こなら》などの木の葉が、乾いた音を立てて一斉に舞い落ちる。季節は音と共に進んでいた。その頃、容貌からは決して学僧には見えない粗野な表情を浮かべる若者が、大勢、密厳院の堂内に集まった。六郎太達は異様さに半ば身体を震えさせながら、紫蘇と茗荷を用いた飲み水を温めて給仕した。彼等に椀を運んでいる時、彼等が交わす会話から衆徒として雇われることを望んでいることが分かった。金剛峯寺への対抗措置として、大伝法院と密厳院を守る警護人を募ったのだった。衆徒として若くて荒々しく見える男達が雇われてすぐに、多くの荷物が運ばれてきた。堺という高野山からは遙か北、摂津国《せっつのくに》の手前にある地域からだった。脇差、薙《なぎなた》、弓矢などの武具だった。

「金剛峯寺の方が人数と言い武力でも秀れておるじゃろ。儂等《わえら》の寺よりも歴史が古いのでの。じゃが、儂等の寺は負けておれんの」と、法和は握り拳を作った。すると、達助は顔に恐怖感を湛えた。

「怖い、怖い。もう乱暴はまっぴらでご座る」と、負傷させられた記憶を蘇らせた。

その日の午後、六郎太は密厳院の境内の畝で根深《ねぶか》（葱）を採り入れていた。菰の上によく土を払って置いていった。その時、達助が背後から声を掛けた。

「六さんはここにいたのけ。小僧部屋を覗いたけどいんかった（いなかった）」と、達助は中腰で作業をしている六郎太の横へ来た。

「六さんはずっとここにいるんけ」と、六郎太が返事に困ることを達助は尋ねた。

「われはどうしようかと悩んでおる」と、達助は続けた。「木樵《きこり》の父《とと》がこの頃、身体を損《そこ》ねて体調が優れんらしい。そやから（だから）兄《にい》やんが父の分迄働いて、しんどいのよ。『戻って来て木樵をせんか』との文《ふみ》が二日前に届いての」と、達助は六郎太を手伝いながら心の中を見せた。文字の読み書きが出来ない父と兄は、村に住む古老に代筆を頼んだようだった。

「ふうーん。そうか」と、六郎太にはそれ以外の言葉が思い浮かばない。

達助は大和は郡山から六郎太と同じように喰い扶持を減らすために、高野山へ送り出された。木樵の父が最近はめっきり体力を落としている。まだ四十歳なのだが長年に及ぶ身体の酷使が祟って、腰を相当、痛めているとのことだった。木樵は樹木を単に切り倒して運ぶだけでなく、常に木に登り不要な枝を払って樹木が高く大きく成長することを促す。

「腰を痛めて木に登ることは無理らしい。それに材木を運ぶことも辛いとか。このままでは弟や妹が暮らせぬ。われとは齢がかなり離れておって、働くことは出来んのよ」と、達助の言葉には切迫した語気があった。

「怪我させられたから、このお山に嫌気がさしとるのかの」と、六郎太は尋ねた。

「それもあるの」と、達助の声は小さくなった。「お坊さんはもっと静かで穏やかで、大人しいと思うたに。ああやって子どものわれをとり囲んで、乱暴するなんぞ坊さんがすることではなかろ。今でも、肘を曲げると頭に迄、痛みが上って来ての」と、達助の表情は歪んだ。六郎太は達助の心模様が分かる気がした。

「今、言うたことは法和さんには内緒にな。法和さんはわれ等よりも年長故《ゆえ》、やっぱりわれは切り出しにくうての。それに、歳上故、われが考えとることを押し潰すかもな。多分、法和さんは竜玄様と通じとると思うとる。われ等のことを竜玄様がよう知っとるのは、法和さんが伝えとるのよ。われは別に法和さんを嫌うてはいんが、寺小僧が三人おるんで年長者が自然とお坊様に、いろいろ伝える役目をするんじゃろな。われにこの頃、よう文《ふみ》が届くのを先だって竜玄様がわれに言うておった。多分、法和さんが伝えたのじゃろ。親からの文は法和さんがわれに手渡してくれているからの」と、達助は語り続けた。

「弟と妹が恙無《つつがの》う暮しておるのか、気になっての。歳が小さいから父が具合悪うなっても、生活が苦しうなることが分からんじゃろな。そやから元気にしてると思うがの」と、達助の表情は明るくなった。

そのような表情は六郎太には羨ましかった。六郎太は交野に住む親や兄達から文を受け取ったことはない。彼等へ送ったこともない。互いに近況が分からない。兼海から学んでいる文字は経典によく使われるものばかりである。村の古老でも判読出来ないだろう。読み書きし易い平仮名も教えて貰えるように、兼海に頼むことにした。そうすれば親元との交信が少しは出来るだろう。

平仮名の手本を兼海より与えられ文字を書き溜め始めた。うず高く積まれた薪や炭が放つ匂いを嗅ぎながら、六郎太は法和、達助と共に納屋の中にいた。平仮名を既に読み書き出来る達助は、これ迄通り、経典に用いられる文字を練習した。二人には六郎太は平仮名に励んでいる理由を告げていた。一通り平仮名を学んで書けるようになれば、すぐに経典の文字の練習に戻る。三人は隣り合わせになっているものの、自分の前に置かれた手本と紙屋紙、筆だけを見詰めた。

「ふっ」と、法和が息をついて膝を崩した。

「今日はこれ迄ぞ」と、自身に言って聞かせるようにぽつりと声を発した。六郎太も達助も筆を置いた。

「六さんは平仮名が捗ってるかの。親宛てに文を書くために平仮名を学ぶことは良いかもの。儂《わえ》も親へ書きとうなった、文《ふみ》をの。兼海様に頼もうか。しかるに儂の親は文字が読めんでの。村に読める人がおれば良《え》えんじゃが……」と、法和は六郎太を見た。

「一人位はいるかと思う。もしいんだら（いないのなら）お寺のお坊様に頼んだら」と、六郎太は助言した。法和は頷いた。

その夜、風通しの悪い小僧部屋で薄い蒲団の中で眠ろうとしても、眼は冴えていた。達助が将来を考えていることに六郎太も触発された。このままずっと、高野山に住み続けて数年後に得度を受け、僧になっても修行に励み続けるかどうかだった。高野山に上って既に五年になろうとしている。その間に数人の学僧が山を下って、父親や親族の寺院を継いでいる。居残っている学僧は年長者であっても三十代始めであり、若い。兼海、竜玄、聖応はずっと密教を極めながら、若い僧を指導する仕事を続けるのだろう。彼等は僧として学識が深く、後輩僧に対して細やかな指導が出来ることが、上人の篤い信任を得ているに違いない。

六郎太には継ぐ寺院はない。だから学僧になった後も山に住み続けるには、修行に裏付けされた高い学識を持たねばならなくなる。果たして出来るかどうか、不安である。更に金剛峯寺の学僧に怪我を負わされるかも知れないことを想像すると、心が畏縮する。将来をどのように生きるかについて、容易に妙案が思い付きそうにない。まだ得度を受けて学僧にもなっていない。だが、寺小僧という弱い状態は、達助のように金剛峯寺の僧による暴力の的に成り易い。そのように考えた時、折からの暗い風に乗って運ばれてくる「ホーッ、ホーッ」と響くコノハズクの鳴き声が、将来に不気味さを募らせた。

密厳院から南の方角へ三町ばかり行くと、樹木の下生えにより地面がおおわれてはいるが、平坦な土地が広がる。密厳院が雇い入れた衆徒達はそこで軍事教練に勤《いそ》しんだ。樹木の低い枝に吊した幾つもの的に矢を一斉に放ったり、五人ずつに分かれ実戦さながらに木刀を振りかざしたりした。その教練を人々に見せつけることにより、金剛峯寺方へ威圧することを企てた。

六郎太は穏やかではない心象を持ち続けながらも、小僧として熱心に働いた。学僧達の墨染めの僧衣を米糠で洗っては干し、取り入れる作業をこなした。いつしか、日常の不安と将来への懸念は、折から吹き付ける真冬を告げる乾いた風に運び去られた。暫くして然善を手助けする賄い役の仕事に正式に就いた。

法和は兼海、聖応《しょうおう》、竜玄が他の寺院へ上人の名代《みょうだい》として赴く時、伴をする童子役《どうじやく》を与えられた。童子役は荷物を持ち運びするだけでなく、それらを準備して点検も行う。重い責任が課せられた。達助は大伝法院での伝法会談義を主とした受け付けや、院内での清掃を含めて建物の管理という仕事を新しく与えられた。これ迄にこなした達助の仕事は、新たに入山した二人の小僧達に振り分けされた。

上人による真言密教の復興活動が順調に高まりを見せ、より多くの人手が必要となった。上人の活動を支える経済的な支援も、より豊かになった。

六郎太が賄い役を専従として与えられたのは、畝で野菜を育てることに熱心であることが評価された、と考えている。三人の中では一番長い時を野菜の育成に費やしたからかも知れない。父母が百姓であるので、幼少の時は父母の野良《のら》作業を籠の中に入れられたまま眺めて育てられた。だから、作物の手入れの仕方も、自然と学んだのだろう。密教を学ぶ時間的なゆとりも多くなった。

朝の勤行《ごんぎょう》が終わった時、六郎太達も多くの学僧の後に並ぶように告げられた。

「あと半年後に迫った高祖空海上人の御遠忌《ごおんき》（開祖の徳を慕い五十年忌以後、五十年毎に行う法会《ほうえ》）、三百年御遠忌を金剛峯寺と共に協力しおうて催すことになった。高祖様がご入定された三月二十一日が迫っておる。各自、金剛峯寺へは、いろいろの思いがあろうが、日頃のことはこの際、返上して高祖様にお仕えしようぞ。先立《せんだ》っての寺側との話し合いにより、三百年御遠忌を御影堂と御廟のある奥の院の拝殿との二箇所にてとり行うことにした。それ故、各自が自らの使命を全う出来るように、全力を尽くされよ。信仰に励む者は大日如来様を拝むが如く、高祖・空海上人を仰《あお》ぐが良い。

また、大伝法院、密厳院で拙僧を含んだ僧のために仕える者達は、御遠忌が恙無うとり行えるように一層、仕事に奮励されよ」と、上人の高い声は密厳堂内に残響を伴って満ちた。言い終えて上人が一礼をすると、最前列に座る僧達が一斉にお辞儀した。その光景は海岸に打ち寄せる波のように、六郎太達の最後列の所まで、お辞儀の動作が伝わった。

六郎太も他の二人と同時に頭を下げた。自分達も学僧達と同じ堂内で同じ所作を行っていることを嬉しく感じた。それに金剛峯寺と共同して御遠忌を催すことにより、それ以降は蟠《わだかま》りがかなり消えるかも知れない、と学僧と同じように楽観した。

六郎太達は新たな寺小僧が入山したために、新しい仕事を与えられてからは、それぞれの寝所が移動した。六郎太は密厳院に繋がる堂宇内で、学僧が控える部屋の片隅を当てがわれた。すぐ隣には然善が寝起きする。身体を横たえる広さが一人分の居場所になる。高野山へ参内《さんだい》した年月を考えると、少しずつ学僧が創り出す世界に学僧以外の者が、馴染めるように意図されている。然善から様々なことを学ぶようになった。

庫裡で夕餉の調理をしていた。然善の指示通りに椎茸と湿地茸を水に充分、浸してから薪を焼《く》べて出し汁を作った。燻《すす》けている天井が視界に入った。燃え盛る薪が空中に放つ燻が鍋に入らないように注意した。

「一つお尋ねしてもようご座いますか」と、六郎太は薪が放つ刺激臭に眼を腫《は》らしながら尋ねた。「金剛峯寺と密厳院、大伝法院が仲良うなっているのは、やはり上人の弟様が寺《てら》の座主《ざす》(寺院での最高位の僧侶)をお務めになっているからでご座いまするか」と、質問は率直だった。

「うっ」と、然善は一瞬、あからさまな内容に対して返す言葉を見失った様子だった。小太りして、やや垂れ眼がちで円満な表情を湛える然善は、言葉を捜していた。

「そうよな、弟様の信慧《しんね》(生没年不詳)様が寺の座主の地位にある故、密厳院、大伝法院の上人様の意向が伝わり易いのじゃろな。よって寺と院の協働が企《はか》られたのよ。それはそれで良《え》えがの、油断は禁物ぞ。寺には上人への反感が大木の根の如く、深く広く蔓延《はびこ》っておろうぞ」と、穏やかな眼付きを険しくさせた。

然善は上人と弟君のことを語り続けた。上人は高野山再興を悲願として興した大伝法院の座主に推されて就任した。その後、自分の弟であり、宗教上の高弟でもある信慧が金剛峯寺の座主に推挙されたのには、上人の働きかけが大きかった。上人の望みは新しい大伝法院の本来の活動である伝法会を、一層、充実させることだった。高野山には既に金剛峯寺が活動は弱いながらも存在する。よって二人の座主が控えることにより、真言密教の教勢がもっと大きく盛んになることを、祈ったに違いない。逞しくて美しい大輪の蓮の花が咲くことを信じたのだろう。

だが、日の当らない所に育つ茸のように異なる考えも育つ。上人が身内と共に真言密教の高祖である空海が興した山全体を、乗っ取ろうとしているとの疑念が成り立つ。

「良禅（永承三〔一〇四八〕年〜保延五〔一一三九〕年）なる坊様が寺にいようぞ。上人様より四七歳も年長じゃが。齢《よわい》に似ず矍鑠《かくしゃく》としていての。その坊様が急先鋒ぞ。上人様に真向から異を唱えての。六郎太も気を付けよ。御遠忌ではくれぐれも良禅の動きには心を引き締めよ」

と、然善は助言した。

六郎太、寺小僧としての生活

庫裡内は次第に燃え盛る薪が放つ刺激臭に代わって、茸の馥郁《ふくいく》とした香りが立ち込め始めた。

「六郎太、椎茸は例えようもない位、香具わしいのう。椎茸は天日で乾かした干し椎茸に限るのう。生椎茸では決してこのようにはならぬ。手間暇がかかろうとも、日の光を当てて干し椎茸にせねば。それに椎茸の戻し汁は重宝ぞ。何んでも使えて味がぐんと良うなる。滋養も干し椎茸の方がたんと（沢山）あるんではないかの」と、然善は食物についての自説を披露した。

その時、兼海が庫裡に顔を覗かせた。

「余りにも良き香り、その香りに誘われて邪魔を致す」と、兼海は普段、使わない言葉を告げた。兼海は常に厳粛な僧衣を纏った人物と、六郎太は考えている。暫く、六郎太の働き振りを眼で追っていた。

「然善。六郎太は如何かな。賄い役のそちの補佐役に任じたのじゃが」と、米を炊く大きな土鍋や汁物を作る鍋などを見回して尋ねた。

「大層、助けられてご座います。六郎太は庖丁の使い方がうもうて、箸も巧みで器への盛り付けも綺麗、拙僧は大いに助けられてご座います。兼海様の人選が宜しかったのでご座います。感謝致します。兼海様の眼力《がんりき》に敬服致します」と、お辞儀した。

「六郎太はどうじゃな、然善の下《もと》で働いて」と、兼海は質問を六郎太にも振った。自分が尋ねられるとは思わなかったので、答えることに窮した。両者に異なる問を尋ねることにより、得る回答を判断して公平に物事を理解しようとする兼海の人柄を六郎太は感じた。

「食べ物について然善様に教わってご座います。先立《せんだ》って、茸を採りに連れて行かれましてご座います。茸は食べられるものと、毒があって食べられないものがご座いまするが、その見分け方はない、と教えて戴きました。色が毒々しい位、綺麗な赤色をしているタマゴ茸のように、毒茸ではのうて食べられるものがご座います。また、虫喰いの茸だから人間も食べられるとは限りませぬ。虫の中には人間と違《ちご》うて茸の毒に耐えられるものがあることを、教えて貰いました。見掛けだけでは判断出来ぬことを、一つひとつの茸を見て教わったのでご座いまする。そのように教わり、今迄の自分の間違った考えを捨て去り、然善様に感謝致してご座いまする」と、六郎太は兼海への緊張感から背中を汗が伝わるのを感じた。兼海は表情を変えずに頷いた。

「ならば、今以上に然善から学んで賄いの仕事に励まれよ。然善は賄いの達人ぞ。学ぶべき事が沢山、ある筈。長居致した」と、兼海は太い声を響かせて背を向けた。

「六郎太、そちは顔が硬ばりながらも最後迄、言うてくれたので拙僧は嬉しう感じたぞ」と、然善は人の好い表情を一層、際立たせた。

「兼海様は先程のように、庫裡によう入って見えますするのか」と、六郎太は尋ねた。そのようなことは滅多にない、とのことだった。

「多分、そちの働き振りと拙僧の指南の様子を確かめに来られたのじゃろう。兼海様は上人の弟子の中で、一番上席に居るお方。その立場からしても、大勢の弟子の状態を知り尽くしておかねばなるまいの。いつも豊かな声量で力強く語られる。人となりと立場が一致していると拙僧は考える。上人様の周りには数人の特に秀れた先輩僧が居並ぶが、兼海様が一番上ぞ。二番目は竜玄様よな。竜玄様は拙僧達が受ける講義の司会役を務められる。じゃが、兼海様は他の坊院を代表して訪れる僧侶との渉外的な役を担われる。密厳院や大伝法院の活動を対外的に具《つぶさ》に知らせるのよ。上人様がお二人の器量を熟考されて、お決めになっての」

「そうでご座いまするか。ようく分かってご座います」と、六郎太は首を上下に振った。然善は土鍋から竹の箸を使って、椎茸と湿地茸を取り出した。

六郎太は然善の指示通りに、竹の薄片で編んで作った柄の付いた小さな網で、茸から出たくずを掬い取って捨てた。汁物用に良い出し汁が取れた。二つの茸を薄切りにして、少量の塩と水飴を足して少しの出し汁で煮からめた。

「出し汁を取った残りの椎茸と湿地茸も立派な食べ物になる。捨てることはない」と、然善は口元に力を込めた。それは賄いの達人として、常日頃の調理という作業から編み出した考え方であった。

「然善様、先程は私のことを褒めて下さり、感謝致しておりまする。『庖丁の使い方がうもうて盛り付けも綺麗』などと、言うて下さり」と、六郎太は大きな貝殻に細い木の棒を太い糸でくくり付けた杓で出し汁を掬い、別の土鍋に入れた。

「なぁーに、その通り故。拙僧には悪癖があっての」と、目尻を下げた。

「悪癖、悪い癖」と、六郎太は言い直して首を捻った。不可解だった。

「悪癖とは何でご座いまするか、お教え下さいませ」と、懇願した。

「そっ、そっ、そっ、それはの」

「それは」と、六郎太は相槌を打った。

「そっ、そっ、それはの、嘘がつけぬ、ということよ」と、然善は天井を見上げるかのように高笑いした。その笑い声を耳に、仕草を眼に焼き付けながら、今度は六郎太が大きな笑い声を上げた。腹の皮がちぎれるかのように感じた。恐らく、山に上って以来、最も可笑しく感じて笑ったのだろう。それ程、然善の言葉の遣い方は面白かった。

然善は六郎太よりも五歳年長の学僧で、上人の下で学び始めて八年になる。何事につけて先輩である。先輩僧は六郎太のような下働きの者には片寄った考えや自惚れなどを持ちがちなのだが、然善にはそれらがなかった。

数日後、夕餉の膳を準備している時だった。上人、兼海、竜玄、聖応を含め四十六名分の膳に漬物として瓜を盛り付けていた。ところが、ふとした間違いにより人数分の瓜が足りなくなった。食事は全員が一斉に摂る。瓜を畝へ行き、採り入れる余裕はない。六郎太は然善が予定した献立とは異なり、既に採り入れていた茄子を急拠、塩を振りかけて揉み、浅漬風のものを作った。だから黄緑色の瓜を持った膳と、紫色の茄子を載せた色違いの膳が出来上った。漬物の数は常に三切れと定められていた。六郎太の仕込みの量が間違っていたのだった。だが、然善は六郎太の勘違いを咎める様子はなく、平然としていた。

「夕餉は漬物につきましては、試みに異なる物を盛り付けてご座います。瓜と茄子でご座います。お好きなものをお取り願って、お座り下され、好物を食《しょく》することは美味なる食べ物を味わうことでご座います。さすれば活力が湧きまする。好きな食べ物を選ぶことは、前向きな自らを作り上げることになりまする」と、然善は熱を込めて声を響かせた。僧達は普段と異なる配膳の仕方に、一瞬、一様に小さな驚きを見せた。その直後には軽い笑顔を浮かべた。左右にうず高く積まれた膳を見比べながら、黄緑色と紫色のどちらかの漬物が載った膳を自分の好みに合わせて取った。

食後、椀、皿、箸などを洗いながら、六郎太は然善に詫びた。

「気にしなくて構わぬ。一所懸命、務めてのしくじりは仕方のない事。そちの過ちにより他人が怪我をしたり、多大の不便を蒙る訳ではなかろう。現に『夕餉の膳が常とは異なり、選択が出来て好きな方を取れ、面白うご座った』という声があったではないか」と、然善には非を責める気配はない。今日の夕餉の膳を肯定した者の中には上人も含まれる。恐らく上人はそのような小さな間違いは見抜いていたのだろう、と然善は付け加えた。

「上人はお見透しなのか」と、六郎太は自身に言い聞かせた。

数日後、上人が朝、いつものように阿字観を修し終えて、厠《かわや》へ向かおうと廊下を歩いていた。六郎太は前へ回って足を止めた非礼を告げてから、先日の粗相を謝った。

「ふーむ、構わぬぞ、多分、左様なことと思うておった。然善は秀れた人格の持ち主ぞ。あのようにその場を繕うて、そちを咎めずに切り抜けての。六郎太は然善に感謝せねばの。機転に救われたからの。この密厳院に住《じゅう》する者は、そちも含めて皆、人前《ひとまえ》をわきまえておろうぞ。一層、日々の仕事に励まれい」と、ゆったりとした口調だった。

そのように告げられて、却って六郎太は同じ間違いを再度、ひき起こさないように自身に誓った。上人に大切なことを指摘された思いがした。それはその日の夕餉の後、自分の失態について言葉を充分に尽くして、然善に詫びたかどうかを顧みた。再度、言《げん》を尽くすことを考えた。

六郎太、覚鑁上人より密教の手解きを受ける

密厳院の庫裡にも北風に吹かれて珊瑚樹《さんごじゅ》、橅や楢などの枯れ葉が吹き込んでくる。鈍い朝日が差し込む早朝、火を横にあるもう一つの竈《かまど》に移そうとして、炎を放つ細い薪を引き抜いた。その時、戸口でカサカサという乾いた音が聞こえた。音の方向を見た。枯れ葉が地上に舞い落ちるのが見えただけだった。再び竈に眼を向けた。すると、また、カサカサという音がした。戸口の方を見た。栗鼠《りす》だった。風で転がって来る白樫のどんぐりを両方の前肢で器用に挟み、周りを気忙しく窺いながら囓っている。

「我はそちを脅かしたりはせぬ。沢山、喰《しょく》して冬に備えられよ」と、六郎太は心の中で敬語を使った。その小動物は護身のための武器になる大きくて鋭い牙を持たない。身体の大きさと比べて異様な大きさの耳をぴんと立て、顔と比較して不相応な大きさの眼を働かせて、周囲の危険から自身を守る。「常に周りを注視して危険をいち早く察知されよ。安全を心掛けよ」と、一人言を言った。栗鼠はいつのまにか姿が見えなくなっていた。

六郎太は栗鼠に発した憐れみの言葉を口元に蘇らせて、ふと我に返った。無意識のうちに慈《いつく》

しみの情を小さな生きものに投げかけていた。そのような自分をもう一人の自分が見詰めて、「うっ」と、声を漏らした。日頃の賄い役という仕事と修行僧との共同生活によるものだった。知らず知らずのうちに多くの修行僧である学僧と同じような心持ちになっていた。

法和《ほうわ》、達助《たつすけ》とは与えられた仕事が異なるために、かつてのように時を同じくして学ぶことは出来なくなった。達助は密厳院や大伝法院での法会の際の受付けだけでなく、それらの堂内にある閼伽棚《あかたな》に花を飾り付ける役をこなす。法和は上人や重鎮の僧による外出の準備や、従者として中童子《ちゅうどうし》の役割が与えられている。六郎太は仕事の合い間に仏法を竜玄に学んでいる。先日、庫裡を覗いた時の竜玄に特に親しみを覚えたので、依頼したのだった。

空海は市井《しせい》の人々に、修行することにより自らの中に仏を体現出来るという、即身成仏《じょうぶつ》の考えを広めた。生きているうちに仏になることが出来る。その考えと広め方に共感し、三〇〇年後ではあるが空海その人に全幅の信頼と尊敬の念を抱いたのが、上人である。人生の最も深い境地を悟らせる慈愛を上人は説く。そのことを竜玄から学んだ六郎太は、内なる世界が学僧のそれに酷似してきたことを否定出来なくなった。

「私もやがては学僧になれる」。そんな心象を日々、深めている。

密厳院は高野山上にある他の寺に籍を置く学僧も修行するために集まる堂宇である。彼等が本尊の大日如来の尊像の前で、印を結んで安座し、真言（金剛界　オン・バサラダト・バン）をひたすら唱えている。その修行は本尊を観想して本尊と一体に溶け合うことを目標とする。

瑜伽《ゆが》行《ぎょう》と呼ばれる修行である。密教的要素を取り除くとヨガになる。六郎太は墨染めの僧衣を纏った学僧達の瑜伽行に取り組む姿を眺め、真言を聞いていると、自身も彼等と共に唱和する錯覚を覚えた。

暫くして大日如来座像近くの床が、少し浮き上っているのを見つけた。足に体重をかけて床板を正常に戻した。その時、竜玄が傍を通った。

「おうお、ここにご座ったのか、六郎太は」と、話しかけた。「明後日の午後、上人がそち達を直々《じきじき》に教えることを予定しておられる。心《こころ》しておくように。刻限は未の上刻ぞ。法和、達助にも伝えておくが良い。場所は大伝法堂ぞ」

「上人様によるご指導、嬉しく存じまする。何か用意致すものがご座いますれば」と、六郎太は姿勢を糺して尋ねた。

「ふむ、硯石、墨、水、それに太筆を持って参られよ。他は上人様のお手元の物を使うので、特に要《い》らぬかと。じゃが念のため、伝法堂へ参る直前に上人様の部屋へ行き、必要な物をお尋ねするが良い」と、竜玄は助言した。

三百年御遠忌前の多忙な時に、貴重な時を上人が三人のために割いてくれることを考えると、六郎太は感謝の気持ちが全身に広がった。庫裡に戻って然善にそのことを伝えた。覚鑁上人は受け入れた寺小僧や弟子には、指導をきちんと施して育て上げるとのことだった。

「余程、責任感が強うご座るのと、密教への使命感が研ぎ澄まされておるのじゃろ。心を傾けて指導を受けるようにの。あと二か月後に御遠忌が迫っておるこのご多忙の折にの。充分、感謝すると宜しかろ」と、然善は表情があらたまった。そのような言葉を聞いて、六郎太は緊張するよりもむしろ心を弾ませた。法和、達助それに自分の三人が、上人に期待されている、と結論付けた。

一日の勤めを終えて、法和と達助に控え室で会った時、同じことを話題に選んでお互いを高め合った。だが、達助は喜びを顔に浮かべるものの、瞳には翳りが漂っていた。

「んっ、ではこれから直《ただち》にそち達に講義を行うことに致そう」と、上人は冷気が漂い七間（約一三メートル弱）四方の大伝法堂内に声を響かせた。生来の高い声が残響を伴ってやや低く聞こえる。地面や近くの建物の屋根に積もった雪に当った太陽光が無数の細い縞《しま》になって、堂内に差し込んでいる。蠟燭の助けを借りなくても充分、明るい。

「拙僧が尊ぶ修行はのう、そち達も既に知っておろう。阿字観《あじかん》と求聞持法《ぐもんじほう》ぞ。そもそも阿字観とはの、空海上人が我が国へ持ち帰った真言密教の最も大切な経典の一つ、大日経に由来する修行の一つなのじゃ。何分《なにぶん》、大日経は大部なので読むのに苦労するが、それを分かり易く説明する解説書があっての。「大日経疏《しょ》」と、呼ばれるものぞ。そこには『阿字は即ち菩提の心。この字を観《かん》じてともに相応《しょうおう》すれば毘盧遮那《びるしゃな》法身《ほっしん》の体と同じとなる』と、書かれておる。菩提とは煩悩の迷いを断《た》った悟りの境地ぞ。要するにの、阿字観の修行を行えば、宇宙を支配し、人々に真理と智恵を授ける大日如来様と同じうになれる、と述べておる。つまり、即身成仏よの。即身大日よ。空海上人は自身が大日如来であるとも唱えられた。それで今日はそち達もその修行が出来るように、阿字を自分で作ることから指導致そう」と、上人は講義を進めていった。六郎太は上人の言葉を覚え易いように、紙に細筆を使って書き留めた。

上人は三人に紙に貼り付けた白い絹地を配った。

「円を描いての、その周囲は黒く塗れば良い。よってまず月輪《がちりん》が出来ようぞ。さすればその中に『阿字』（𑖀）を書き込む」と、言って三人が見ることが出来るように、上人が普段、使っているものを示した。

「これを壁に吊したり、立て掛けたりしての、その前で安座し、眼を閉じて瞑想するのじゃ。さすれば『我即法界《がそくほっかい》』の境地、我《われ》、即《すなわ》ち大日如来の境地を体得出来ることを目指すのよ。阿字とは特殊な文字ゆえ、後ほど書き方を指南致そうぞ」と、上人は説明した。

六郎太は太筆を使って、月輪の周りを墨で黒く塗り潰していった。上人が重んじる深遠な修行の世界に自分も扉を自身の手を用いて開き、中へ踏み込むことが出来ると感じた。心臓が高鳴った。阿字の書き方の手本が示された。その後、細筆を使って輪郭を先に描いている時、隣端に座る達助を一瞥《いちべつ》した。太筆を使って上人が一気に描き上げたのを真似て、筆を運んだ。そのせいか、初めて書いた文字はいびつな形になったのだろう。頻りに不満足な表情を浮かべた。法和は上人に阿字の出来栄えを褒められた。

「ふーむ、六郎太は細筆にて文字の輪郭を先に描き、後に塗り潰すのか。三者三様の描き方があるのかの。仲々、面白いの」と、上人は眼を細めた。取り組み方が異なることは、それぞれの人物の性質によることを指摘したのだろう。

「それではの、実際にそれらを壁に吊そうぞ」と言う指示通りに、三人は壁に打ち付けられた小さな木釘に掛けた。彼等は大日如来、尊勝仏頂《そんしょうぶっちょう》、金剛薩埵《こんごうさった》座像に見守られている。

「拙僧が手本を見せることによって、よーく見るが良い。結跏趺座《けっかふざ》の姿勢ぞ」と、上人は板戸のすぐ横で両足を組んだ。六郎太は他の二人と同じように上人を真似た。

「左手と右手で印《いん》を結んでこのように手を置くのじゃ」と、上人は三人の方を振り向いた。

「それからの、眼をこうして閉じての、阿字を観想する。心の眼で見て、思い浮かべる。阿字をこうやって」と、一人ひとりを見詰めた。

六郎太は上人の導きにより、空海が修行した世界に没入出来るかも知れない、と感じた。胸が高鳴り、大きな興奮の中に身を投じた。光沢を放つ床から冬の冷たさが、稲藁を編んで作った薄くて小さな敷物である菰を通して伝わってくる。足は足袋を履いているものの凍《こご》えている。六郎太は上人が冷たさを感じないのかどうか訝った。

やがて、三人は隣り同志ではあるが、深遠な沈黙の世界へ自分で扉を押し開けて少しずつ入って行った。次第に寒さは六郎太の冷感を麻痺させ、感じなくなった。瞼の裏に太陽光の明るさが乏しくなったり、豊かになったりした。そのうちに、それは消えていった。四半時位

(約半時間)、観想していただろうか。達助が一番早く、覚めた。

「上人は去られておるの」と、眼を開いた。

「仲々、良い修行ぞ」と、法和が声に力を込めた。六郎太は相槌を打った。

「今日のところは、この辺で良いのじゃろの、上人様が去られたのを考えれば」と、法和は二人の顔を見た。六郎太は首を縦に振った。すると、達助が壁に貼られた大きな紙を指し示した。

「かくの如く、時を見計らい修行に励まれよ。高祖（空海）様の世界を辿るが良い」と、上人による力強い筆致だった。

「常に我等は上人様により行く道を照らされておるの」と、六郎太は声を弾ませた。法和も明るい表情だった。「御遠忌を控えた今時分に儂等《わえら》を指導下さり、感謝せねばの」と、法和の声は喜びで上擦った。二人は前向きな姿勢を示したものの、達助は冴えなかった。

「達助は顔色が秀れぬが、風邪でも引いておるんか」と、法和は心配した。

「うむ、我は怖いの、御遠忌が。奥の院の拝殿に金剛峯寺方の僧が集《つど》うだろ。我に乱暴を働いた僧が我を見付けると、また痛めつけられるかも知れん」と、声が小さくなった。

「だから達助殿は密厳院に居《お》れば良いじゃろ。上人様も他のお方も許してくれよう。拝殿や開山堂（山を開いた空海を祀る堂）へ出向くと粗暴な僧に会うやも知れんからの。それに儀式が行われている時は、寺方にも院方にも留守番役がおらねばならんし。その留守役の一人を達助殿が務めては」と、六郎太は提案した。下を向いていた達助は、ようやく顔を上げた。眼がうるんでいた。

「達助の気持ちはよう分かるけど、腕を捻じられたのは一回切りやして。それ以後は二度はなかろ。だから、もう大丈夫ぞ。二度はせんじゃろ」と、法和は楽観した。達助は励ましに似た言葉を聞いた。表情は穏やかになった。だがすぐに船の錨が深くて暗い海の底に落ちて行くかのように、沈鬱な面持ちになった。

「おーおっ、既に阿字観は終えていたのか」と、竜玄が出入口の敷居を跨いで、堂内に入って来た。

三人はそれ迄の打ち溶けた雰囲気を一気に消し去って、改まった姿勢をとった。

「ひょっとして、若い三人が眠りこけて風邪を引いたのでは大変ぞ。上人がかように心配されて拙僧に『行って見て参れ』と、告げられた故、参ったのじゃ」と、三人を一様に見回した。

「大丈夫じゃな、風邪を引いてはおらぬな」と、竜玄は判断した。六郎太は下を向いて笑いをこらえた。阿字観はそれを行う自分と、自然界とを一つにする密教の深遠な修行である。風邪とは誰もが患う余りにも卑近な身体の変化と言える。それらの相反する二つの事柄を同列に置く上人の考え方が、余りにも身近に感じられたのだった。

「竜玄様、一つお聞きしとうご座います る」と、法和は見上げた。御遠忌での出仕の仕方を尋ねて、達助の扱い方について願い事を話した。

「おいおいその事は決めねばならぬが、次は五十年後になる。尊い高祖様の弟子とでも言える我等にとって、この上もない大切な御奉仕でもあろう。よって、交代してでも一度は全員が、御廟の拝殿と開山堂とに参らねばの。じゃが、達助が少しの間でも赴くのがどうしても気が進まぬのなら、致し方なかろう。ずっと密厳院かここで留守番役を務められるように考えようかの」と、竜玄は柔軟な考えを示して達助を見た。六郎太の眼には竜玄の配慮も達助の不安がる心には、届いていないように映った。

「達助殿、竜玄様に感謝しなければ」と、法和が言った。達助は指人形のように無表情でぎこちなく頭を下げた。

「そなた達はこれから、それぞれの仕事に勤《いそ》しむのじゃが、久し振りに三人が揃ってここで修行の仕方を学んだついでに、拙僧が少し法話を聞かせよう。それぞれが控える責任のある僧には拙僧から、遅参した理由を告げておくので安心致せ」と、竜玄は小さな文机《ふみづくえ》を運んで来て、その後ろに腰を下した。六郎太は伝法堂から早く解放される喜びを押し潰されたが、表情には出さないようにした。

「四半時位の短い講義じゃが、適当に書き留めて忘れないようにするが良い」と、横一列に並ぶ三人を竜玄は見渡した。六郎太は左手で細筆を取り上げた。

「そち達は充分、分かっておるかは知らぬが」と、竜玄は説明し始めた。

「我等が真言密教の開祖は空海様で、自分で名付けられた名前ぞな。四国は土佐の御蔵洞《みくろど》の洞穴で無数の星が輝く無限の空と、眼前に広がる広大な海を見詰めて修行なされた。それ故、御自分を空海と名付けられた。弘法大師とは示寂して八十六年後に醍醐天皇がお与えになった尊称よ。即ち、諱《いみな》ぞ。古今、相当数の僧がいるのじゃが、大師号を持つのはほんの僅かぞ。仲々、名誉なことよの。我等の正覚房覚鑁上人もやがては大師号を与えられると、拙僧は考えておる。(示寂後、四九七年経て東山天皇より興教《こうぎょう》大師号を与えられた。)

空海様は遣唐使船で唐へ渡ったのじゃが、天台密教開祖の最澄様も船は異なるが、同じ使節のお一人じゃった。最澄様は一年間の官費による留学《るがく》じゃが、高祖空海様は私費により二年間、彼地《かのち》で学ばれた。二十年間、この地へ戻ることが許されなんだが、阿闍梨の恵果に早う往《い》んで真言密教を広めるように指示されての。それで万巻の書を積んで九州・筑紫国《つくしのくに》へ戻られた。高祖様は超人的な働きにより真言密教を完成され、広められた。故に、真言密教からは他の宗派は生まれておらぬ。じゃが、天台密教からは他の教えが唱えられるようになったの。今、多くの人々の心を支えておる浄土教は、源信《げんしん》(九四二〜一〇一七)なる有徳の坊様が広められた。その教えは天台密教から生まれておる。これは拙僧の至らぬ予想じゃが、これからも最澄伝教大師の唱えられた教えから、幾つもの宗派が生まれるやも知れぬ。

阿弥陀様がおはす浄土は極楽浄土と呼ばれるに比《ひ》して、大日如来様が導く真言密教での浄土は密厳浄土《みつごんじょうど》と呼んでおる次第ぞ。

拙僧達の上人様は市井《しせい》の人々の心をよう理解されて、浄土教へも心を通わせておられる。大日如来様は阿弥陀如来様でもある、と仰《おお》せられる。それとな、大日如来様の『大日』とは『遍《あまね》く照らす』という意味よの。四方八方を照らすのよの。上人様は仏の教えを学ぶのに、様々な寺院へ赴《おもむ》かれて大勢の高僧から、教えを受けられた。上人様が『遍学《へんがく》』とよく言われるのは、『様々な教えを異なる所で学ばれよ』ということなのじゃ。『決して一つ所で片寄った狭い教えを受けて、満ち足りた思いを抱いてはならぬ』と、説かれる。仲々、深いお言葉で、そち達も将来に渡り心しておかれよ」と、竜玄は真剣な眼差しだった。

六郎太は筆を速く運んで書き留めていった。先程、教えを受けた上人が仏道にどのような考えを持って、弟子を導いているかが竜玄により明らかになった。六郎太は心地良い心の高鳴りを感じた。

「上人様については語り尽くすことが出来ない程、深淵さがおありぞ。少しずつ学ぶが良かろう。そち達も日頃の勤めがあるので、今日はこれにて終えようか」と、竜玄は立ち上った。六郎太は先程、感じていた冷気は消え去り、身体は熱くなっていた。

「うっ、肝心なことを言い忘れておった」と、再び丸くて薄い菰に竜玄は腰を下した。

「上人様からの言い伝えであるのじゃが、そち達は心して聞かれよ。今迄、良ーくそれぞれの場で勤めに励み、また暇な時を見計《みはか》ろうては学僧に混じって学んでおる様子。真に仏道に励み続けることを望むように見受ける。それで、その決心の程を後日、そち達に尋ねたく思うておる。自らの心に問うておくように。もしも今のままで良く、特に僧になることを望まぬのなら、雑役のまま住み続けることは出来ようぞ。じゃが、そち達のことは上人様が心に留められており、僧として育て上げられたく思うておられる。一生のことと各自は思うて、熟慮するが良いかな」と、三人へ改まった表情を投げた。

竜玄が去った大伝法堂は寒気を運ぶ風が、隙間から吹き込んでいた。三人は黙り込んだ。竜玄により真正面から将来の生き方を試されたように考えた。六郎太は二人が言葉を発する気配がないので、沈黙を守った。

「今日は有意義な時を過ごしたの。阿字観を直々《じきじき》に教わり、法話も拝聴出来て」と、法和は場の雰囲気を和ませようとした。

「そうよな、上人様は我等のことにも心を砕いて下さり感謝」と、言う法和に六郎太は最小限の相槌を打った。

「儂《わえ》はやはり坊様になりたいの。いつ迄も中童子は出来ぬしの、年齢のことがあるし。雑役は嫌ぞ、いつ迄も下働きは。親が働く漁師にはなりとうない。時化《しけ》が続けば魚や貝は獲れぬし、実入りがない。それに危険がいつも付き纏うておる。危ないわ。漁師だと、百姓も同じだけど、しょっちゅう労役に駆り出されて、橋を建てたり溜め池を掘ったり、寺や神社の建築に協力せないかんしの。坊様になれば税は免れるし、労役もせんで良え。坊様は様々に恵まれておる」と、法和は心の丈を語った。

「私も今のままの生活を続けて、やがてはお坊様になりとうご座います」と、半ば法和に影響されたかのように六郎太は望みを表わした。達助は無言だった。

御遠忌が四日後に迫っていた。六郎太は朝餉と夕餉の膳に添える蒟蒻《こんにゃく》を作っていた。学僧は密厳院でそれぞれの修行をしている頃だった。庫裡の出入口で然善と言葉を交わす聖応の声が聞き取れた。六郎太の前に現われた聖応は表情こそ崩さないものの、声の調子には大きな動揺が感じとれた。

「達助がどうも逐電《ちくでん》したようじゃ。荷物が無《の》うなっておる。御遠忌を控えておるので、大事《おおごと》にはしとうない故、ごくごく内密に扱いたい」と、言って六郎太に達助の様子などを尋ねた。六郎太は達助の日頃の悩みを伝えた。

「やはり、金剛峯寺の僧に暴力を振るわれたことが、心の痛みだったのかの。御遠忌では寺側の僧も大勢出仕するだろうし、そのことが恐怖だったのか」と、聖応は表情を曇らせた。「多分、夜半のうちに密厳院を去ったと思えるので、今は巳《み》の刻ゆえ、相当遠くを進んでおる、と思える」と、付け加えた。

「如何なされるのかの」と、然善は出来上った蒟蒻の弾性を調べる手を休めた。

「放っておくが良かろう。達助はその程度の小僧に過ぎなかったのじゃな。拙僧はあやつに心を傾けて大切に接したのだが。寺側の僧が怖い、と感じてこの密厳院を去ったのは、それだけではないかも知れぬ。仏道に向かうのが嫌になったのかもな。あやつはそれ位の小僧だったのじゃ」と、聖応の口元には非難とも諦めとも解釈出来そうな緩《ゆる》みが浮かんでいた。

「これ迄も〝水〟が合わぬと言うて下山した者も多い。放っておく以外にあるまい。達助は御遠忌では献花や閼伽棚などをしつらえる役目を与えられておった故、その分、代役を立てねば」と、聖応は然善と六郎太を見回した。

聖応は達助が金剛峯寺の学僧に負傷させられた時、そのいきさつを尋ねたり、怪我の度合いに心を砕いた。そのことが達助への関心を強く持つことになったのだろう。

六郎太は少なからず動揺していた。聖応が達助に対して抱く感情に穏やかでない心情だった。聖応にとっては小僧に違いないが、達助の全てを葬《ほうむ》り去っているように感じた。「そこ迄、言わなくても」と、心の中で呟いた。例え、達助は密厳院で留守番役を務めても、金剛峯寺の僧の姿を思い出しては、恐怖を抱くのだろう。そのことを予見して下山することを選んだのだろうか。

以前、本人が語ったことを六郎太は、記憶の底から浮き上らせた。父親の体調が優れないので、木樵の仕事を継がねばならない、と言ったことだった。聖応が考えているように「放っておくが良かろう」と、言えるかも知れない。だが、六郎太は数年間、共に暮らした達助が安全に山を下っているかが、気掛かりになった。恐らく達助は大和に住む家族の元へ戻るのだろう。

山上から北へ下り、紀ノ川の南岸へ着く迄に上天野《かみあまの》や下古沢《しもこざわ》の村を過ぎるのだろう。高野山は空海が今も尚、自らの威光を輝かせる霊山なので仏罰を恐れて山賊が寄り付かないように思えるが、油断は出来ない。六郎太は僧になったかのように道中の安全を祈った。牙を剥き出し悪霊を滅ぼす明王の風貌を持つ馬頭観音を観想した。聞き覚えているその真言「オン・アミリト・ドバンバ・ウン・バッタ・ソワカ」を何度も念誦《ねんじゅ》した。

「厠《かわや》へ参ります」と、六郎太は然善に言葉を繕って、法和を捜した。法和は密厳院の玄関で御遠忌法要に用いる線香の数を数えて、木箱に詰めていた。法和に達助のことを小声で伝えた。

「真《まこと》か」という驚きの言葉が返ってきた。「戻れる所があって達助には良かったかも。儂《わえ》にはそんな所はないやして。安全に大和郡山迄、戻れば良えかと」と、中腰になっている六郎太に揺れる心を落ち着かせているようだった。


時が経つにつれて達助への思いは、六郎太の中で更なる感情が絡み合うようになった。木樵の仕事を継いで家族を養わねばならないとする家族思い、親孝行者として激励する気持ちが、明るく灯った。と同時に、寺側の学僧を恐れて下山したものとも考え、金剛峯寺学僧達への憎しみが募った。そのような交錯する気持ちを振り払って、賄いの仕事に専念しようとするものの、達助への思いは消えそうになかった。

反目の院と寺、協同して空海三百年御遠忌挙行

御遠忌法要についての準備は、帆船が広い湖面を静かに沖へ向かうかのように進んでいた。そのことは然善を通して六郎太は知ることが出来た。庫裡で独活《うど》の酢味噌和えを調理していた。独活はその文字が示すように成長が速く、風がなくても自身で動くかのようにして伸びる。独活を薄く短冊に切り、酢水で灰汁《あく》を抜いて布巾で水気を取った後、水飴を加えて甘さを含ませた酢味噌で和えた。炒った白胡麻を振って仕上げた。独活が持つ菖蒲に似た芳香と春の味わいを感じさせるほろ苦さが、甘味のある酢味噌とよく調和する。然善に仕上げた味の出来具合を見て貰った。及第とのことだった。六郎太にとって安堵する瞬間だった。

「六郎太、いよいよ法要が明日に迫ったの。兼海殿、竜玄殿、聖応殿達が打ち合わせて、儀式がとどこおることなく行われようぞ。金剛峯寺とは不要と思える抗争など引き起こさないように、上人様は金剛峯寺座主の信慧《しんね》様に礼節を尽くしておられる。幾らご実弟であろうと真心で応対しての。その様子を見て小うるさい良禅様も黙っておられる。じゃが、万一のことを考えて、我等の衆徒は大伝法堂とこの密厳院の堂内に待機することになっておる。屋外においては

刺激することになるからの。奥の院の御廟にある拝殿と金剛峯寺開山堂での儀式で不穏な事態が万一、引き起こされるのなら一斉に事に当たれるからの。刀、薙、弓矢の手入れに衆徒は余念がないとのこと。寺側の動き次第ぞな。空海上人を拝める儀式ゆえ、双方は自重するものと思うが。これ迄の悪感情を寺側が我等に投げつけるのなら、我等は容赦せぬ。寺側は我等以上に攻撃を加えよう。

寺側の座主・信慧殿は幾ら上人の御実弟とは言え、我等の三倍以上の学僧や衆徒を抱えるので、彼等の意向を抑えるのは無理かと。我等をことごとく殺傷しようぞ。数を考えれば我等には勝目は皆無よな」と、然善は金網にかざした薄揚げを軽く炙《あぶ》っていた。六郎太はその言葉に圧倒されるように感じた。歴史の長短が金剛峯寺を密厳院と大伝法院が持つ武力よりも、遙かに優位に保たせている。そのことは到底、否定出来そうにない。

「良禅の動きを注視せねば」と、然善は口元を引き締めた。六郎太も金剛峯寺の武力を恐れた。その力が発揮されないように上人が、信慧・金剛峯寺座主を丁重に取り成すことを、六郎太は祈った。丁寧に接すれば、座主の側近の者達は不平を鳴らさず、更にその配下の者達は威切り立つことはないだろう。

「我等の上人様は卓越せる聖者《じょうしゃ》ゆえ、ゆめゆめ、不測の事態は起きぬかと」と、然善は竈に残る薪と炭をくべた残り火が、熱を失わず種火になるように火箸で小さく掻き回して、風を送った。そのような不安は三月二十一日の空海上人生誕三百年御遠忌法要当日は、慌ただしさを味わうことにより、霧消した。

まだ学僧になっていない六郎太は、厳粛な場に参加出来て気分が、高揚していた。背が高いので、ずっと前方に並ぶ学僧の後姿を眼に焼き付けながら、上人や兼海、竜玄、聖応に感謝の言葉を心中で述べた。

奥の院、御廟の拝殿前では信慧座主が、高野山全山の最高権威者であることを、居並ぶ僧に示している。紫色で裾をすぼめた指貫《さしぬき》を履いている。おもむろに御廟に一礼した。少し遅れて大伝法院座主・正覚房覚鑁が後に従った。そうすることにより上人は寺側に恭順の意志を示した。

僧綱襟《そうごうえり》を身に付けた高齢の良禅は、大きな眼を見開いて上人の挙動をじっと見詰めていた。もし不都合な言動が上人にあるのなら、後日、それらを採り上げて糾弾という矢を、上人へ放つのだろう。良禅の太い眉や角張って生命力の漲《みなぎ》った容貌が、ひときわ、立ち並ぶ大きな老杉《ろうさん》の木漏れ日を集めているかのようだった。

金剛峯寺・上座《かみざ》という高い地位に就く僧と山上にある小さな寺々の寺主《てらぬし》と呼ばれる僧により、大日経が読誦《どくじゅ》され始めた。日頃の読経《どきょう》により鍛え上げられた豊かで艶のある声が、六郎太が立つ所迄、はっきりと聞こえた。

大日経は空海が留学僧《るがくそう》になるきっかけを与えた真言密教の重要経典である。若い頃、大和にある久米寺《くめでら》で見つけたのだが、充分には理解出来なかった。その経典の内容を完全に知ろうとして、入唐《にっとう》して求法《ぐほう》の旅を決意したのだった。その経典は釈迦が入滅してから千年以上も後、七世紀に天竺国《てんじくこく》（インド）の西部で成立した。宇宙の真理を大日如来が菩薩の代表である金剛《こんごう》薩埵《さった》の質問に答える形式を持つ。仏の知恵である悟りを求める心が、全ての人々に絶対の慈愛として発揮される時、個人の人格が完成される、と説く。大日如来による救済が最高であると位置づけられる。

「そろそろ交代の時ぞ」という伝令を受けて、六郎太は遙か前方にある拝殿に一礼した後、背を向けねばならなかった。奥の院から続く出入口に当る一《いち》の橋《はし》迄の十八町（約一・九八キロ）もの長さの参道は、空海への帰依者で埋まっていた。御廟から遠く離れると、どの寺院にも籍を置かない高野聖が立ち並んでいた。彼等の中には剃髪せず、僧衣を纏っていない者も多い。彼等を押し分けるように、六郎太は進んだ。

密厳院に戻った。玄関から三和土《たたき》を上り板の間に進もうとする時、立ち止まった。「六郎太でご座います。只今、法要から戻りましてご座います」と、大声を発した。次の間の修行の為の板の間に控える衆徒への声掛けを行い、臨戦態勢という緊張感を解こうとした。

「賄い役殿か」と、棟梁らしい人物が眼光を緩めた。「恙無《つつがの》う進行してご座います」と、六郎太は報告した。衆徒達が醸し出す雰囲気が急に穏やかになった。奥の間の板戸が静かに開いた。法和だった。

「六郎太、七日後に儂《わえ》はおぬしと共に得度を受けるのよ。おぬしは聞いたかの」と、眼差しを和ませた。

「真《まこと》でご座いますか、どなたから聞かれたのでご座いますか」と、六郎太は夢見心地になった。

「竜玄様ぞ」と、言って衆徒を掻き分けて法和は近付いた。

「本当でご座いますか」と、六郎太の声は小さく震えていた。

「密厳院は儂等を僧籍に加えて下さる。晴れがましいことよの。儂は単なる漁師の倅《せがれ》では無《の》うなる。おぬしも百姓の子供では無うなって、一人前の男になれる。税を免れ、労役も課されない。嬉しいことよ」と、法和は声を弾ませた。

「立派に仏の道を進みましょうぞ、上人の下で」と、六郎太は空高く、綿で出来た雲の上に立っているように感じた。百姓の親を持つ子供が生活上の理由により、寺へ預けられた。寺小僧として雑役を任され、やがて賄い役を命じられた。仕事の合い間に興味が赴くままに、仏の道を学僧に混じって学んできた。上人から直々《じきじき》に修行の仕方を教わった。そうすると自ずと仏道に励む意志力が芽ぶき、学僧になることを憧れるようになった。そのようなことが評価されて、剃髪する光栄に浴することになる。

六郎太は親元から離れて今日迄の七年間を振り返った。そうすると、頬を自然に熱いものが伝い落ちた。嬉しい。大勢の学僧達に加わることが出来る。得度を三日後に控えて、六郎太は仕事の合い間に法和を誘って、奥の院へ詣でた。御遠忌法要の時の混雑振りが別世界の出来事だったように感じた。杉の巨木が立ち並ぶ鬱蒼としたさまや、苔むした参道が醸し出す雰囲気は真言密教の修行にふさわしいように思える。空海が後の世の僧達により敬《うやま》われ、その教えが深淵であることが想像出来る。二人は頭を包んでいる薄茶色の麻で出来た被り物を外して、御廟に向かって深々とお辞儀した。

「弘法大師の教えに従い、仏道に励みます故、良きお導きを下され」と、六郎太は心の中で呟いた。

御廟から振り向き、もと来た道を戻ろうとした。

「信心深い若者達じゃの、感心、感心」と、前歯が抜け落ちた老人が、異様に口を大きく開けて言った。二人の行動を後ろからじっと見ていたのだろう。

「奥の院への参道を往き来するだけでも、清らかな信心が出来ようぞ」と、法和は六郎太を見上げた。

「はい、そのように私も感じます」と、相槌を打った。密厳院へ戻る迄の間、金剛峯寺に詰めていると思える十名ばかりの僧に出会った。その都度、六郎太は会釈した。

「あやつ等は確か、密厳院で中童子と賄い役をする者達ぞ」と、そのうちの一人が仲間の僧に、学僧にふさわしくない言葉を吐いた。それを聞いた仲間は一斉に二人へ、険しい視線を矢のように放った。

「何だ、あいつらは、のう」と、法和は不快感を露わにした。

金剛峯寺の学僧は覚鑁上人により営まれる伝法院や密厳院そのものに対して、反目していることを六郎太は具《つぶさ》に感じた。大きな恐怖を背中に貼り付けながらも、覚鑁上人と空海・弘法大師に看守られていると自身に言い聞かせた。密厳院を素通りして壇上伽藍を東から西へ、歩《ほ》を進めた。二重の塔であり大塔と呼ばれる東塔の傍を歩いた。大塔とは大毘盧遮那法界性塔《だいびるしゃなほっかいしょうとう》が正式名称である。正式名称の最初と最後の漢字を用いた略称として使われる。天竺で建てられている仏塔の形を基にして、空海が考え出した塔である。

六郎太は塔の中では二層の屋根を持つ大塔を特に好む。五重の塔や三重の塔と比べると、二重の塔に大きな安定感を抱き、しかも美しさを感じる。真言宗以外の宗派の寺院では、釈迦如来や多宝如来を安置する二重の塔は、多宝塔と呼ばれる。真言宗での大塔の姿は、真言密教の最高仏・大日如来の御姿でもある。そんなことを耳学問したことがある。

穏やかな春の日の光と風を受けながら、西塔《さいとう》を目指して歩いた。法和と歩を合わせているのだが、今日はいつもより口が重かった。法和も言葉が少ない。二人は得度を控えて緊張感に包まれていた。

六郎太は瞬きを数回、繰り返した。眼前の西塔である大塔が密厳院に祀られている全宇宙を纏め上げている大日如来像と重なるように見えた。今日、この日迄、壇上伽藍を歩いても、そのような経験をしたことはなかった。得度を直前にして自分の中にある内なるものが、仏性《ぶっしょう》を持ち始めたのだと、固く信じた。

「法和殿、今日は忙しいところを誘い出して失礼した」と、六郎太はぽつりと言った。

「いいや、儂は六さんとかように伽藍に詣でて、自分を見詰めれて良かった」と、むしろ感謝の言葉を返した。

「じゃが、先程の寺側の学僧は不愉快じゃったのう。あいつ等は何ぞ、何者ぞ。真に仏道を進んでおるのかの。あの険しい顔は、到底、大日如来様への帰依という信心がある態度とは見えぬな」と、いつになく法和は口元を尖らせた。

「ほんに私は睨まれた時は身体が縮み上り申した」と、六郎太は味わった怖さを言葉で表わした。

その時、薙と刀を携え高下駄を履き部下らしい男を従えた衆徒が、二人の方にやって来るのが見えた。

「これはこれは先日、御遠忌の日にお二人に会い申したな。儂は棟梁で宝生《ほうしょう》と申す」と、髭面の男は自己紹介した。六郎太は法和により紹介された。

「かような壇上伽藍に衆徒が長居すれば、寺側を刺激することになるやも知れぬ。じゃが、少人数でここらを歩くことは意味があろうぞ。大人数ならば寺側を挑発するが、少人数なら密厳院、大伝法院の適度の威力を見せつけることになるかもな。密厳院と大伝法院でまた会うことがあると思う。よって今日はこの位で」と、薙を突き立てて一礼した。部下も一斉に頭を下げた。

感じた。

「宝生殿のような猛《たけ》き御仁《ごじん》も寺側に気を遣うておるのでご座いますなあ」と、六郎太は意外に

「そうよなあ、不用な争いは御免じゃのう」と、法和は返事した。

密厳院へ戻ろうとしていた。すると、背後から声が聞こえた。

「法和と六では」と、六郎太の名を略して呼ぶ者がいた。学僧の塡林《てんりん》だった。

「二人はもうすぐ学僧になるんじゃな。拙僧と同じ所に入るのか」と、振り向いた二人に不遜な物言いだった。

「そち達は漁師と貧しい百姓の倅とか。拙僧と同じ学僧になるとはのう」と、冷ややかな笑いを浮かべた。

「宜しくお仲間にお加え下さい」と、法和は頭を下げた。六郎太は棘を含んだような塡林の言葉に「そっ、そっ、それは」と、口を尖らせた。間髪を入れず法和は六郎太が着ている茶色の麻地の袖をきつく引き、制止した。六郎太は法和に従って、感情を押し殺した。

法和によると塡林は淡路島で最も富裕な一族の出身である。密厳院へは親が年に二回、紙、絹、灯火用の荏胡麻《えごま》油などの高価な品物を送り届けている。密厳院はそれらの恩恵に浴している。そのことを考えて、法和は六郎太を止めたのだった。法和の説明を聞いても、「そっ、そっ、そっ」と、六郎太は言うものの、言葉が続かなかった。

六郎太、得度を受ける

早朝から蒸し暑く、雨が降っていた。まだ梅雨入りにはかなりの時がある。走り梅雨と呼ぶのだろうか。密厳院の廊下側の戸は全て開け放たれて、樹木が放つ香りが仄暗い堂内に注ぎ込まれていた。先輩僧による読経の声が、協和音になったり不協和音になり、得度式の雰囲気を醸し出していた。

「上人、では」と、上人からの信任が最も篤い兼海が上人を促した。六郎太と法和は大勢の先輩僧が見守る中、両手で結んだ印をより固くした。上人に先立ち、数人の先輩僧が二人の頭に鋏《はさみ》を入れていった。一枚刈りのように短く切られた頭に竜玄が手を加えた。上人が二人の頭の仕上げを施した。上人は剃刀を竜玄に返すと、竜玄は文机の上に敷いてある紙の上に置いた。その時、読経は止んだ。別の文机に裏向きに置かれた紙を、兼海は上人に手渡した。上人はそれを採り上げて、まず法和に示した。続いて六郎太に見せた。

「密厳院拡経《かくきょう》」が法和の学僧名だった。六郎太は「稜法《りょうほう》」を与えられた。

「『拡経』とはの、字の如く経典を遠く迄、広める僧に成ることを拙僧は願うておる。『稜法』

とはの、『稜』は『かど、隅』、それに『神神《こうごう》しい』という意味を含んでおっての、それから『法』は仏法ぞ。従って、世の中の隅々迄も神神しく仏法を遍《あまね》く広める僧たらんことを願うて、その名をそちに与えよう」と、上人は厳《いか》めしさとにこやかさを混ぜ込んだ表情だった。

「有難く、お受け致しまする」と、法和と六郎太は感謝の言葉を返した。

「二人が同日に同時に学僧になったのじゃが齢《よわい》が二つ違いぞな。よって拡経は稜法のことを弟子の如く愛《いつく》しみ、稜法は拡経を兄の如く崇《あが》めて修行に精進致すが宜しかろ。高祖空海が示された幾多の修行は、高祖自ら語られた如く極めることは難しいものぞ。じゃが拙僧を含め、先達《せんだつ》に導かれて日々、精進するように」と、上人は二人に寺小僧から学僧に成長するという新しい生命を吹き込んだ。

「ははぁー」と、稜法は拡経と同じように床板に額を擦り付けるように、頭を下げた。

式が終わった。兼海、竜玄は次の間に移り、上人は密厳院を後にして円明寺へ戻った。円明寺は学僧が修行の場として与えられる密厳院から西へ、半町（約五五メートル）程の所に位置する。円明寺は上人の居所にもなっている。

「拡経殿、これからも宜しくお願い申し上げます」と、稜法は丸めた頭を左手で触って学僧に生まれ変わった実感を抱いた。

「うっ、うん。愚僧からも宜しう願いたく存ずる」と、背筋をぴんと伸ばして拡経は応じた。

この日から稜法と拡経は他の学僧と同じ生活を送ることになった。寝所《しんじょ》は密厳堂に繋がる学僧部屋になった。

勿論、同じ部屋といっても安眠を貪ることが出来る良い場所ではない。廊下に最も近い板壁のすぐ傍の所だった。月が山を照らさない夜は闇の中と同じ位、暗かった。

「痛いっ」と、稜法は左足首を踏まれて思わず苦痛の悲鳴を上げた。

「済まぬ」と、澄んで落ち着き払った声が聞こえた。塡林だった。声の調子からは少しも詫びている気配はなかった。稜法は然善のかつての助言を咄嗟に耳の奥に再現して、痛みを我慢した。百姓の倅が学僧になり、自らと同列になったことに不快さを持ち続けているのだろう。

豊かな能力という美しい花を咲かせた高僧の多くは、豪族や天皇、貴族の縁戚者《えんせきしゃ》が多い。或いは当時の社会で名を馳せた人物と血縁である。空海は叔父に当時一流の漢学者・阿刀大足《あとのおおたり》を持つ。覚鑁上人は父親が中位の身分の地方役人であり、決して百姓の倅ではない。だが、と稜法は考えた。上人が法和と自分に学僧への昇格の道を拓《ひら》いてくれたので、何ら自らを卑しめることはない。日々、精進して大日如来を崇め、上人の教えに励むことの大切さを心に銘じた。塡林など気にすることはない、と自身に言い聞かせた。

寅《とら》の刻の頃（午前四時頃）に眼を覚ました。左足首に鈍痛を覚える。夜明け前の仄暗い屋内で足を伸ばそうとしたが、力が入らずに出来そうにない。掌で触ると熱を帯びているのが分かった。朝の勤行《ごんぎょう》迄には、まだ時がある。

「我慢致そう」と、自身に言って聞かせた。

やがて板戸の隙間から朝日が漏れて、黄金色を滲ませ始めた。稜法は学僧になって、漏れて差し込む朝日を見ることが、楽しみの一つになった。強い直射日光ではなく、朝の弱い小さな光の穏やかさが、形容しがたい程に美しい。そのようなことを感じて、左足首の痛さを忘れようとした。ぎこちない左脚の動きを目敏く然善は見つけて、稜法に声をかけた。稜法は足首を夜中に踏まれたことだけを告げた。

稜法は学僧になった喜びから、星田に住む両親へ僧籍に名を連ねたことを知らせた。二十日位後に返事が堂内にある各学僧の連絡棚に入っていた。

「仏道に励まれよ」とだけ、村の古老により代筆されてあった。親が自分に対してどのように反応するかに、興味が引かれた。だが、親にとって六男坊の稜法の存在は、それ程、関心はないのだろう、と感じて落胆した。親からのそのような反応に滅入ることなく、先輩僧に混じって上人に照らされて空海が、唱えた道を進むことを心に新たにした。

空海三百年御遠忌を終えて

三百年御遠忌の供養から既に三か月が経った。稜法は御遠忌法要後も密厳院・大伝法院と金剛峯寺の両寺が、相携えて明るくて穏やかな法灯を照らして歩むことを望んだ。

上人は自ら興した大伝法院と密厳院の責任者としての座主《ざす》の位に、弟子が就けるように後鳥羽上皇に奏上した。弟子が二代目の座主を引き継ぐことにより上人は、二つの寺院の運営を弟子に譲ったことを印象づけることになる。金剛峯寺が神経を尖らせることは、凪のように鎮まるだろう。それを肌で感じながら上人は却《かえ》って、個人的な修行に一層、専念出来る。座主という位をなくして、単なる先輩僧として学僧の指導も続けることが出来る。稜法は他の重鎮程、会話の機会が多くない重鎮筆頭の兼海から、そのようなことを耳にした。

だが、金剛峯寺は強硬に異を唱えた。東寺で長者を務める定海《じょうかい》という高僧へ、使者を遣《つかわ》して上人の望みに対して反対の意志表示を行った。定海は上人の望みが叶えられるのなら、金剛峯寺からは誰も座主になれない、との金剛峯寺の意見に共鳴した。それで定海は次のように後鳥羽上皇に上申した。上人の望みは金剛峯寺を蔑《ないがし》ろに考え、後発であるべき大伝法院と密厳院が高野山を乗っ取ろうと企《たくら》んでいる、と。それに寺側の不穏な考えを持つ高僧の良禅が、どす黒い衣装を纏って動いたようだった。その険しい雰囲気は密厳院にも伝えられた。

大伝法院のすぐ裏に建つ衆徒長屋に詰める者達が数人、金剛峯寺衆徒により白昼、負傷させられる事件が起きた。金剛峯寺より南西方向にある鉢霧山《はちきりやま》で軍事教練を行っている時だった。本隊から離れて身体を休めている衆徒達が、急襲されて刀傷《かたなきず》を受けてしまった。本隊にいて部下に指図をしていた棟梁の宝生はそのことを残念がった。

「同じ失態は二度と起こさぬ、不細工じゃからの。次はあやつ等が徒党を組んでかかってくるなら、迎え撃とうぞ」と、稜法が大伝法院へ参内した折、衆徒長屋に立ち寄ると出くわした宝生は、そのように口元を引き締めた。

「稜法ではないか。どうしてここに」と、不思議がる声を背中で聞いた。振り返ると然善だった。返す言葉を稜法は飲み込んで、小さく一礼をした。衆徒と親しく言葉を交わすことは、他の学僧には好感を与えない。然善は衆徒長屋で賄いを受け持つ者の要請で、調理方法を指南しに来ていた。蓮根と自然薯を焼いた後、水で割った醤《ひしお》に漬け込んで塩味と風味を含ませる味付方法だった。

「ついて参らぬか、奥の院へ拙僧は詣でた後、茸や他の具材を採るのでの。共に夕餉の膳を賑わそうぞ」と、稜法を誘った。奥の院へは早朝に詣でた。だから尻込みしたいのだが、先輩僧の誘いなので断るには相当の理由が要る。理由は見つかりそうになかった。然善の後に従おうとして稜法は仄暗い屋内から、日差しが降り注ぐ外へと眼を細めながら、身体を移動させた。

「衆徒頭・宝生とは懇意にならぬ方が良いかもな。衆徒はすぐ武力に訴えようとするので、学侶方《がくりょかた》とは考えが異なる」。そのようなことを言って然善は遙か北東にある奥の院を目指した。

奥の院へ向かう「一の橋」へは、ほんの三町ばかりの距離になる。樹木が放つ香りを嗅覚を通して、木漏れ日は全身で浴びて進んだ。「ピーピー、ジイ」と囀るオオルリの鳴き声に心地良く、耳を傾けて「一の橋」を渡った。

「空海様の御廟迄の半ば辺りに『中の橋』があろう。稜法は知っておるかの、それを越えた右手に『密厳堂』という小さなお堂があるのを。同じ呼び名ぞ、我等が修行する所と」

「そうでご座いますか。初めて知りました」と、稜法は然善の一歩後ろを歩いていた。

「覚鑁堂とも呼ばれるのじゃが、寺側とは不仲な昨今、上人はそのお堂では修行はなされぬじゃろ。ぶっそうじゃから」と、然善は上人の安全を気遣った。「中の橋」を渡って石段を上ると、すぐ右に密厳堂はあった。

「我等が上人はの、肥前国府知津荘《ふじつのしょう》（佐賀県鹿島市）の豪族の出身じゃが、父上は地方の長官どまり、と中傷する者がおる。上人は鳥羽天皇や皇族に慕われる高僧でおられる。極めて異例らしいの、地方の長官の子息が天皇家に崇められるのは。それに京は御室《おむろ》・仁和寺《にんなじ》の寛助《かんじょ》僧正（一〇五七年～一一二五年）という政略に長《た》けた僧侶により得度を受けられた。

拙僧の話は後先が反対じゃがの。それで得度を受けられた後に、高野山に来られた。だから寺側から考えれば上人は、よそ者かもな。金剛峯寺で得度を受けた僧ではないからの。入山して暫くの間は金剛峯寺ではなく、高野聖《ひじり》衆の中におられた。様子を見ていたのかもな。高野聖という新興勢力の中にいて、大切に抱いている理想を叶えようとされたかと。

寺側は我等の上人のことを悉く《ことごと》否定しようとするが、それは了見違いぞ。考えが狭くて子供っぽい」と、然善の言葉は熱を帯びていた。

「我等が上人は限りのない情熱を持って、密教を広めておられます。それに学僧を育てることにも海のような広い心を持って、一人一人に接して下さる」と、稜法は日頃の感謝の念を言葉に込めた。

「その通り」と、然善は頷いた。

「ちと、金剛峯寺は了見が狭もうご座るのでは」と、稜法は然善の言葉を繰り返すかのように非を指摘した。

「そんなものかもな、人間とは。どんなに深い信仰心を持っていても、嫉妬という角《つの》を持ち合わせるのじゃろうて」と、然善は一瞬冷ややかな笑いを浮かべた。円満な人物には珍しい表情だった。

「ちと、待ってくれるか」と、然善は参道から外れて槇《まき》や杉の木立の中へ分け入った。程なく戻り僧衣の袖からサクランボを、鷲掴みにして取り出した。

「すぐそこの木立の奥にサクランボの生る木があってな。桜桃《おうとう》という名の樹木よ。サクラに似た花を咲かせる木ぞ。桜の木にはサクランボは生るまい」と、稜法に教えた。

「嗜《たしな》んでみるか」と、然善は稜法に勧めた。

「何分《なにぶん》、ここは参道にて」と、稜法は立ち姿で食べることを穏やかに辞退した。

「おお、そうじゃった。拙僧ははしたなかった。そうじゃ、まず一番に空海様に捧げようぞ」

と、前方を見て進み始めた。

御廟前には七、八人の学僧が一列に並んでいた。一人ずつ真言を唱えて大師に祈りを捧げている。稜法は然善の後に並んで順番を待った。

「稜法もこれを供えては」と、振り向いてサクランボを差し出した。稜法は感謝のお辞儀をした。

御廟の周りを掃き清めている僧がいた。然善は稜法が黒い漆塗りのお盆の中に、軸が付いた赤、橙《だいだい》、黄色に輝くサクランボを置き、祈祷が終わるのを待った。その後、掃除をしている僧に会釈をした。

「毎日、ご苦労様でご座います。今日は生憎、お会い出来ませせぬが、朝夕の食事を届けられている方にも、宜しうお伝え下さりませ。拙僧達は密厳院の者でご座います」

寺側の僧は上体を起こして、無言ではあるが丁重にお辞儀した。

空海入定後、毎日、金剛峯寺の僧が朝と夕に食事を届けている。空海は今も御廟で生き続けている。

奥の院からの帰路、老杉《ろうさん》の木立を北へ進んで森へ分け入った。

「茸も採るが今日の狙いは木耳《きくらげ》ぞ。文字の通り耳の形をしておる。乾燥させると耳の形では無うなるがの。ぬるま湯で戻して酢の物に使《つこ》うたり、小さく細く刻んで豆腐の中に入れて、油で揚げれば仲々、美味ぞ」と、然善は説明した。稜法は講釈を聞いていると、生つばが口の中に溜まった。足元に注意しながら急な斜面を登って行った。

「あれぞ、たんと（沢山）生えておろう」と、然善は杖代わりに使っている木の枝で、朽ちたように見える枝を示した。

「面白いことよのう。幹は生きておるが数本の枝は既に死んでおる。そんな枝に木耳は生える。この木は小楢《こなら》じゃが庭常《にわとこ》や桑の木にもよく出来る」と、稜法に注意深く見るように勧めた。小楢の幹から伸びてはいるが、既に朽ちた細枝に縦長になって鱗のような模様をした木耳がふわりと載っている。

稜法は椎や橅の朽木《くちき》に生える椎茸とは異質な印象を木耳に感じた。細枝に被さったように生えているので、生き物が今にも動き始めるように見える。恐る恐るまず一つを摘んでみた。柔らかくて弾力がある。

「気持ちが悪いのか。触っておればすぐに慣れようぞ。小さいのは放《ほ》っておくが良い。やがて大きくなって拙僧達以外の別人が喰しようぞ。大きいものだけを採るが良い」と、稜法に指示した。瞬く間に縦横深さが各々、一尺位の大きさの木箱が一杯になった。

「何だか、この小楢の木はここ、高野山に似ておろう。幹は生きておるのに細枝は朽ちておる。即ちのう、大木である空海様の教えは脈々としておるのに、枝である筈の金剛峯寺は死んだも同然ぞ」と、然善は言い放った。

「悲しいことよのう。金剛峯寺にあるのは覚鑁上人への妬みだけぞ」と、付け加えた。稜法は簡単に相槌は打たなかったが、然善の巧みな言葉遣いに同感だった。

足元に気を配って、下生えからカサを覗かせている茸も採った。その都度、食べられるものかどうか、然善の判断を仰いだ。

「稜法も茸の識別を熱心に訓練するが良い。形や色で見分けるのでは無《の》うて、一つひとつ判断するように」と、然善の言葉には説得力がある。

金剛峯寺からの非難を受ける覚鑁上人

採集が終わって険しい坂を下っていた。すると、熊笹や羊歯《しだ》などの下生えに一尺四方位の大きさの紙が、巻き付いているのを稜法は見つけた。

「御遠忌が　無事に済んだと　思ひおる　山は汝《なんじ》を　糾弾致す」と、達筆な文字で書かれてあった。和歌に似せた落首《らくしゅ》だった。稜法は思わず口元を震わせて然善に見せた。

「ふーむ」と、然善は眉に皺を寄せた。「増々、寺側は上人を挑発することに余念が無いように見ゆるな」と、稜法を見上げた。

その紙を拾い上げてからは、採集物を持って下って行く重い身体が増々、重く感じられた。心の空虚感が全身に広がっているように、稜法は感じた。密厳院へ急いだ。

「然善、稜法、二名、帰山致してご座る」と、然善は奥に迄、聞こえるように声を響かせた。玄関には誰もいない。

奥の学侶の寝所《しんじょ》を覗くと、多くの学僧が車座に座っていた。輪の中心には聖応がいる。彼の周りには紙が五、六枚並べてあった。輪になっている学僧のすぐ傍にも数枚の紙が、無雑作に置かれてある。稜法は持ち帰った紙と同じようなものであることを直感した。

「落首と貶《おとし》める歌じゃ、上人を傷つける」と、すぐ近くの学僧が稜法に教えた。

稜法は持ち帰った落首をその学僧に示すと、学僧は身体を伸ばして聖応の前へ差し出した。

聖応はそれを加えて、それ等を整えてから二つに分けた。彼の前に座っている二人の学僧に各々、反対方向へ回すように指示した。

「密厳に　住む人常に　上皇から　色良き院宣　望み待つらむ」

「上人が　我がもの顔に　使ひおる　絹紙筆墨　工人《こうじん》（職人）へ返せ」

「弘田荘　志富田荘の　百姓が　作りし米を　一人喰ひして」

「お大師の　弟子とは言ひけん　お経読み　まひなひ（賄賂《わいろ》）作りに　日夜を問はず」

などの落首と貶める歌だった。

「拙僧はこれらの落首、貶める歌を詠《よ》み、我等が崇める上人を傷《いた》めつけようとする痴者《しれもの》に、軍荼莉明王《ぐんだりみょうおう》の刀剣を突き付けたく存ずる。それ等は全て異なる水茎《みずぐき》（筆跡）故、相当多くの人物が関与しているに違いご座らぬ。かようなことに心を乱され振り回されるのなら、却《かえ》って、このような愚者の術中に嵌《はま》ってしまうことになろう。よって黙視するのが賢明かと存ずる」と、聖応は声を響かせた。

やがて、すすり泣きが数人から聞こえた。上人が蔑《さげす》まれ揶揄《やゆ》されることに悔しい思いを、募らせたのだろう。稜法も悲しみが込み上げてくるのを抑えることが出来なかった。

「聖応様のご見解で結構かと存じます。罠に陥ってはなりませぬ。但し、暗愚な寺側に文言で正式に抗議しておくことは肝要ではご座いませぬか」と、然善はすすり泣きの声を縫うようにして意見を述べた。

その時、多くの者が一斉に然善へ視線を放った。大勢の学僧の中で、自身の意見を露わにしたことへの羨望の眼差しと、先輩僧達に気遅れしない不遜さに対する非難も混じっていた。

「ふーむ、落首が果たして金剛峯寺に詰める僧によるものかどうかは、今のところ定かではない故、然善の言う通りにはのう。拙僧も個人としての信条は然善と同じじゃが」と、聖応は然善から眼を逸らせた。

「証拠が欲しい、欲しいのう、寺側が書いたという」と、数人が口々に言った。やがて上人が密厳院内の密厳堂に繋がる自身の寝居を兼ねる上院から一堂の前へ現われた。無言行を行う準備中の上人を見るとすぐに然善は、上人が中央に座れるように、車座の輪の方へ身体を移動させた。然善は学僧からの意見や場の雰囲気、それに自身の考えを要領よく述べた。それ等を聞く間、上人は眼を閉じていた。

「ふむ、それで良い、然善の考える通りで。だがの、拙僧のことで皆の者に嫌な思いをさせるのう」と、書いた紙を示した。

稜法は穏やかな感情を示す上人の内面を模索しようとした。怒りという感情の荒波が上人の中では、大きくうねっていないのだろうか。今はまだ上人は無言三昧に入る前の段階だが、無言行に入っても今日のように紙を通して上人と交信が出来るのだろうか。寺側との争いの中で上人は、少しでも災いを小さくするために、言葉を発しないことを自身に強いている。

「拙僧に毒矢や火矢《ひや》を放つ者も、そのうちに拙僧の仏道への帰依の激しさと心根を高評してくれるであろう」と、達筆な文字で書かれていた。稜法は上人が常に澄み切った心を持ち、それとは相反するような厳しさと激しさで密教の修行に努めている、と考えた。人は生存中に仏の境地に達することが出来るという空海が唱えた即身成仏への修行に余念がない、と稜法は結論付けた。

真言密教での悟りを開いた最高仏は大日如来である。浄土宗や浄土真宗では阿弥陀如来となる。大日如来となるために上人は修行している、と稜法は考える。如来の境地に達する前段階の修行中の人間は、菩薩と称せられる。奈良時代の高僧、行基はしばしば行基菩薩と呼ばれた。稜法はその生き方や業績などを勘案して、上人は菩薩の域を遙か昔に抜け出し、大日如来へ自身を近付けている、と考えた。空海は自身を大日如来であると見做した。

その日、稜法は密厳堂の本尊・大日如来像の前で正座し、じっと本尊を見詰める観想に入った。だが心が乱れて平静さを保つことが出来なかった。それは金剛峯寺が仕掛けたに違いない落首や貶める歌のせいだった。

「もし今後、落首や貶める歌を書き、それ等を撒く現場を見るのなら、それ等の者に自らの鉄拳制裁を下してやろう」と、穏やかでないことを自身に誓った。

然善は修行に専念出来そうにない稜法を目敏《めざと》く見つけた。その時、稜法も本尊を見詰めていた視線を他へ外した。

「厠へ行かぬか」と、然善は誘った。

厠への廊下で稜法の心中を察したかのように言った。

「上人様は高野山中の様々な寺院の僧を引き付けてご座る。大伝法院への。よって、貴僧はそれ程、心配しなくて良かろうて。これからも落首や貶める歌が、あちこちで見つかるかも知れぬ。だがな上人様が伝法会《でんぽうえ》を開かれ、学僧が学ぶ機会が与えられるので、より多くの者が集まろうぞ。上人様に反感を持つ者は僅かぞ」と、稜法の左肩を軽く叩いた。

「そうでご座いまするな」と、稜法は励まされたように感じて相槌を打って、頷いた。

兼海と聖応それに学僧が上人の上院へ入って行くのが見えた。

「何かご座るのか」と、稜法は近くの学僧に尋ねた。

「多分、上人が大伝法院で尚も多くの学僧を集めて講義をされていることで、寺側が不快を募らせていることについてじゃろ」と、その学僧は答えた。

出入口近くの所で稜法は、故意に按座して修行しているように見せかけた。板戸越しに屋内での様子を窺うことが出来る。

「拙僧はこの高野の山が、京にある東寺から独立した方が、真言密教の道場として一層の活動が出来ると信ずる。常日頃より鳥羽上皇様に上奏してご座る。上皇様は大伝法院に数多くの僧を全山から集めて、法灯が輝くばかりの仏法に関する講義を行っていることに喜んでおられる。以前は拙僧が大伝法院・座主《ざす》として活動し易いようにお心を配っておられた。

しかるに金剛峯寺は拙僧に謂《いわ》れのない中傷という毒矢を放ってご座る。更に寺は東寺に働きかけて遙か京の地からも火矢《ひや》を射っておろう。これらの寺からの妨害を拙僧は、甘んじて受けるのじゃが、果たしてこのままの状態を続けておっても良いものかどうか。拙僧には弟子を一人でも多く育て上げ、お大師様の教えを彼等に伝えるという遠大な望みがご座る。

先回、寺の強硬な反対により、拙僧が奸計《かんけい》を巡らせているかのように見做されて、座主返還が成らなんだ。じゃが、今度《こたび》は東寺の定海様に根回しをして貰おう。拙僧の願い、否《いな》、お大師様が拙僧に下された命《めい》を蹂躙《じゅうりん》せぬように迫ろうぞ。京の鳥羽上皇様にも拝謁《はいえつ》致して、言葉を尽くし頭を深く下げようぞ。座主職は他のお方にお返しする。拙僧の弟子ではないお方に。さすれば寺側は少しは拙僧に対して態度を和らげ、拙僧の周りにいる者への危害を加えぬようになろうぞ」。筆談による上人の考えが読み上げられた。聖応の声だった。

「そっ、そっ、それは上人様、余りにもへり下り過ぎるお考えではご座いませぬか」と、竜玄が言った。

「ふーむ、どうも東寺と金剛峯寺とも拙僧の一挙一動に全神経を尖らせ過ぎておるのが、眼に見えてのう。もし、そうならば無念よの」と、聖応が読み上げた。

沈黙が暫く、続いた。

「学僧達の身の安全を守ることと、上人の地位が問題でご座いまするな」と、竜玄が考えを披瀝した。

「今以上に衆徒に力を発揮して大伝法院と密厳院とを警護するように依頼しては。宝生殿に頼みましょうぞ。それに上人は今の活動のままで宜しかろう。上人が今の隆盛を導かれたので」と、続けた。

再び、沈黙が訪れた。上人が住む上院の板壁の隙間からは、部屋に浸み込んだ香《こう》の匂と黴が放つ臭《におい》が稜法を刺激した。

「上人、如何なされまするか。拙僧はこれ以上、寺側を奮い立たせるのは我々にとっては宜しくないかと。上人の親戚縁者のどなたかに、座主職を譲られることを望みまする。但し、上人の働きはこれ迄通り続けられますように。拙僧達は上人を支えまする。それと、拙僧達院側は宝生殿や禮們《れいもん》殿には、特に強い警護を頼まないようにしておけば、と存じまする」。兼海が言い終わると、竜玄は異論を唱えなかった。

「では、そのように」と、兼海が座を結んだ。その時、稜法は上人の下《もと》で大伝法院と密厳院の営みを決定する僧は、兼海であることを改めて知った。

稜法は底冷えがする朝、勤行《ごんぎょう》を終えて庫裡で竈《かまど》の火が消えないように、薪を新たに加えた。他の学僧が身体を寒さに晒《さら》している時でも、時々、残り火が消えないように、と竈に向き合えるのは幸いである。そのような役得を噛みしめた。

「上人様は何か、寺側の不満をお一人で背負われ、割が合いませぬな、然善様」と、稜法は板壁に斜めに立てかけた数台の真魚板《まないた》に載せて水分を除いた豆腐を、別の真魚板に並べ変えた。後で大豆を絞って作った油で揚げて、薄揚げを作る準備をしている。

金剛峯寺は寺の運営を担《にな》う検校《けんぎょう》の地位にある高僧の一人、良禅が中心になって大伝法院への非難の的を向けている、と然善は語った。

密厳院を営み、その活動に経済的な保証を与えるために譲られた相賀荘《おうがのしょう》（和歌山県橋本市の西半分）は、もとは金剛峯寺領であった。その荘園を奪われたと感じて寺側は、所有権を主張して上人を糾弾する。そのことを示す院宣を発布した鳥羽上皇を相手に争わず、攻撃し易い上人を責めるのだった。上人が高野山へ上らず、新しく学僧を集めて講義などを行なわなければ、金剛峯寺は霊山の中心的役割を果たし続けることが出来た。信仰への指導的役割と寺院を維持する財力を生み出す荘園の両方を奪われた、と結論を下した。

「『憎きは正覚房覚鑁め』と、言うところじゃろ」と、然善は土鍋に入れた高温の油の中に、一枚ずつ薄い豆腐を入れ始めた。

二か月後の或る日の夕刻、稜法は庫裡を訪れた拡経と久し振りの会話を弾ませた。拡経は中童子を務めた経験から最近では、兼海、聖応、竜玄達重鎮の随僧《ずいそう》役をこなしている。上人が密厳堂に繋がる自らが寝居する上院に籠居《ろうきょ》して無言行に入ってからは、外に出る機会がめっきり少なくなった。退屈であるらしい。稜法はそのようなことを他愛なく聞いていた。

その時、経典や経文を喰い破る鼠を退治するために放し飼いしている猫が、庫裡の外で急に不審な鳴き声を響かせるのが聞こえた。庫裡の北側には熊笹や羊歯《しだ》が茂っている。奇妙な予感が稜法の脳裡を掠めた。すると、鋭利な物体が風の中に放たれたような音が聞こえた。『コツン』『コツン』と、すぐ近くの木部に突き刺さる音が続いた。

「拡経殿」と、稜法は叫んで護身用の木刀を左手で掴んだ。拡経も異様さに気付いて、稜法に険しい視線を送った。音が伝わってきた方向を稜法は特定して、出入口へ急いだ。庫裡内の竈近くにある外へ押し開く窓近くに矢が二本、突き刺さっていた。

「寺からの挑発目的の矢ぞな」と、拡経は荒々しく言葉を吐き出した。一本の矢を引き抜いた。稜法も矢を一本、引き抜いた。

「ふん」と、拡経は鼻で言った。

「寺の誰ぞ、かような狼藉を働くのは」と、稜法は声を荒げた。「ふん」と、再び拡経は鼻で音を漏らした。熊笹と羊歯は穏やかな風の中で何事もなかったように、そよいでいる。稜法と拡経は然善に証拠品としての二本の矢を示して、経緯を説明した。然善は重鎮に報告すると言った。翌日、重鎮達は無言行中の上人に書簡の形で知らせた。

上人は側近の達筆な弟子に書面で指示した。鳥羽上皇へ高野山の現状を知らせる文《ふみ》の作成だった。それは「五箇条注文」として知られている。密厳院と金剛峯寺との争いを鎮めるための上皇への上奏文である。その五番目には空海による文言を引用して、「人法一体、不得別離」と書いた。上人に対する非難は仏法への非難に繋がる、という意味である。「魔妨仏法、仏法弥栄」とも書いている。妨害を受けながら正道を歩む上人に支援を行う条項を「十徳円満賢皇、千載一仰之聖君」と褒めそやした。上人による表現は内容が豊かであり、かつ巧みでもある。

上人は常に修行を通して自らを高め、自身を大日如来へ近付けている。求めるものへの激しさは空海に迫るものがある、と京《みやこ》に住む高僧は評価する。無言行を行っている間、上人は密厳院での朝夕の勤行や大伝法院での伝法会談義では、指導者の役割を重鎮に譲った。

空海を称《たた》える三百年御遠忌を金剛峯寺と共に恙無くこなしたものの、寺側の謂れのない攻撃が続いている。上人は密厳院上院に籠居《ろうきょ》して無言行に入ることにより、外界との接点を断ち、自身を謹慎状態に置いている。そうすることによって自身に様々なことを問いかけ、寺側の怒りを失くすことを望んでいる。

稜法はそのような上人の判断を始めのうちは、心の中で支援していたが、時の経過と共に寂しく感じるようになった。朝夕の勤行の時も上人の姿を見ることはない。高くて澄んだ声を聞くことは出来ない。心細さが全身に満ちるように感じた。兼海、聖応、竜玄の若い学僧への接し方は、上人とは異なっていた。学僧一人ひとりの能力差や学識の差を充分、考慮することはそれ程、ないように思われた。拡経も稜法と同じように感じていた。

楓の新緑を縫う木漏れ日が風に吹かれて、躑躅《つつじ》の花を浮かび上らせる頃、上人の無言行は結願《けちがん》した。四年間、続いた。上人が行に入る前の状態にすぐさま戻ることを、稜法は想像すると内心、安堵を覚えた。

「七日程、密厳院を空けるが、竜玄の指導を受けて皆の者は一層、励まれい」と、上人は一堂を鋭い眼付で見回した。「良禅検校殿が亡くなられてから既にふた月目に入りもうした。拙僧への強硬な攻撃僧はいなくなったものの、その分、他の僧へ検校の思いは蔓延しているかも知れぬ。努々、危険予知の心を怠ることなく心掛けるように」と、続けた。拡経は随僧の一人として、お伴の役を務めるとのことだった。

京《みやこ》で上人は六条判官《ほうがん》であり、検非違使《けびいし》庁の別当である源為義《みなもとのためよし》（一〇九六〜一一五六）に密厳院と大伝法院の安全保持のために、護衛を願い出た。そのことが寺側に知られないように、口止め料の名目で砂金、巻き紙、絹などが為義以外の検非違使庁の他の役人にも贈られた。

院側と寺側の対立激化

稜法は上人による上京の目的が、充分に叶えられることを祈った。現状では金剛峯寺に軍事力で勝ることはない。金剛峯寺を守る衆徒数は二百人に上《のぼ》る。そのうちの半分位は学僧が武装して衆徒になっている。それに比べて密厳院と大伝法院を護衛する衆徒は、併せて八十人位であり、そのうちの二十人位は学僧を兼ねる。兵力と人数の差は寺院としての歴史の長さの違いに依る。寺院を支える荘園の広さの違いがそのようにさせる。

純然たる衆徒は衆徒長屋に常駐する者と、寺と院から離れて住む者とに分けられる。堂宇から離れて山を少し下った所に住む衆徒は、田畑での仕事を日課として食糧を生産する。その食糧は自給自足する。寺と院が必要と認める時に雇われる傭兵なのである。財政上の軽減策として、そのように衆徒を分けている。

金剛峯寺から自らを守るための政治的手段を講じることと同時に、修行することも行われなければならない。翌日、上人と兼海、聖応を欠いたまま、午前中、節《ふし》を付けて経文を唱える声明《しょうみょう》を行った。稜法は参加出来ず、先輩僧の修行を見る側に回った。密厳堂の外では衆徒長屋を増築する金槌や木槌の音が、絶え間なく空中を飛び交っている。

導師を務める竜玄が花を活けた花瓶を置いた文机《ふみづくえ》に向かって座っている。大日経の経文を持つ三人の学僧が、導師を挟んで右と左に一直線に座った。更にそれらの僧と隣り合わせに、三人ずつ学僧が一列に腰を下した。竜玄が最初に如是我聞、と節を付けて唱え始めた。すると先輩僧が続いて節を付けて唱え始めた。左と右に分かれた列から一人ずつが、鉦鼓を「タンタンターン」と叩き、三回、同じ所作を繰り返した。全員が座ったまま「ウーウーウー」を合唱して鉦を小さな撞木《しゅもく》で叩いた。やがて深緑色や茶色、それに黒色の数珠を取り出して立ち上った。暫くすると蓮の花弁をその場に撒いた後に腰を下ろした。即ち散華《さんげ》を行って花の芳香が、その場を清め邪気を追い払ったのだった。

再度、導師を務める竜玄は経文を節を付けて唱え始めた。学僧達は導師の周りを今度は、節を付けることなく経文を唱えて、歩き回った。一人ずつ元の自分の場所に座った。一人が鉦鼓を前と同じように叩くと、導師は立ち上って経文を節を付けて唱えた。学僧達はそれに続いた。すると一人が導師の前に進み出た。

稜法は所作を見せながら経文を唱えるという音楽的な法会《ほうえ》を目の当りにして、仏への帰依という感情が高揚するのを覚えた。今日は先輩僧による声明であるが、次回は自分も先輩僧の中に加わりたい、と願った。

六条判官・源為義（後の保元の乱で没）に寺側の武力から保護されること、門弟のために凜とした環境を保持したいという、相反するかのような考えを上人は持っている。自衛のために弟子が武装することを望んではいない。それは自分のために門弟を巻き込ませたくないとする上人の思いやりであった。

だが、上人を守り修行と学問の場を安全に保つために、防衛のための自衛軍を衆徒とは別に組織する必要性が、学僧間で囁かれた。決して上人と重鎮とが知り得ないように、書面は作成されなかった。

稜法は庫裡でそのことを然善から耳にした。二十歳前後の腕力があり屈強な者が、三十人位で武力集団を構成することだった。上人を最も間近で守る者として五名が割り当てられた。密厳院と大伝法院の建物への攻撃を防ぐ者は十名ずつ、残り三名ずつがそれぞれの山門近くを警備する。

身体が他の学僧より抜きんでて大きい稜法は、拡経と共に志願した。年齢も条件に合致している。人伝てに情報を知った学僧が名乗り出た。上人が密厳院上院で金剛頂経を紐解《ひもと》いている間に、志を立てた者、三十一名が大伝法院内の東に位置する小堂に呼び集められた。

稜法は薄暗い小堂に一番乗りしたと思ったが、先陣がいた。塡林だった。

「稜法か。上人と拙僧達の霊山を守ってくれるのだな、感謝致す」と、これ迄の稜法に対する悪態を打ち消すかのような言葉だった。

「塡林様は」と、変化の理由が理解出来ない稜法の口から思わずに言葉が漏れた。

「若手僧から成る自衛軍を考案したのは拙僧ぞ。それ故、三十一名を指導するのも拙僧。宜しく頼む」と、これ迄の高慢さが想像出来ない位、丁寧にお辞儀した。稜法は塡林への蟠《わだかま》りを捨て去って、冷たい床板に額を擦り付けるように深々と頭を下げた。密教の霊場を守るという塡林の志に触れ、稜法は心地良い胸の高鳴りを覚えた。

瞬く間に全員が集まった。拡経は後方にいた。塡林は自分よりも五、六歳、若い学僧に自衛組織の目的と役割を説明した。参会者は聞き入っている。

「ならば役割と人選を拙僧に任されよ。各自が口々に望みだけを主張するのならば、収拾出来ぬか、大いなる矛盾に陥るやも知れぬ。かような組織作りでは大所、高所から見渡さねばならぬ」との聞く者に説得力のある声が、寒気が漂う部屋に響いた。稜法は塡林による自衛組織の目的と役割を心の中で反芻して、一途な思いを奮い立たせた。と、同時に塡林の気高い信条を心に描いて感服した。密厳院へ戻るほんの半町の間、稜法は感想を漏らした。

「我等、塡林様を誤解していたかも知れませぬな。上人様と二つの寺院を寺方から守ろうと、我等を集めて指揮して下さるとは」

「そうよなあ。単に後輩僧をいじめる先輩僧として愚僧は見做していたからの」と、拡経は稜法を見て苦笑した。

翌日、朝餉《あさげ》の後に食器を米糠を入れた小袋でこすって、汚れを落としていた。塡林が庫裡へ現われ、稜法の役割を小声で伝えた。他者には知られないように書面は作成していない。山門近くの薪を保管する小屋で拡経と共に、警護番を務めることだった。

「はい、ひたすらお役目、立派に務めまする」と、稜法は胸を張った。役割を与えられて嬉しく感じた。塡林が去った後、その場にいた然善は眉間に皺を寄せた。

「稜法、貴僧は喜んで感激しておるからそれで良いかも知れぬが、本当に満足かの」と、冷ややかな表情だった。

「寺側の凶徒が雪崩《なだれ》込んで来れば、密厳院の小さな山門でどのようにして拡経と共に阻止するのかの。戦で敵の陣を打ち破る時は、一人や二人だけの敵兵がこっそりと、侵入するのではなかろう。数十名が次から次へと繰り出して山門を潜《くぐ》るのじゃ。貴僧は最も険しい役目を拡経と務めるように配置されたのじゃ。ふん、塡林め、貴僧と拡経を見下《みくだ》したのか」と、然善は稜法が考えの及ばないことを口走った。稜法はその意外な発想に返す言葉が思い付かなかった。然善の考えは当を得ているのかも知れない。自分達は最も危険な役目を与えられたとも思われる。塡林は自らの出自に対する誇りから、拡経と自分を最前線に配置して密厳院から早く消え去れば良い、と考えているのかも知れない。

そのように考えると、塡林の底意地が透き通って見えた。仕事を終えると稜法は拡経を捜した。

「塡林殿は拙僧達を試しているとも考えられる。本当に役立つかどうか。それと拙僧達の出自の低さから、まず一番危うい役目を与えたかもな」と、拡経は自身を納得させるように小さく、数回、縦に首を振った。

稜法は塡林の複雑な性質を垣間見《かいま》たように感じると同時に、自分の命を守ることも考えた。

「塡林には油断をせぬように」と、拡経は声を落とし、密厳堂の玄関脇にある各自への文《ふみ》や書簡などを入れる連絡棚を確かめた。

「もし寺方から暴徒が津波のように押し寄せればの、迎い討つことをせず薙《なぎなた》を携えたまま、ひたすら堂内へ飛び込み中にいる同輩に火急のことを知らせようぞ。さすれば見張り役を戦うことなしで果たしたことに。応戦しても命を落とすだけぞ」と、拡経は明るく微笑んだ。

「愚僧は学僧、稜法も学僧。命を絶やしては密教は学べぬし、上人様はさぞお嘆きなさるに違いあるまい。最前線に割り当てられたからと言うて、危うい役目と考えることはない」と、拡経は稜法の眼を凝視した。拡経は稜法と共に敵からひたすら逃げることを主張した。

稜法は気分が軽くなった。自分の考えは余りにも柔軟さを欠いて偏狭であったと感じた。最前線に配置されたからといって、上人を守るために必ず死なねばならない、ということではない。庫裡へ戻る足取りは「春の野に出でて若菜摘む……」と、詠んだ歌人のように弾んだ。庫裡では然善が普段よりも一層、眼に力を込めて何かを語りたいように見えた。

「前に貴僧に言うたこととは矛盾するのじゃがの、貴僧は衆徒頭とは懇意の間柄じゃろ。拙僧は衆徒長屋へ調理の指南をしに行った折、衆徒頭の宝生殿、禮們殿と少《すこ》うし言葉を交わしたんじゃ。彼等、ふたーりは拙僧の先入観とは違《ちご》うた人物と思うた。粗暴で野卑な薙使いではなさそうじゃ。拙僧にこのように言うたんじゃ、宝生殿は。『儂達、衆徒は本来ならば不要な存在よ。衆徒が院と寺に控えて敵対することは空海様はお嘆きになっておろう。静かな霊場に一刻も早う戻って欲しいものよ。お坊様はひたすら空海様が修行したことに邁進出来《でけ》るように、日々、暮して欲しいものよ。そのために儂等は身体を賭《と》す所存ぞ。お坊様が武具など持たなくて良え《え》ようにお守り申す。何《なん》なり相談下され』とな。それ故、山門の守りは衆徒に任せて、貴僧達は彼等の後ろに居《お》ればどうかの。そのように宝生殿や禮們殿に頼めばどうじゃ」と、然善は締め括《くく》った。

稜法は修行と庫裡での勤めの時以外は、しばしば山門近くの小屋で警護の任に就いた。衆徒達が五人一組になり定刻に山門近くを警邏するようになった。衆徒頭は稜法の願いを受け入れた。稜法は小屋の窓を小さく押し開けたまま、薙を左手に携え山門近くを中から見詰めた。拡経と居合わせる時は、やはり心強く感じた。拡経は稜法程、背は高くはないものの標準よりは身体が大きく、がっしりとした体格をしている。

「稜法、薙の刃《やいば》を隠せ。兼海殿と聖応殿が玄関から出られる。刃の輝きが外に漏れると不審に思われようぞ」と、細い隙間から外の気配を窺っていた拡経は小声で忠告した。

「はっ」と、稜法は従った。

上人一行が高野山へ戻って三日が経過していた。重鎮の二人は小屋内で稜法と拡経が、見張り番を務めていることを知らない様子で、山門を潜って行った。小屋から四間（約七・三メートル）位、離れた所には密厳院境内と外部とを仕切る土壁の塀が囲んでいる。その前の通りが不穏な響きを放っていないか、兎が長い耳をそばだてるかのように、稜法は聴覚に神経を集中させた。そのような日々が七日程、続いた。

冷たい雨の中、高野山の伽藍が灰色の御簾《みすだれ》を空から降したように燻っていた。稜法は小屋に詰める拡経に最近の変化を語った。

「拙僧達がかようにして警護の任に就いていることを、上人様は感付いておられる。昨日、言われての。『この頃、稜法は心を尖らせておるのでは。何か神経過敏になり、苛立っておるの。朝夕の膳の味付けにそれが表われておるようじゃ。味に角《かど》があり、然善譲りの淡《やわ》らかな味が遠のいておる。これも拙僧のせいかもな。許せ』と、このように言われての」と、薙の柄を土の床に突き立てている拡経を見た。「賄《まかな》いをする時は、心をゆったりとさせ味付けをせねば、具材が持つ豊かな味を万遍《まんべん》なく出しにくかろ。心を揺らせたり不安に畏縮させたりして味付けをすると、単一な味に仕上がる。塩辛さや甘さが勝《まさ》り、コクが醸し出せぬな」とも仰《おお》せられた。

「上人は心細かで感覚の秀れたお方《かた》ゆえ、全てお見通しかも。だが拙僧達は与えられた役目に励もうぞ」と、拡経は言葉を結んだ。

「そうじゃな」と、稜法は動揺している心を落ち着かせた。

正覚房覚鑁、高野山から追放さる

稜法達が防衛の役割を果たして十日程が経った保延六年（一一四〇年）十二月七日の午《うま》の刻（正午）のことだった。衆徒頭の一人、禮們が胸や腹を保護する胴着の金具や、腰に差した大小の刀の触れ合う音を放ちながら、密厳院へ駆け込んで来た。

「間もなく、凶徒がこちらへ押しかけまするぞ。用意致されよ」と、何回も大声で繰り返した。

「稜法、気を付けよ。拙僧は確かに密厳堂へ入り、伝えようぞ。貴僧も続くが良え《え》」と、拡経は薙の長い柄を力強く摑んだ。

「して、暴漢の人数は、多くか、それとも」と、稜法は小屋を飛び出して息を弾ませる禮們に尋ねた。

「五百は下るまい。戦なら宝生殿と共に兵を率いて、思う存分、迎え撃つ。よって、学侶方《がた》は山を下るのじゃ。おぬしとて、慣れぬ薙を振り回して自分で自分を傷付けることになるかもな。ここは我等に任されい」と、禮們は唾を撒き散らす位、力《りき》んだ。

「裏門はまもなく我等、衆徒が固めるによって、裏門から退かれい」と、付け加えた。

これ迄の燻っていた寺側への反感に稜法は自ら火を付けた。

「追い払《はろ》うてやる。この薙で血祭りにしてくれる」と、自身を鼓舞した。そのように勇ましい感情を持つことにより、恐怖感から生じる脚の震えをかろうじて忘れることが出来た。

七人一組になり、味方の衆徒が裏門や山門を幾重にも取り囲んで、防御態勢を作った。拡経は公言したように小屋から離れて玄関の中へ入ったまま、戻って来ない。上人や重鎮には事態の急変は伝わっているのだろう。やがて薙や刀を携え甲冑を纏った寺側の衆徒達が押し寄せて来る様が、外から聞こえるようになった。再び、稜法は気分を奮い立たせた。仁王門に安置され邪気を追い払う大きく口を開いた厳めしい形相を漂わせる阿形《あぎょう》・金剛力士像のように地面に突っ立った。自分自身を寺側衆徒を斬りつける武者のように、恰好を整えた。

「ええい、どけい邪魔ぞ」と、近くに居る三人の衆徒により、稜法は袖や襟首を掴まれて山門から遠くへ退却させられた。再度、山門へ近付こうとした。その時、一本の火箭《ひや》(火矢)が密厳堂の瓦屋根の庇近くに、蒟蒻玉《こんにゃくだま》に突き刺さるかのように、いとも簡単に埋まり込んだ。その光景に稜法は一瞬、身体が萎縮するのを感じた。すると羽音を撒き散らしながら、数本の矢が耳を掠めた。空中を疾走する矢により耳が切り裂かれたように感じて、左手で耳を咄嗟に触った。幸いにも耳は射抜かれてはいないものの、両足は震えてその場に立ち尽くすことは困難だった。

「うおーっ」と、声を力の限り振り絞って自身を奮い立たせ、恐ろしさを忘れようとした。だが、迎え撃つ心の強靱さは到底なかった。密厳院の境内から堂内へ突進することがやっとのことだった。

上人が裏門から去ろうとする後姿が見えた。兼海、聖応、竜玄と三人の学僧、それに五、六人の白色の頭巾を被った衆徒に守られていた。裏門は寺側の衆徒や武装した学僧には取り囲まれてはいない。棟梁の禮們率いる部隊が蹴散らしたのかも知れない。

「我等はここを守ります る」と、学僧が去って行く重鎮達に声の限りを尽くした。

山門付近で迎え撃つ様が聞こえていた。やがて宝生が堂内へ入って来た。

「寺側の威力は恐ろしい程じゃ、敵《かな》わぬ。学侶も逃げられい。応戦は危険ぞ」と、宝生は大声を発した。学僧達の悲鳴に似た声があちらこちらで飛び交った。身体を矢に射られた者が出たようだった。塡林により上人と密厳院を守るために配置された筈の学僧達は、どこにも見当らない。恐怖心から持ち場を放棄したのだろう。

稜法は他の学僧に混じって、行動を同じくすることを心に決めた。何かが燻っている臭いがする。裏門付近に学僧は集まった。

「かように裏門を寺側は攻撃せぬ。よって我等が激しく反撃せぬ限りは、上人や学侶方を山から追放することだけが、目的かも知れぬ」と、宝生は声を嗄らした。表門付近での戦の激しい音が裏門近く迄、聞こえている。

「逃げられい、ここから早《はよ》う、去られい。裏門は安全ぞ」と、宝生は繰り返した。

「裏門から出て尾根伝いに大門《だいもん》（高野山の伽藍への入口）へ急ぎ、大門を下りた所で集まろうぞ。打ち合わせ通りに」との声が発せられた。声の主は塡林だった。然善は身辺の物を纏めて笈《おい》の背中に背負い、首からは一杯に詰めた頭陀袋《ずだぶくろ》を下げた。中には筆、墨、硯石、自筆の経典、庖丁、小さな俎板《まないた》などが入っている。稜法も庫裡に入って、庖丁と俎板を笈に詰め込んだ。左手には薙をしっかりと摑んでいる。怒声と武具が発する恐怖の音に包み込まれた密厳院から少しでも安全な所へ逃れることが出来る。そのように期待すると、複雑に入り組んだ洞穴に放り込まれて、一条の光が差し込む出口を見つけた心境だった。山門付近にいた時の恐怖心は不思議に消えていた。

密厳院の境内へ入る時に潜《くぐ》る山門で防戦中の衆徒には、負傷者が出ていた。矢で脇腹を射られたり、薙で背中を裂かれたりした。多分、上人一行が裏門から去った後、そこを後にした最初の学僧の一団は塡林と彼に親密な者達であった。稜法には拡経の動向が気掛かりだった。

裏門から南西方向へ四町ばかり上った虎ヶ峰と呼ばれる尾根伝いに、稜法は然善と共に他の学僧と一緒になって逃げた。禮們と四、五人の衆徒が付き添った。真冬の寒気の中、吐く息が不思議に美しく見えた。

「大伝法院は無事かの、焼かれねば良いが」と、然善は心を砕いた。

「大伝法院の中の大伝法堂を潰すようなことがあれば、建立するのに尽力下さった鳥羽上皇様が黙ってはおられますまい。相応に懲《こ》らしめなされます」と、然善の不安を聞いた学僧が慰めた。

「衆徒は形勢が危《あや》ううなっても密厳院で戦い続けるのかの」と、稜法は宝生とその部下の生命が不安だった。

「寺側衆徒に敵わぬと棟梁が判断を下したとなれば、我等に続きまする。それに大伝法院を守る衆徒も防ぎきれなくなれば、この先、五町程西へ進んだ遍照ヶ岡《へんしょうがおか》へ一旦、登ってから高野山を下山するかと」と、衆徒の戦い振りに詳しい学僧が教えた。遍照ヶ岡は伽藍に聳える大塔の地より南へ三町程上った所に位置し、樹木に被われた高台である。

やがて目印になる大門が樹林の間に見え隠れし始めた。そこを下った所で学僧達は集まることになっている。大空に翼を広げた巨鳥のような二層の瓦屋根を持つ大門は、稜法には生命の豊かさを与えてくれる盧遮那仏《るしゃなぶつ》に見える。

「ここ迄は寺の蛮人どもは追うては来《こ》ぬじゃろのう」。そんな内容の言葉が集まった者の口々から漏れた。大門付近で禮們達衆徒は寺側からの攻撃に備えて、見張り番の役目に就いた。背の高い稜法は大勢集まった集団の中でも学僧の姿がよく見える。拡経は銀杏の大木の近くで周囲に鋭い視線を放っていた。

「御無事でご座いましたか」と、稜法は大勢の学侶方を掻き分けて拡経へ近付いた。

「おおっ、稜法」と、二人はお互いの無事を喜んだ。拡経は黒の僧衣に刀を差し、頭を保護する黒色の頭巾を被っていた。背中には笈を背負って大きな頭陀袋を首から腹にかけて吊していた。

「上人は御無事で兼海様達に守られて、根来《ねごろ》へ着かれると良いのじゃがな」と、稜法を見上げた。学僧達は親しい者同志が集まって、暗さを湛えた色合いの僧衣という花弁を持つ花を寒気の中に、数多く咲かせた。その外観とは反対に密教の霊場を追い払われるという口惜しさや無念さが、各自の内面に広がっていた。その上に、根来で新しい生活を始めねばならない不安が加わった。

「この冬空に野宿なぞすれば、死神が我等に乗り移ろう。それ故、一晩中起きておかねば」と、然善は気分を引き締めた。太陽は午後の日差しから夕刻へと急いでいた。塡林と彼の親しい者達が何やら打ち合わせをしているようだった。やがて、なだらかな斜面の上の方へ移動して、学僧達を見下した。

「よーく聞いてくれぬか。拙僧達は今宵はこの辺りにて一夜を過ごす。早朝、出立《しゅったつ》するので、くれぐれも身体に気をつけられよ。尚、上人様達は我等より先に彼《か》の地へ着かれ、平為義《たいらのためよし》様率いる後家来衆に助けられ申した。この遙か下にある天野社《あまのしゃ》（四世紀に創建、天照大神《あまてらすおおみかみ》の妹・丹生都比売《にうつひめ》神を祀る。丹生都比売神社のこと）で更に多くの後家来衆に支えられ、舟で紀ノ川を下ることになろうぞ。今夜には根来へ着かれるものと存ずる」と、塡林は声を限りに叫んだ。

「おおーっ」と、学僧は上人の無事を喜び、更なる安全を願って表情を柔らげた。

空腹を感じながら、コノハズクの「ホーホー」という寂し気な鳴き声を腹に浸透させて、稜法は拡経や然善と共に満天の星を見上げた。

「眠ってはならぬ。死への扉が開いてしまう。眠くなればとにかく立ち上って睡魔に軍荼莉明《ぐんだりみょう》王《おう》が携える忿怒《ふんぬ》の剣を突き刺すれば良い」と、然善は拡経にも先輩僧として助言した。

「有難く存じまする、然善様」と、稜法は従った。先輩僧には従順な心持ちを抱くものの、稜法は寺側には怒りの牙を剥いていた。

「将来、この屈辱と苦痛を晴らしたく存ずる」と、心に誓うものがあった。

「稜法、貴僧は静かにしておるが、かような苦悩、拙僧は限界ぞ。金剛峯寺め」と、拡経は露《あら》わに憤りを言葉に込めた。拡経には稜法の内面が見えてはいない。

風向きが変わると、傷を負った学僧の疼き声が聞こえてきた。薬師の素養のある者が手当をしているようだった。

立ち疲れては草むらに稜法は腰を下し、眠気を催すと立ち上った。それは過酷な修行と同じ位、激しいものだった。寒さに強い身体を自認している稜法ではある。だが、寒風を遮る障害物がない山での野宿は、滝水に打たれる寒中修行と何ら異なることはない。

夜が明ける直前に嗔林とその仲間には動きがあった。三人の衆徒に守られながら、薙を携えて四人が出発した。嗔林はその場に残った。淡い金色、白色、それに淡青色を混ぜ込んだような光が、一面に降り注ぎ始めた。先程迄、無言であった学僧達は少しずつ言葉を交わし始めた。

「稜法、根来へ落ち延び彼の地で上人の下、真言密教に邁進しようぞ。山では悪い夢を見たと思うて、それを途中の紀ノ川に流し去ろうぞ」と、然善の声は早朝の風に刺激されて嗄れていた。

「はっ、はっ、はっ、はい」と、稜法は特に異なる意見を持ち得ないまま、相槌を打った。然善の考えは、ごく平凡で現実を受容しようとする穏やかなものだった。だが、稜法にはその考えを受け入れながらも、今、味わっていることを強く屈辱と苦痛に感じる負の力が加わっていた。負の力は苦痛を感じることをいつしか解消する行為を実行することにより、無くなるのだろう。

「皆の者、大丈夫でご座るのー。もう暫くすれば出立致す。夜明け前に斥候役《せっこう》（目的地付近の動静や状況を探る役）として、四名の仲間と三名の衆徒を先導させてご座る。何分《なにぶん》、拙僧達は大人数《おお》ぞ。紀ノ川を渡る拙僧達が根来の手前にある粉河寺《こかわでら》へ、あらぬ思いを抱かせれば良うない。よって、斥候役に粉河寺の僧に拙僧達は山を追われて根来へ下る途中であることを伝えるように指示してご座る。それ故、粉河寺の僧は拙僧達に道を譲ってくれようぞ。決して粉河寺へ戦を仕掛ける者ではないことを強く訴えることにした」と、塡林は喉を潤らした。

それを聞いた拡経は塡林が指導者として秀れた器であると言って、感心した様子だった。

その日の夕刻、塡林に率いられた学僧達は、粉河寺より西の方角にある根来の地へ辿り着いた。途中、粉河寺は自らが所有する荘園の中にある道を密厳院と大伝法院の僧達に静かに開けて、通行を保証した。後に分かったことだが、粉河寺と折衝を行った斥候役は、大人の握り拳大の麻袋に詰めた砂金を手渡したのだった。それと引き換えに道での安全を保証させたことになる。増々、塡林の評価は右肩上りになるだろう、と稜法は感じた。

いつもなら夢路を辿ろうとして寝床に就く頃ではあったが、稜法を喜ばせたことは、石手《いわでの》荘《しょう》に住む人々のやさしい思いやりだった。荘民《しょうみん》の代表に率いられた荘民は、悲惨な思いを経験した学侶方に言葉は少ないものの、親切さを行為により示した。一日半、食べ物を口にしていない者にとって、粥と濃い塩味の壬生菜《みぶな》の漬物は極上の御馳走であった。賄い役の荘民は慣れない土地では遠慮がちに振る舞う学侶方に、お代わりの椀を頻《しき》りに勧めた。大喰漢の稜法は五杯の粥を啜《すす》った。彼等はその夜、荘民の家へ分宿して引き取られた。

高野山から北へ、東西に流れる紀ノ川を渡り、遙か北西の地、泉州と紀伊の国境《くにざかい》である葛城山系の南の斜面に根来の地は広がる。既に数棟の堂宇が点在する。これ迄にも大勢の者が訪れている。まず、役小角《えんのおづぬ》（役行者《えんのぎょうじゃ》とも。生没年不詳。七〜八世紀に活躍。呪術師）が訪れて修験道に励んだ。延暦年間（七八二〜八〇六年）に堂宇が建てられたが衰微した。十一世紀後半に修験者根来坊が豊福長者の帰依を受けて一乗山豊福寺《いちじょうざんぶふくじ》を建立した。今宵、上人の下で真言密教を学ぶ者、全員が根来の地に入山したことになる。既存の堂宇だけでは全員の寝居を充分に当てがうことは出来ない。

学僧達は代わる代わる、既に豊福寺に詰める上人を伺った。この豊福寺は上人が時々、自らの修行や門弟の育成に使用している所である。上人の顔色は蠟燭の下でも冴えないのが見てとれた。山上に於いても修行により身体に大きな負担を与えていたことに加えて、今回の寺側の攻撃による心労が重なったことは否めない。稜法は上人の体調が心配であった。

狭い豊福寺で時を割り振りして修行の間にも、稜法は上人の健康を祈って薬師如来の尊像を思い描いた。その真言「オン・コロコロ・センダリ・マトウギ・ソワカ」を何度も唱えた。稜法の心は雨雲のようだった。上人の身体の様子を考えると涙を催す時がある。その悲しみに落胆と絶望が覆《おお》い被《かぶ》さり、稜法は自らを充分、抑制することに困難を覚える位だった。

そのようになったのは、石手荘の荘民が三人で偵察隊として高野山から戻って、山上の現況を伝えた時だった。既に密厳院内の主要な堂宇と大伝法院内の大伝法堂は焼却され、二つの院内の小堂は破却されたとのことだった。稜法は自らが修行して生活した場所が、高野山から消え去ったことに虚脱感が全身を染めるかのように感じた。生活上の必需品は現に身の回りにあるものの、生活した空間が潰されたことに言いようのない憤りを覚える。

落ち延びた根来での生活と稜法の復讐

年が改まり永治元年（一一四一年）になった。根来の土地に移り住んで一か月も経たない頃、新天地を求める者を励ます達示《たっし》があった。鳥羽上皇からのものだった。密厳院、大伝法院それに関連した僧坊などを焼失、破却させた寺側の暴徒約四十名に罰が下った。それらの凶徒の名前が達筆な文字で書かれていた。覚賢、宗賢、玄信など二十名の蛮人は僧籍を剥奪されて、遠島《えんとう》を命じられた。他の二十名は高野山を追放されたとのことだった。これらの者は僧であり続けることは出来ない。稜法の耳近くに矢を射った者がその中に含まれているかも知れない。そのように考えると心地良さが込み上げた。学僧ばかりが寝居を共にする僧坊が完成する迄、稜法は然善と一緒に豊福寺の庫裡で寝泊りした。土の床に菰を敷き、その上に蒲団を敷いて眠った。賄い役を務めるので他の者よりも恵まれた場所が与えられた。

「拙僧達は役得《やくとく》よのう。拙僧達が居なくなれば学僧達が食事の不自由を被《こうむ》るから、特別、大切に扱われておる。感謝せねば」と、然善は合掌した。稜法も仕事の内容により身の上が保護されていることを理解した。二人に比べると拡経の生活は恵まれていない。荘民の家で枕を与えられてはいるものの、雨漏りがする天井、北風が吹き抜ける粗末な建物で寝起きしている。拡経はそのような生活を強いることになった寺側の仕打ちを非難した。

　葛城山系の山々の南斜面から東西と南へ延びる平坦な根来の地域は、金剛峯寺の諸堂が並ぶ高野山上と比べると、広大無辺な印象を与える。そのような地域の中に上人は神宮寺に移り、本堂に繋がる上院で寝居した。重鎮達も本堂近くで暮した。そのすぐ北東の方角に衆徒が住む坊院がある。禮們は同じ棟梁の宝生と共にそこに控える。稜法は冷たい霙《みぞれ》が降る日に禮們を訪ねた。

「風邪など引いてはおりませぬか」と、尋ねてみた。床が土の文字通り土間に立ったまま周りを見渡した。学僧達とは異なる顔付きの者が一斉に声を発した稜法の方を見た。

「変わりはない、いつも元気ぞ」と、禮們は口髭の中から口元を覗かせた。

「たっての願いがご座います」と、稜法は声を落した。

　それは正式に薙の扱い方を学ぶことだった。願いを聞いた禮們は一瞬、困惑したようだった。学僧に直接、軍事教練を施して良いものか、どうかという逡巡《しゅんじゅん》だった。

「お願いでご座います」と、稜法は深々と頭を下げた。その真剣さを眼の当りにして禮們は表情を幾分、柔らげた。

「学んで如何致すつもりぞ」と、眉に皺を寄せた。

「先立って寺側が攻め入った時に拙僧は、警護の任に就いたものの、何ら役立たずじまいでご座った。『どけ、邪魔になる』と、言われるだけじゃった。それと言うのも、薙の使い方を正式に学んだことがないからと思いまする。気だけが逸《はや》るものの実《じつ》が伴わなかったからだと。それ故、しっかり薙の扱い方を指南して貰《もろ》うて学び、今後に備えたく存ずる。さすれば、上人様を実際にお守りすることが出来るかと。それに禮們様は拙僧には親し気に見えまする」と、稜法は滑らかに言葉を尽した。

「ふーむ」と、禮們は頷いた。

「儂等は教練と寄り合いで結構、忙しいものの、上人様を守りたいとの一途な願いとならば稜法殿の願いを拒むことは出来ぬ。分かった、ならば日取りなど考えておく故、明日にでも再び、こちらへ来ませい。衆徒が稜法殿を訪ねて庫裡へ参るのは憚《はばか》れるのでのう」と、返事した。その瞬間、稜法は将来に起きると想像されることが、うまく進行するかも知れないとの予感を得た思いがした。拡経の同意を得ることが急務になった。

霙が降り頻っていた。高野山上では雪になっているに違いない。そのような寒気の中を暫くの間、石を幾つも載せて板屋根の重さを補強した荘民の家が建ち並ぶ村の一角を歩いた。拡経はそれらのうちの一軒に住んでいる。枝を大きく伸ばしている栗の木の傍に、その家はあった。拡経は屋内にいた。何かがすえているような匂いが鼻を突いた。

「稜法か、何用ぞ」と、暗闇同然の中から声が聞こえた。家の主《あるじ》は藁を編んで草鞋《わらじ》を作っている。聞かれるとまずいので、外へ出るように頼んだ。

南に急峻な前山が聳えている。その山のすぐ下には菩提川が深い谷底になって霙を吸い込むようにして流れている。せせらぎのような水の高い音ではなく、随分、低い水の音を認めながら歩いた。

「拡経様の力を借りたく思うて。今すぐではないのじゃが、機会を見て寺側に報復致しとう存ずる。多くの荘民達が育てた収穫物を貰うて、それを換金し、上人様がお建てになった大伝法院や密厳院を焼き払《はろ》うた寺を許せぬ。そんで（それで）、寺におる者に薙や矢を使うて胸につかえた苦しさを晴らそうと存ずる」と、稜法は僧衣に付いた霙を払った。

「左様か」と、拡経の声は重たかった。霙は小降りになっていた。

「寺側の四十名に上る学僧と衆徒が罰せられ、寺は反省しておろう。よってそれで良いのではのう。鳥羽上皇様が処置して下さったからのう」と、拡経は稜法を思い停まらせようとした。

「拙僧達は寺側の攻撃には全く受け身でご座った。よって院側にもかような者がおると、見せとうてな。気を吐きとうご座る」と、稜法の意志は固かった。

「ふーん」と、拡経は返事した。

「して、どのように復讐するのじゃな」と、拡経は先程とは異なる反応を示した。

「高野山の麓でも良《え》え、山上でも良え。寺側の僧を薙か矢で傷付けるのよ」と、稜法は悪魔に魂を奪われたように、暗い笑いを浮かべた。

「殺すのか」と、拡経の表情は強張《こわば》った。

「已むを得ない時は」と、稜法は一瞬、瞼を閉じた。

「ふーむ」と、拡経は再び声が重くなった。

「貴僧はそのことを他に打ち明けたのか」と、拡経は尋ねた。

「拡経様以外の誰にも他言してご座らぬ」

「左様か」と、拡経は言って話題を上人へ移した。

上人は現在の豊福寺を充分に増築した後に、学僧を大勢集めて「十住心論談義《じゅうじゅうしんろん》」を始めることを計画している。この談義は伝法会《でんぽうえ》の一つでもある。「十住心論」は正式には「秘密曼荼羅十住心論」と言い、空海が淳和天皇の勅に応じて真言密教を体系化したものである。人間の心の状態を十段階に分ける。煩悩が支配する心を第一段階として、第二段階は儒教的な境地とする。老荘思想の境地と天台宗の境地をそれぞれ第三段階と第八段階に位置させる。秘密荘厳心である真言密教の境地を、人間の心が到達出来る最高位の第十段階に置く。上人が学んだ「十住心論」を多くの弟子に講義することを楽しみにしている。

「上人様は稜法の企てを知れば、有難いと思われるかの」と、拡経は一人言のように言った。

「協力は無理でご座いますか」と、稜法の声は弱くなった。

「まあ、即答は避けておく。拙僧も寺側に対して心穏やかではないがの」と、拡経は結んだ。

根来という広大な地域の中心には、盆地状の平坦な土地が広がる。神宮寺から北へ上って行くと、一乗山の険しい山道に入る。樹林に囲まれてはいるが、所々には平らな箇所がある。人目に付かないその場所で稜法は、薙の振り方を禮們から教わった。禮們は稜法が上人を守るためにだけ薙の扱い方を学ぶと思っている。束《つか》を両手で握る時は、利き手の左手を必ず上にやり、右手がそれを支えるように握る。刃を左斜め下に向けて、左下から右斜め上へ一気に振り上げる。薙はその大きさからも判断出来るのだが、屋外の戦いに向く。建物内では長過ぎて不向きなので、屋内では脇差しが有効となる。

禮們の教え方は丁寧だった。身体の正面で刀を構えた後、切り込むと見せかけては虚を突く斬り方などを示した。手解きを受けていると稜法は自身が衆徒に変身したような錯覚を覚えた。強くなった、と感じた。禮們の家来になった思いがした。

「このまま薙と脇差しの扱い方に慣れるなら、充分、上人の護衛役は務まろうぞ」と、禮們は稜法の耳に心地良い言葉を投げた。同じ大将の宝生なら、異なる反応の言葉が吐き出されたかも知れない。

「禮們殿、拙僧がかように教練に励んでおることは、宝生殿に他言なされないようにお願い申す」と、口止めを依頼した。

「大丈夫じゃ、言うたりはせぬ。第一、宝生殿は貴僧のことなど気に掛けぬだろうよ。配下にある衆徒の陣形や殺傷力を上げる攻め方などが関心事じゃから、学僧の一人のことなど、知らぬだろうよ」と、言った直後、眉間に皺を寄せた。

「んっ、じゃが貴僧は上人様を守るために腕を磨くのじゃろ。そのことが宝生殿に内密にせねばならぬことかの」と、訝った。稜法は平静を装って、教練に励む自らの行いを宝生からは見えない所に隠しておきたい、と告げた。

「まあ良い。稜法殿が望むのならそのように致そう。上人様を守るが良い」と、言葉を閉じた。

「稜法殿、刃物の使い方が終われば、弓箭《きゅうせん》の道を指南致そうか。如何に上手《うま》く、しかも素早く的を射る訓練ぞ。時には走りながら射ることも必要かも知れぬ。よって、きちんと我について参るが良い」と、禮門の眼差しは真摯だった。

拡経からの返事がないまま、一か月が既に経ってしまった。日を重ねているうちに、稜法は自分の頼みが拡経には好ましくは映っていないことを想像した。やがて不如帰《ほととぎす》が枝で鳴き始めた。稜法は不如帰と呼ぶ鳥を好む。「てっぺんかけたか」と聞こえる鳴き声だけでなく、ふわりと柔らかで豊かな胸毛に包まれる姿に引き付けられる。

拡経は神宮寺本堂のすぐ南西の方角にある経堂《きょうどう》（経典などを収納する小堂）の前で、扉を開けたまま、経典の多くを地面に敷いた菰の上に並べて曝書《ばくしょ》していた。

「乾いた風を受けて、経典の虫干しは捗ってご座いますか」と、声を掛けた。

「今日中に全ての経典の曝書が出来れば、良《え》えのじゃが」と、拡経は屈めた腰を伸ばそうとした。

「ところで拡経様、先立《せんだ》っての拙僧の願いのお返事、戴けまするか」と、稜法はにこやかな表情を引き締めた。

「んっ、ううーん」と、拡経は気乗りしない様子だった。

「どうしても稜法は心の蟠りを晴らしたいのかの」と、拡経は見上げた。稜法は首を縦に振った。

「仕方がないのう」と、拡経は受容とも拒否ともとれる返事をした。

「では」と、稜法は自分に都合の良いように解釈した。

「誤解致すな。拙僧は貴僧を仕方のない御仁《ごじん》という意味で言うた迄のこと。拙僧は加わらぬ。寺側は充分、既に京《みやこ》から制裁を受けておる。聞かなかったことにする。それで良かろう」と、真顔だった。

「考えるが良《え》え。仏の道では『捨無量心《しゃむりょうしん》』という教えがあろう。『係わるが決して執着してはならぬ』とな。それに『利行《りぎょう》』という導きも。『他の為になることを成せ』と。しかるに稜法殿の心は復讐することに、心の炎を明か明かとさせておる。それ故、貴僧が計画しておることは、仏道から外れておるかとな。貴僧の怒りはよーく理解しておる。じゃが、上人が寺側への意趣返しを図《はか》らない以上、拙僧達が代わりにしては良《え》えことはない。重鎮の方々も忿怒《ふんぬ》の心を持っておったのじゃが、上人が『事《こと》を構えてはならぬ』と、命じられた。だから、それらの方々も何ら事を起こされぬ。稜法、自重致せ。貴僧の憤《いきどお》り、むしろ当然かと存ずる」と、拡経は口を噤《つぐ》んだ。

稜法の勇んだ心は一瞬にして花が萎むかのように、力を失ってしまった。その後、数日間、塞ぎがちな気分のまま、修行と庫裡での仕事を行った。沈んだ心模様を然善に打ち明けることは出来ない。ひたすら、拡経が稜法の意志を他の僧に漏らさないように願った。そのように望みながらも、周りの学僧が寺側への強い反感を持っていないことに、稜法は不思議さを募らせた。

神宮寺の境内には井戸が三基ある。庫裡の壁を隔てたすぐ傍の屋外に一基があるのは、賄い役には甚だ便利である。然善と共に荷車に乗せた大きな甕に縄を巻き上げて、釣瓶《つるべ》から水を汲んでいた。水を掬《すく》った桶から零れた水が、井戸の内壁を補強する石垣の隙間から生えているユキノシタに落ちて行く。不揃いの大きさの水晶玉のように、それらの水滴は水色、黄色、紫色に輝いた。それらを眺めていると、稜法の心は少し穏やかになった。

「今年も庫裡のお勤めで汗をかく季節になったの、稜法」と、然善は手拭《てぬぐい》で首筋を拭いた。

「はっ」と、稜法は返事した。

「金剛峯寺の良禅和尚が入滅して、早や二年が経ちまするな」と、稜法は荷車に手を当てた。

然善は稜法による突然の話題に一瞬、戸惑った様子だった。

良禅和尚は上人に対して最もひどい敵対感を持った僧侶であった。解脱房《げだつぼう》良禅が正式名である。高野山・検校職《けんぎょう》という要職を任されたことがある高僧の一人だった。その高僧が解脱とはほど遠い行為を続けた。解脱とは煩悩の束縛を逃れて憂いのない心境に至ることを意味する。ところが、良禅は空海時代の精神の輝きを取り戻そうとした上人に対して、凡《およ》そ執拗な非難を繰り返した。「捨無量心」とは正反対の悪行《あくぎょう》である。更に旺盛な信仰心を持つ上人に対して信仰に基づく敬意を払うことは少しもなかった。正《まさ》しく「利行」に反した振る舞いだった。長承三年（一一三四年）には自らも武装して高野山麓にある天野社に立て籠もった。多くの凶徒をそこへ集めた。

「高僧たる御仁《ごじん》が『捨無量心』や『利行』を知らぬ筈はあるまい。それ等が仏道での大切な教えであることを忘れる筈はなかろう。それ等の言葉は言うはやさし、行うは難《かた》しぞ。日常の生活という具体的で毎日の行いの中では、仏の道での大切な教えはややもすると、実行されにくい。『良禅憎し』と、貴僧は考えるがおのが身に戻しての、実行することが如何に平易ではない、と貴僧は解釈すれば如何か」と、然善は言って二人で荷車を庫裡に運び入れた。

その時、稜法はこれから成そうとする行為を肯定する拠《よ》り所を見つけたように感じた。高僧である良禅でさえ、上人を山から追放するための愚行を行った。だが、本人は自らの行いを仏道に反した行為とは見做さなかった。だから、修行、見識、信心の深さなど全てに劣る稜法には愚行は認められ、許されるとする考えだった。

「金剛峯寺の衆徒め、思い知れ。新しく建立された密厳院には穏やかならざる気骨のある学僧が控えておる、よーくご覧じろ」と、心の中で犬の遠吠えのように声を張り上げた。上人や他の僧に感付かれないように、薙、脇差し、弓矢は禮們が住む衆徒長屋の刀架《とうか》（刀を架けておく棚）などに預かって貰った。それらの武器は禮們の所有物であったものを、稜法が譲り受けたものである。

普段の墨染の黒い僧衣姿で武器を携えることは不釣合に見える。他者から奇異に思われ、却って怪しまれてしまう。稜法は目的を果たすためにふさわしい姿を思案した。同じ真言宗の修験者を装うことを考えた。修験者はしばしば錫杖《しゃくじょう》を携える。その錫杖を太くすると、中には細身の刀を忍ばせることが出来る。薙と弓矢は大きさや形を考慮すると、実戦向きとは言えないだろう。修験者がそのような武器を携えることは出来そうにない。

修験者が身に付ける上着としての法衣は鈴懸《すずかけ》である。丸くて大きな房のような物が付いた結《ゆい》袈裟《げさ》、頭に載せる小さな頭巾《ときん》（頭襟とも）を準備する必要がある。密厳院に出入りする商人から内密に入手することを計画した。人々を悟りに導く智杖《ちじょう》と言うべき錫杖を特別に誂えねばならない。村には主に農具を作る鍛冶《かじ》師が住む。大勢の衆徒が移り住むようになって以来、本来の刀剣も作るようになった。だが、それらの者に錫杖の中に忍ばせる特製の刀を依頼するのなら、計画が容易に露見してしまう。稜法は根来の地から遙か南、紀ノ川右岸近くに居を構える刀鍛冶師に特製の錫杖と刀の制作を依頼した。人々を悟りに導くことを使命とする智杖の中に、殺傷力のある武器を隠し持つのである。そのように考えると、自分を責めるもう一人の我を認めて心が疼いた。

「これも傲慢な寺に自戒を促すためぞ」と、自己の奸計《かんけい》に大義を与えた。

装束と武具を決定すると稜法は寺側の学僧や衆徒を、どこで襲うかに思いを巡らせた。金剛峯寺が位置する高野山へ上ることは危険極まりない。首尾よく彼等に一撃を加えることが出来ても、稜法はただ一人。更に、逃走する道を閉ざされれば、訳なく返り討ちになる。彼等が少人数で行動する場所に思いを馳せた。高野山の麓は修行や諸用で訪れるだろう。彼等は毎日のように入れ替わり、麓へ下りて来るに違いない。そのように考えると、両方の拳《こぶし》には自然と力が入っていた。事を成した後は、疾走して逃げることを考えた。

秋の訪れは蟋蟀《こおろぎ》の鳴き声と乾いた風と共に運ばれてきた。庫裡内で土の床がひび割れた小さな隙間で涼し気な羽音を奏でた。

檜の香りが嗅ぐ人の気分を沈める豊福寺《ぶふくじ》で、上人は空海が著した「十住心論」を講義していた。然善は受講して教わった上人の考えを稜法に伝えた。空海が説く空海自身の仏は我々の存在そのものでもある、とのことだった。曼荼羅の世界は密厳浄土であり、それは全宇宙に広がっている、と高祖（空海）は説いた。

「それらのお考えは非常に理解し易く、親しみすら覚えまするな」と、稜法は感じた。

「仲々、分かり易い解釈よの。さすが高祖様じゃ」と、然善は納得した様子だった。

「それとは別のことじゃが、気になることがあってな。拙僧だけが感ずるのならが良いが」と、然善の声は湿った。上人は数回に及ぶ「十住心論」の講義を終える度に暫くの間、その場に座ったままじっとしているらしい。体力を使い果たした様に見えたとのことだった。

「もう夏風邪は平癒された筈じゃがの。それがまた振り返したのかの。かなりお疲れのご様子」と、然善は心配した。稜法は然善の不安が自身の心に自然に入って増殖するのを感じた。

寺側からの長期間に及ぶ非難、中傷を受けた後、高野山を追われて根来の地へ落ち延びた。未完成の豊福寺に住み始めると同時に、神宮寺や円明寺の建築を計画した。学僧を集めて談義を始めた。その間も自身の修行は怠ることがなかった。

「昼夜、休むことなく日々、過ごしていることが身体に大きな負担となっているのではご座いませぬか」と、稜法も上人の身体状況に不安な思いを募らせた。

「相当、衰弱しておろうな」と、然善の声は重くなった。「お歳は四十八になられておるの」と、続けた。

「高僧の多くは長命と聞きまする。四十八歳はそれ故、大丈夫かと思いまするが。示寂の年は空海様は六十二、上人の師、寛助様は六十九。皆、長寿でご座いまする」と、稜法は長命の僧を引き合いに出した。

「顔色が気になるのう。時には土の如くぞ」と、楽観的なことを述べる稜法に然善は、毒針を放つかのようだった。

寺側の者を傷《あや》める場所について考え抜いた。紀ノ川南岸近くにある慈尊院とその付近を特定した。慈尊院は空海が高野山を開いた折、高野山山麓の重要な寺として位置付けられた。高野山上の寺院の寺務代行を担当している。山上は女人《にょにん》禁制だがこの寺にはそのような区別はない。空海の母であり阿刀《あと》氏の娘が亡くなった寺でもある。真言宗を奉じて金剛峯寺と深い繋がりがある。寺側の学僧は修行の地として、また高野山の上り下りの際、足に憩を与える場所として集まる。同じ真言密教を信仰する僧として、稜法は怪しまれずに山門を潜ることが出来る、と考えた。

やや細い刀を忍ばせる錫杖が出来上るのを待ち望んだ。十月中旬にはナナカマド、ウルシ、ハゼなどの鮮やかな紅葉がいち早く見る人を楽しませた後、落葉し始めた。そんな頃、携えるのにずしりと重い刀と錫杖が完成した。紀ノ川右岸の刀鍛冶師宅で受け取った。その重さを稜法は計画が予定通りに遂行出来るという喜びを保証させるかのように感じた。菰で中味が見えないように巻いて、藁紐で結わえた。周りの人々に不審がられないように、もと来た道を振り返りながら根来へ向かった。紀ノ川の南に聳える紀州富士とも呼ばれる龍門山《りゅうもんざん》（海抜七六〇メートル、紀の川市）の秀麗な稜線が何度も視界に入った。肩に担いだ武具はかなりの重さがあるにも拘わらず身体は軽かった。学僧に見つからないように、禮們が住む坊院に預かって貰わねばならない。密厳院では玄関を通らずに屋外から直接、庫裡に入った。賄い作業をする土間の隅に一旦、武具を立て掛けた。然善はそれを見たものの菰の中味を質《ただ》すことはしなかった。「不穏な器物」であることを知っていたかも知れなかった。

計画を履行するには三日間は必要だった。根来の地と慈尊院のある九度山・山麓との往復と、恨みを晴らす対象者を待ち構える時間が要る。稜法は然善に巧みに取り入り、賄い役を三日間、他の学僧と交代して貰わねばならない。東から西へ流れる紀ノ川を東へ上り、布施の旅に出かけることを捏造《ねつぞう》した。高価な巻き紙や筆、墨などを買うことが出来る砂金を稜法が得ることを、周りの学僧は期待した。

「稜法も学僧として立派な修行を成すのかの。民家などを訪ねては金品の布施を願うのじゃな。布施をして貰うのは良いが、人々へは貴僧からも何か有難いものを与えねばのう。高野聖《ひじり》の中には高祖（空海）様が生前に身に付けていた衣の一部と称しての、自分の汚れた僧衣を鋏で切り裂いて分け与える者がおる。真赤なぺてんじゃがの」と、然善は呆れたような笑いを浮かべた。

「左様でご座いまするか。それは嘘、偽りでご座る」と、稜法は眼に力を込めた。

「貰うた者が『この布は真《まこと》に空海様のものかの』と、もし疑うならば高野聖は『疑うとは空海様への冒瀆《ぼうとく》、許さぬぞ』と、脅すのよ。それで罰を与えられるのを怖れて、村人は黙ってしまうのよ。仲々、巧みよの」と、然善は語った。稜法は五歳年長の然善が様々なことを熟知して、それを偏った私見を交じえずに正確に伝える態度に感謝している。

「拙僧には寄附して下さる善男善女に分け与える物は無いのじゃが。偽りを繕うことは良《え》えこととは思わぬので」と、稜法は暫く思案した。

「無ければ無いで良いかもの」と、然善は表情をやや暗くした稜法に対して澄まし顔だった。

「要らぬ余計なことを耳に入れ申した」と、続けた。

「ただ、『衆生《すじょう》全般が悔いなく成仏出来ることを祈ってご座る。それ故、日々、写経する墨、筆、紙それに硯《すずり》を買えるようにして下され』と、布施の目的をはっきりと告げるが良いじゃろ」と、然善は助言した。

「そのように致しまする」と、稜法は然善の論理に感謝した。

「身体に気をつけられよ。朝夕は結構、冷える故、ゆめゆめ星空を見上げながら眠らぬようにな。必ず屋根の下で吉祥天女《きっしょうてんにょ》に守られて穏やかに眠りを楽しむが良い」と、稜法の健康に心を砕いた。

「然善様のお心遣い、痛み入りまする」と、稜法は感謝した。

「それはそうとな、数日前にそこに立て掛けておった菰に巻いた物はどうしたのじゃ。あれは何なのか」と、然善は置いてあった方向を見ながら訝《いぶか》った。

「修行に携える錫杖にご座いまする」と、稜法は平静さを取り繕った。

「左様か。さぞ立派なもののようじゃの。随分、重たかったたのう」と、頷いた。稜法は一層、冷静さを装った。

「賊に襲われないように木刀を用意したのでご座る。何分《なんぷん》、樫の木で出来ておりまする故、重いのでご座います」と、然善の関心を躱《かわ》そうとした。

「左様か。貴僧は身体が大きい故、相手を威圧出来よう。取っ組み合いでも負けぬだろうが、刀を翳《かざ》されるなら木刀が役立つかもな。じゃが布施を集める一人旅はとかく物騒よの。くれぐれも気を付けられよ。とにかく無事で戻って来られよ」と、然善は稜法の身体を案じた。然善が稜法の企てを感付いているか否かは不明に思えた。稜法の心の中を見抜いているように思えるものの、稜法が答えをはぐらかすと然善は心底《しんそこ》、頷くように見える。然善に小さな興味を引き起こさせた物は、修験者の装束と共に禮們が住む衆徒の為の坊院に預けてある。そこなら誰も不審がる者はいないだろう。密厳院を布施を集める修行の旅と称して出立する朝、禮們から受け取ることになっている。禮們にも然善に伝えたことと同じ内容を話している。

「学僧殿も修行で大変でご座るな。遙か遠くの土地へ施しを受けに行くとはの。稜法殿を襲うような痴れ者がおれば、日頃、儂が指南した武術を発揮されい。飛び道具の弓矢を携行出来ぬのは残念よの。それに薙が使えぬのもの。おーおっ、そうじゃった、稜法殿は施しを求める修験者、衆徒ではなかったのう」と、稜法が修験者に変身した、と勘違いをしている。とかく武力に頼る衆徒らしく、修行に出る学僧は武具を携える修験者に成る、と考える。稜法が着用する装束がそのように思わせるからかも知れない。

日々、朝日が昇る時刻が遅くなっている。密厳院から東に見える山々の向こうから、白金光の光が空を染め始める前に、稜法は禮們が住む坊院の木戸を軽く叩いた。

「んっ、稜法殿か」と、目覚めたばかりの嗄がれた声が尋ねた。

「左様でご座る。例の物をお願いしとう存ずる」と、稜法は声は小さいものの、はっきりとした口調だった。

「んっ、まあ入られよ」と、禮們は言うと、稜法は土間に足を踏み入れた。

稜法は他の衆徒を起こさないように、素早く行動した。装束一式を笈に詰め込み、背負って、重い菰は肩に担いだ。

「長い間、保管下さり感謝申し上げる」と、一礼した。

「恙無《つつがの》う息災な布施の旅をなされよ」と、禮們は木戸の前に出て稜法を送り出した。稜法は禮們に見送られて心地良く、気分が高揚した。

根来から五町（五五〇メートル）程南へ下った所で、木立ちの中で修験者の装束に着換えた。菰を解いて細い刀を忍ばせた錫杖を取り出した。その重さが稜法を満足させた。黒の頭巾《ときん》を頭に載せ、白い袴を履いて鈴懸を着てその上に結袈裟《ゆいげさ》を付けた。背中には脱いだ黒の僧衣を笈に詰め込み、左手で錫杖を携えた。もし等身大の銅製の鏡があるのなら、変身した稜法の姿を凛とした修験者その者に映し出しただろう。根来の僧の誰にも見られていないことを稜法は確信した。更に南へ進んだ。

紀ノ川の北を川と平行して伊勢街道が走る。旅人を伊勢神宮へと導いてくれる。紀ノ川は大小の灰色をした石が川原を埋め尽くしている。流れから離れると共に少しずつ地面が高くなり、水量の増加に影響を受けない所には畑が広がる。水菜や白菜《しろな》などが緑や白の布を敷き詰めたように伊勢街道近くへ延びている。樹木で被われた小高い山々が、葛城山の頂上を目指して東西から、更に北へと集まっているように見える。そのような光景を稜法は舟の上から眺めた。川の南にも東西に街道が走るものの、街道を長時間、歩くことは危険がつきまとう。慈尊院へは二百九十町（三二キロ弱）の道のりになる。天候の良い日は舟の方が徒歩よりも遙かに安全と言える。

緊張と猛々《たけだけ》しさが稜法の心を占めている。寺側へ報復の思いが煮えたぎっているかと思うと、同時にこれ迄に経験したことのない重苦しさも感じる。その重苦しさは不安に発展した。今迄に成したことがないことを成そうとするから、途方もない不安という沼に全身が埋まり込む気分になる。上人が自らが佇《たたず》む場を清め、煩悩を打ち砕くのに用いる密教法具の三鈷杵《さんこしょ》を握りしめる姿を観想した。やがて上人の姿を自身に置き換えた。

船頭が二人、舳《へさき》と船尾《とも》に分かれて艪を漕いでいる。水を掻き分けた水飛沫《みずしぶき》が時々、稜法の顔にかかる。その都度、水の冷たさを感じて身体が引き締まる思いがした。

「お坊様はどちらへ行きなさる」と、背中に大きな荷物を背負った商人風の男が話しかけた。

「うっ、うん、拙僧か。九度山の方へ」と、故意に目的地をぼやかせた。

「それならば良かった。高野山ではのうてな。何か高野山上は物騒なようじゃ。鑁覚上人を山から追い払うてからは、山上の僧と衆徒とが共に熱《いき》り立ってのう。『山へ邪気を運びこむ輩《やから》の入山は、断固許さぬ』と、息巻いてご座る。その鑁覚上人を寺は今尚、憎み通しておるようじゃ。寺の平安を潰した痴者とか見做しての。儂には仏道の世界のことは分からぬが、自分で修行をして人を導こうとする尊《たっと》いお人が仲違《なかたが》いするとはのう。儂等には分からぬものがあるのじゃろのう。ところで鑁覚上人を貴殿は存じておるかの」と、男は稜法を見上げた。

「ううん、存じておる。色々、教えてくれてかたじけのう存ずる。礼を言うぞ」と、稜法は答えた。その男が自分の世界にこれ以上入って来ないことを望んだ。

「お坊様、そなたが携えているそれは仲々、立派な杖じゃな。儂はかように太い杖は初めて見た。さぞ重かろう」と、男は標準のものよりも太い錫杖が珍しく映ったようだった。稜法は返事に困って黙っていた。

「お勤めご苦労」と、頭を下げて男は名手《なて》（和歌山県紀の川市）近くの川原で舟から降りた。新たに三人の男が乗り込んだ。三鈷杵を握って煩悩を打ち砕いた自身を観想したものの、緊張感を持続させていては目的地へ着く迄に異常をきたすと考えた。出来るだけ平静を保とうとした。腰に吊した竹筒の水を口に含んだ。水を飲むと気分が穏やかになる。水には不可思議な効用があるように思える。冬に近付いているとは言え、長い間、太陽の日差しを受けるのは身体が火照《ほて》る。頭巾を解いて菅笠《すげがさ》を被った。頭から足元へ、上から下へ身体が寛《くつろ》げる様子が伝わった。

二人の船頭と七人の客が乗る舟は、左右、前後へ揺れながら、橋本の地を目指して紀ノ川を上って行った。軽度の船酔いを起こした稜法は竹の皮に包んだ乾飯《かれいい》を食べることは出来なかった。流れに逆らって上り続ける舟は、太陽が真南を過ぎる頃に目的地近くに着いた。九度山の麓には瀟洒《しょうしゃ》な二層の屋根を持つ大塔が、森の樹木からはみ出したように相輪《そうりん》（九輪《くりん》）を空に向けている。そこは慈尊院であった。稜法は唇を固く噛みしめた。

院はその前を東西に延びる平坦な道より十三段、階段を上った山門のある所から境内が広がる。道の端に立って山門を潜る善男善女や僧達を、菅笠を斜め上に傾けながら眼を凝らして見た。屈強に見える衆徒達が一つの組になって、階段を降りて来た。「金剛峯寺の者だろうか」と、訝った。遠くから眺めるだけでは、彼等の属する寺院は分からない。長時間、同じ場所に立ち尽くしていると、不用な嫌疑をかけられるかも知れない。稜法は道を東へ進んで慈尊院近くを、施しを求めて修行しているかのように民家を捜した。「如是我聞《じょしかぶん》　一時薄伽梵《いっしふぁきゃふん》　成就《せいしゅ》殊勝一切如来《しゅしょういっせいじょらい》　金剛加持三摩耶智《こんこうかちさんまやち》　已得一切《いっとくいっせい》　如来灌頂《じょらいかんじょう》……」と、理趣経の文言を唱えた。経典に心得がある者が聞くと、稜法は真言密教僧であることが分かるだろう。

経文を唱えながらも寺側の僧を待ち受けた。慈尊院の東側の小高くなった所にある農家の前に立ちながらも、視線は絶えず院の方へ向けていた。三人の学僧がすぐ下を通りかかった。

「追い払《はろ》うた密厳院や大伝法院で修行した僧は今頃は如何に暮しておるかのう。さぞ根来の地で難儀しておるやもの」

「少《すこ》うし、手荒かったかもの。奴等が修行した密厳院や大伝法院を我等が焼き払《はろ》うたからの」

「自業自得ぞ。後から高野へ上った者が先から住みついて修行する我等の先達《せんだつ》を無視した行動をとった故ぞ。先達が成そうとした談義をあたかも己《おの》が発案の如く、声を高らかにして宣伝しくさったからの。あのように先を越すことに何ら躊躇無《の》う、前相談も怠る覚鑁とは底無しの愚《ぐ》物《ぶつ》ぞ。かくの如き木偶《でく》の坊に教えを請う弟子は皆、出来損ないぞ」

「拙僧が射かけた奴は、とっくの昔に地獄へ落ちたかの」と、言って一斉に軽蔑の笑いを周りに放った。稜法は彼等が正《まさ》しく金剛峯寺の僧であることを確信した。

その時、憎々し気に語った僧が稜法の存在に気付いた様子だった。他の二人に目配せした。稜法と係わることを拒む仕草だった。

「逃げるのか」と、稜法は心の中で吠えた。錫杖の束に手をかけた。三人は足早に走って行った。

その後、慈尊院の境内に足を踏み入れた。舟に揺られていた時に味わった船酔は、既に消えていた。井戸の近くに長い腰掛けが置かれている。そこへ腰を下ろして竹の皮に包んだ乾飯を口に運んだ。西風に運ばれて樹木の香りが漂う。稜法は長旅から解放されたように感じた。寛いだ気分を味わった。時々、日が翳った空から寒風が吹き降りてくる。気分が高ぶって火照った顔が冷気を受けて、身体全体が心地良く感じた。錫杖を地面に突き、肩に立てかけていると、暫くの間、微睡《まどろ》んだ。

金色に輝く仏像が現われた。柔和とはほど遠く、眼を大きく見開いた厳《いか》めしさを満面に表わした金剛薩埵《さった》である。金剛薩埵とは修行中の菩薩の一人であり、悟りを開き真言密教最高仏・大日如来に仏法について、しばしば質問をする像である。何かを稜法に語りかけていた。だが、言葉は聞きとれない。

「うーっ、うーっ」と、夢の中で稜法はもがいた。少しずつ意識が戻ってきた。

「根来へ逃げ延びた者達は、次は地獄へ落ちて火焔《かえん》に包まれれば良いのう。我等は奴等を追い払うたが、手ぬるかったかも知れぬ。空海様はさぞお嘆きぞ」との声が、夢とも現実とも判然としない中で聞こえた。稜法は腰掛けに座ったまま、じっとしていた。先程、聞こえた声は正《まさ》しく、近くに居る僧の会話だった。忿怒の感情を不動明王の背後で燃え盛る火焔に注ぎ込んだようだった。次の瞬間、稜法は錫杖の束に左手をやり、抜くと同時に僧の中へ斬り込んだ。僅かばかりの鮮血が舞い上って、地面へ散らばった。

「拙僧はお前達により根来へ追いやられた学僧ぞ。成敗《せいばい》致す」と、怒声を上げた。尚も、細身の刀を振り回した。負傷した学僧は上体を屈めて傷付いた左の二の腕を右手で押さえていた。残りの三名の学僧は悲鳴を上げると、そのうちの一人が負傷した学僧を介抱しようとして、中腰になった。

稜法は太刀《たち》で他者を傷《あや》めたのは初めての経験だった。地面に飛び散った鮮血を見ると、両足が竦《すく》んだ。勇ましく四人の学僧を威嚇《いかく》する言葉を発したものの、次に思いつく言葉が出ない。三人の学僧は負傷者を抱きかかえるようにして、去り始めた。左手に太刀を持ったまま、彼等の動作を見てそこに立ち尽くした。寺側の学僧は密厳院の僧の中には武力に訴える猛者がいることを理解するだろう。そう考えると稜法は満足気だった。だが、その満足感をより大きな満足感へ発展させることは出来なかった。次第に勇んだ感情は萎《な》え始めた。自分の成した行為に恐怖を覚えるようになった。山門の方へ駆け出した。階段を降《お》りて道へ出ようとした。降り切る寸前に風が唸る鋭い音が聞こえた。すると急に左肩に抉《えぐ》られるような痛みを覚えた。肩の最上部を矢の鏃尻《やじり》で僅かながら射抜かれてしまった。痛みが全身を駆け巡った。立ち止まっていると捕らえられるかも知れない。元来《もと》た道を戻ることを考えた。死に物狂いの形相になった。少しでも根来に近付きたかった。足先に力を入れて強く走り続けた。傷口の痛みが全身を巡った。後方を振り返ってみた。誰も追いかけて来る気配がない所迄、走っていた。

左の肩には小さな窪《くぼみ》が出来ていた。最上部の肉が失くなっている。破れた鈴懸を右手で触った時、痛みが頭を突き刺すように感じた。鈴懸は左半分が血に染まり、結袈裟の白のぼんぼりは赤黒くなっている。再び、走り出した。十町（約一・一キロ）近く走っただろうか。人家が疎らになった。道から離れた灌木の茂みに入った。止血をしたいのだが、その方法を知らない。右の指で左肩の傷口を触ってみた。血糊《ちのり》がこびりついている。このままにしておく方が良い、と判断した。出血が既に治まっている。傷は小さいので命は落とさずに済むだろう。そのように自分に言い聞かせた。負傷を想定して塗り薬を携えている。蕗《ふき》の葉を擦り潰したものを貝殻の中に詰め込んでいる。その塗り薬を取ろうとして右手で笈の中を探ろうとした。右腕も意志通りに動きそうもない。稜法は急に身体の不具合を感じた。

暫くの間、身体を叢《くさむら》に横たえた。太陽は西の空を下っていた。今宵はこの九度山近くの所で宿を借りねばならないだろう。野宿は寒さと見知らぬ土地柄のために危険である。

金剛峯寺を含め、高野山には数多くの寺院がある。それらの寺院に属さず、国による僧認定の試験にも及第せずに真言密教を信仰する者として、高野聖《ひじり》が存在する。彼等は高野山の寺院へ寄附をしようとして、布施を得るために村へ下りて行く。そこに住む人々に空海の教えを広める。彼等の中には昼を過ぎると村の辻に立って、「宿を借ろう、宿を借ろう」と、大声で言う者がいる。彼等の多くは希望通りに宿を得ることになる。村の人々は彼等の求めを拒《こば》むと仏の祟りを受けるのではないか、と怖れるのである。その結果、寝泊りを許すことになる。

稜法は傷を負っているので、このような高野聖のような行動はとれない。負傷した理由を質されると、巧みな理由付けが出来そうにない。人目に付かないように身体を屈めて、袴や鈴懸を脱ぎ黒の僧衣に着換えようとした。利き腕でない右腕を不格好に動かした。左肩が終始、疼いた。茂みから道へ降り立ち、西を目指して急いだ。金剛峯寺の衆徒や武術に腕のある僧達が、狼藉を働いた根来の暴漢について民家などに聞き込みを行うかも知れない。寺院として長い歴史を誇る金剛峯寺は、強大な軍事力を持つ。稜法は恙無く根来へ戻れることを願った。

このまま早足で歩き続けて川岸辺りへ行き、明朝、舟に乗り込むのが良い、と結論した。慈尊院近くの舟着き場より二つ西にある三谷《みたに》という舟着き場から乗ることを考えた。金剛峯寺からの追っ手はその舟着き場を警邏しないことを祈った。肩の怪我を同舟の人から奇異の眼付きで見られないことも願った。太陽が西の空に沈んだようだった。急に冷気が空から落ちてくるように感じられた。再び街道から山側へ登った叢へ入って、人目に付かないように身体を伏した。金剛峯寺からの追っ手が迫って来ないことを願った。誰からも襲われないように、大きな耳を持つ草食動物のように聴覚を研ぎ澄ませた。暗闇の中で眼を開けていた。市井《しせい》の人なら出来ないことを、修行で培《つちか》った強い精神力を駆使して、夜通し目覚めておくことを心に決めた。

蟋蟀《こおろぎ》が冷たい夜気を受けて、消え入りそうな弱々しい羽音を奏でている。時々、「スーッ」という音が聞こえる。音の長さと高さから判断すると、大きな青大将だろうか。灌木が茂る叢には虫や蛇などの生き物が、神から与えられた生命を限りに生きている。灌木の下生えの中を栖《すみか》とする虫は蛇に捕食され易い。土の中に住む蛇は梟《ふくろう》や木菟《みみずく》の餌食になる。常に生命の危機に曝《さら》されている小動物と比べると、自身の生活は保証されているように思える。一晩の野宿など怖れることはない、と自身に言って聞かせた。

眠らないように稜法は、観世音菩薩の真言を小声で唱え始めた。観世音菩薩は人々をあらゆる苦しみから慈悲の力で救ってくれる。「オン・アロリキヤ・ソワカ、オン・アロリキヤ・ソワカ、オン・アロリキヤ・ソワカ……」と、何度も繰り返した。

観世音菩薩は補陀落《ほだらく》と呼ばれる浄土に住む。我が国では紀伊・熊野にある那智の山が補陀落山という山号を持ち、浄土に酷似すると考えられる。古くから篤《あつ》い信仰心に満ちた人々から敬《うやま》われている。覚鑁上人に帰依する鳥羽上皇も遙か離れた京《みやこ》から、そこへ詣でることを信仰の目的とする。一時《ひととき》（約二時間）位、真言を念誦《ねんじゅ》しただろうか。再び、稜法には晩秋の野原で発せられる虫の音が、聞こえ始めた。

瞼を閉じることを拒む意志力が、気分を高じさせているのだろう。不思議に眠気は感じられない。空を見上げた。満天の空を、音もなく細くて青白い光が濃紺色の中に、一条の縞《しま》を作って流れて行く。宗祖・空海はそれらの流れ星を眺めて、どのような思いを抱いたのだろうか。稜法は空海の内面を覗こうと試みた。空海は心に思い描く想像力や物事を創り出す独創力が共に、数多《あまた》いる求道者《ぐどうしゃ》を遙かに凌《しの》いだ。自然界で見聞する現象は、内面を大きく刺激して論理的な独創力を掻き立てたに違いない。宗祖・空海に思いを馳せると、自らの師である正覚房・覚鑁上人に到達した。

今頃は既に師は、眠りへの道を辿っているのだろう。自《みずか》らの修行の他に、最近は密厳院に繋がる上院《じょういん》と呼ばれる自身の部屋で、著作の生活をしばしば続けている。門弟が学び易いように著作物を工夫されているに違いない。稜法は根来へ移ってからは上人のすぐ傍には居合わせない。それでも上人の人となりを墨と筆で文字を書くようにはっきりと表現することが出来る。上人は常に真言密教の究極の目的を追い求め、迫ろうとする激しさを抱いている。求める対象を心の中に明確な輪郭でしかも太い線を用いて描いているのだろう。上人は数ある仏像の中で尊勝仏頂を最も高く崇める。高野山の奥の院への参道途中にある密厳堂に安置されていた。上人が朝夕に手厚く拝むその尊像の姿を稜法は、思い浮かべて合掌した。師の信仰生活の一部を覗き見したように感じた。

復讐を果たしたものの被った代償は

紀ノ川の流れは速かった。思いの外、早く舟は石手《いわで》の川原に着いた。身体を動かすと、左肩から鋭利な痛みが全身を駆け巡った。稜法は「うっ」と、声を発して歯を食い縛り激痛をこらえた。睡眠もとっていないので出立の時と比べると、顔色は悪く眼の周りには隈《くま》が出来ているだろう。そのような姿を打ち消そうとして、勇ましく振る舞おうとしたが出来そうになかった。朝日を背中に受けながら、北を目指して根来へ向かった。一里（約四キロ）ほどの道程《みちのり》だった。足を交互に出して歩んでいるものの、力が入らない。雲の上を歩くとすればこのように感じるのかも知れない、と思いながら進んだ。金剛峯寺が稜法による傷害事件を大仰《おおぎょう》に扱わないことを祈りながら、密厳院を目指した。

密厳院の山門は西に向けられている。密厳浄土は西方《さいほう》に位置するとの考えから、山門はそのように設《しつら》えられる。稜法は山門を潜った。すぐ前に建つ本堂である密厳堂へは入らずに、すぐ裏に続く上人の寝所である上院と呼ばれる小堂を外から見て、更に東へ進んだ。衆徒が住む坊院へ向かった。

「禮們殿」と、言って板戸を叩いた。禮們の返事はなかった。他の衆徒によると、三町（三三〇メートル）程北の一乗山《いちじょうざん》の南斜面で軍事教練をしているとのことだった。武器として用いた錫杖を廊下に立て掛けた。井戸端へ行った。人目に付いていないのを確かめてから装束を笈から取り出した。血潮が黒ずんでいる。大きな桶の中に入れて上から米糠を振り撒き、水を注いだ。この様子は誰にも見られたくはなかった。血潮は米糠と共に素早く水に溶けた。鈴懸を木桶に入れ、右の掌を押し付けて水気を除いた。左肩の傷のために左手が思い通りに使えない。ぎこちない動作で鈴懸を広げた。南の方角にある湯屋の前にある物干し竿に鈴懸を干した。血潮が思いの外、すっきりと洗い流されて稜法の不安は消えた。

「拙僧は紀ノ川を上った村にて修行を成してご座る」と、伝えることが出来ると考えた。上院のすぐ東に位置する道場へ入り、出入口付近の自分の占有場所に笈を置いた。

「稜法は修行から戻ったのかの」との内容の挨拶とも質問とも受け取れる言葉を数人の先輩僧から聞いた。床に直《じか》に安座して瞑想している学僧の様子を見た。すると、急に眠気を催した。他の学僧に交じって安座した。そのまま一時《いっとき》（約二時間）位は眠っただろう。疲れは僅かばかりは取り除かれている。耳元で人声がした。

「帰って来たのか、稜法。そちの行いは摩訶《まか》不思議よの。井戸端で赤黒く血で染まった法衣を洗うていたとはの」と、男性にしては随分、甲高い声が降り注いだ。塡林だった。

「『修行に出る』などと称して、良からぬことを成したのに相違あるまい。貴僧は左利きよの。

井戸端では左腕を庇《かば》うが如く振る舞うておったの。怪我を致したのじゃな。どこへ参っておったのか」と、塡林の口調は詰問しているようだった。稜法は「しまった」と、思うと同時に黙秘した方が良い、と考えた。

「ふん、稜法、今度は無言の行か。いずれ何をしたか、明るみになろう、ふん」と、塡林は含み笑いをした。

「まずい」との思いが、塡林が去った後、稜法の心の中で何度も谺《こだま》した。大勢が集まって一斉に修行を行ったり声明《しょうみょう》などをする道場から渡り廊下で結ばれる庫裡に入った。然善は森へ胡桃《くるみ》を採りに出掛けているらしい。稜法が留守の間、代替を務める年下の学僧がそのように教えた。

翌日の朝、勤行《ごんぎょう》が終わって稜法は庫裡へ戻った。

「稜法、真《まこと》のことを拙僧に言うてくれぬか」と、然善は木の椀を洗いながら、顔を上げて言った。稜法は修行という飾りの言葉を取り去って、金剛峯寺の学僧を危《あや》めたという真実を暴露せざるを得なくなった。塡林が稜法の行いに冷ややかで刃物のような鋭い切れ味をもつ興味を示している、とも考えた。然善は塡林という名を明かさないものの、稜法の修行を巡って先輩僧が、関心を集中させていることを告げた。

「拙僧は嘘はつけない故、嘘を聞かされることも拒みたい。今でなくとも良い。気持ちを整えてからで良い。正直に教えよ。その後に起きることについては、貴僧が不当に扱われることがないように処置致したい」と、いつもの陽気な表情は消えていた。

逃げ場がない隅に追いやられた御器噛《ごきかぶり》（ゴキブリ）のように、稜法は自身を見做した。然善が語った「その後に起きること」について、不吉な思いが自身の身体を棘で突き刺した。然善は稜法にとって最も不可欠な先輩僧である。与えられている賄いの仕事は然善なしでは続けることは出来ない。役目以外でも然善がいなければ、密厳院に住み続けることは出来ないだろう。そのように考えると、然善の要求を拒むことは出来そうにない。真実をあるがままに告白することは、勇気を要する。稜法は悩んだ。庫裡で賄い役を務めている時は、然善の眼をじっと見ることが出来なかった。然善の表情には翳《かげ》りがない。だが、自らの心には卑屈さがある。朝夕の勤行を行う時、大勢の学僧と会うと彼等の眼差しは眩しかった。やがて、それらの中に明らかに稜法への蔑《さげす》みが見てとれた。それを跳ね返す精神の太さは持ち合わせない。観念した。

「修行と称して九度山へ行き、人を危《あや》め損なって返り討ちに遭ったのだろう」。そのような声が所々で聞こえた。そのような非難には耐えねばならない。

「かように自己に我慢を強いることも、修行の一つか」と、稜法は自身に言って聞かせた。重い気分を携えて伝法会《え》での講義を学んだ。講師を務めるのは兼海や聖応だった。上人は体力が芳しくなく、自室である上院で床に伏しがちとなった。

円明寺での談義に稜法が出席した時、机に置いてある金剛頂経を左手で持ち上げようとした。すると左肩に鋭い痛みを感じた。右手を左肩に置いた。傷口が大きく膨れている。多分、多くの膿を含んでいるのだろう。このまま放置すれば、一層、悪化するかも知れない。薬師の手当てを受けることは避けられないだろう。稜法は身体の変化が、鬱屈した心を増々、惨めにさせるのを感じた。

夜、床に就くと身体全体を痛みが駆け巡る。傷は身体の大きさを考慮すると、小さい筈である。だが、それが全身に強い痛みを伝える。日を追う毎にひどくなっている。寺方へ報復を企て、実行したことには満足している。だが、被った傷と不快さが満足を大きく上回る。上半身が不自由であり、動きが不恰好に見えるに違いない。気分が萎えていた。将来への不安が身体を縛る鎖のように纏わり付き始めた。そのような不安を消し去り、強い自分を取り戻そうとして金剛夜叉明王《やしゃみょうおう》の激しい姿を思い浮かべた。その真言「オン・バサラヤキシャ・ウン」を何度も繰り返した。その明王は三つの顔を持つ。中央の顔には五つの眼があり、矢を放とうとする恐ろしい形相《ぎょうそう》をしている。

南は急峻な前山《まえやま》、北は葛城山系の一乗山《いちじょうざん》、東は丘陵に囲まれた平坦な根来の地にも、冬の訪れを知らせる北風が吹き降りてきた。稜法は一乗山に分け入った。木漏れ日が幾筋にもなって細い白金光の縞《しま》になり、地上に降り注いでいる。森は色とりどりの色彩に溢れる雑木林に見える。塞いでいた気分が少しずつ癒されるように感じる。クロモジや橅《ぶな》、公孫樹《いちょう》、桂などが黄葉を纏って、稜法の入山を出迎えている。高木のナナカマドが紅葉を誇らし気にその存在を示している。その樹木の低い枝々には山ブドウの蔓《つた》が絡み、紫がかった黒色の実を沢山、付けている。それらを稜法はじっと見回して、森が織り成す色の彩《あや》により心が高められていくのを知った。いつしか自身が一本の樹木になって森の一部分を占めているようにも感じた。

あどけない仕草が稜法の心を和ませる茶色の野兎の姿は、見られなくなった。寒さに応じて、外での行動を減らしているのだろう。

苦しかった心は事実をそのまま然善に告げることにより、平安を感じ始めた。自らの行為はどのように処置されるか、重鎮からの沙汰を待っていた。どのような罰も受け入れる覚悟が出来ていた。

傷の徹底した手当てを根来から南東へ、三十町（三・三キロ）程、離れた下井阪《しもいさか》（和歌山県紀の川市打田《うちた》）に住む薬師により受けること。傷が癒える迄、薬師宅で謹慎すること。これら二つのことが稜法に下された重鎮による処罰だった。下井阪の地で祖父から三代続く薬師宅で手当てを施された後、監視下で当地に留め置かれることになった。修行中の同輩とは会えずに隔離された状態で暫く暮らすことになる。無分別な行為を反省することがその目的だった。罰としては極めて緩やかなものであった。

「稜法の如き学僧は上人様にとって、害を及ぼす短慮で知恵を欠く存在。寺側から稜法の愚行を挙げつらい、『身柄を寺側へ差し出せ』との要求がないだけでも、稜法は悪運が強い俗物。これを機会に稜法から僧籍を剥奪し、還俗《げんぞく》させて根来から放逐《ほうちく》することを望みまする。さもなければかくの如き蛮行を再び将来、成し得るかも知れませぬ」と、塡林の舌鋒は鋭かった。兼海、聖応、竜玄に迫った。普段から密厳院を財政的に支えている親元の経済力が息子である塡林に、そのような過酷な言葉を吐き出させるのだろう。

「塡林殿の怒り、ごもっともかと。しかるに正直に愚僧に事件の顚末を告げたことを、評価してやって欲しゅうご座る。稜法のこの度の行いは、高野山を追われた者全員の無念と上人への敬慕の念から発したことと存ずる。勢い余り、思い余って成したこと。寺側へ一矢《いっし》を報い、これ迄、上人や愚僧達が被った蔑《あなど》りを一人で糺そうと、愚直に振る舞うたことに、ご海容なご措置を願いとう存じまする。金剛峯寺方は多くの処分者を出した弱みから、この根来へはもう攻撃は加えますまい。依って稜法の愚行は不問に処してくれるものと」と、然善は重鎮と塡林に向かって木の床に深々と頭を下げた。

「ふん、貴僧は同じ賄いの勤めをしており、稜法の先輩僧ぞ。よって監督の不行き届きを責められて当然。稜法に味方をするのなら、いっそ、貴僧もこの密厳院を去ってはどうじゃ。賄い役など誰でも勤まる。少し学べば、指南を受ければ美味なる夕餉なぞ、作れようぞ」と、塡林は重鎮を差し置いて非難と軽蔑を混ぜた言葉を放った。然善は稜法を抹殺し、自分をも懲《こ》らしめようとする塡林への怒りを堪《こら》えた。床に付いた両手は小刻みに震えていた。

「塡林殿の愚僧への糾弾、肝《きも》に銘《めい》じることに。しかるに貴僧も少しは自らの言葉に自重するが宜しかろ。稜法は単純で一途《いちず》な学僧でご座る。自分の愚行が行き着く所を考えずに、短慮にことを成す馬鹿者でご座る。さりながら、この度のことだけを考えて、稜法を根来の山から放逐致すことは本人の為にも、密厳院の為にも成りませぬ。愚かな学僧は優れた僧が仏の道に則《のっと》り、指導致して秀《ひい》でた僧へと育て上げねばならぬかと。その際は、是非、塡林殿の知恵をつかまつりたく存ずる」と、然善は塡林へ眼を見開いた。その瞬間、塡林は頰をぴくりと引きつらせた。三人の重鎮達は表情を崩すことなく、どちらかに加勢する素振もなしに、二人を交互に見やっていた。

「愚僧は稜法の左肩が気になりまする。一刻も早く、薬師による手当てを施し、膿んだ傷を癒せるようにしてやりとうご座る。矢傷《やきず》は早う手当てを成さねば、命取りになりまする。放置していては悪化させるやも」と、然善は塡林を見ずに右の方向に居並ぶ三人を見やった。そのようなことを然善は沈みがちな表情を浮かべる稜法に語った。

稜法に下った処罰とは

「稜法殿、少々、手荒いがじっと我慢致せ。決して騒ぎ立てるでない。そちはじっと、我が娘の手をしっかりと握るが良《え》えんじょ。ご覧の如く、十五歳の我が娘は村一番の器量良しと、村の皆が言うてるんやして。美しい娘の手を固《かと》う摑めば、激痛も少しは柔こうなろう。そちの傷は悪性よの。これ以上、放置するなら命に関わるかも知れぬ。依って膿《う》んだ傷を焼き鏝《ごて》で焼き尽くして、これ以上、膿が湧かんように致す」と、薬師の團茂《だんも》は髭に埋もれた口を動かした。

土間の上に直《じか》に菰を敷き、その上に稜法を伏せさせた。両足首を麻縄で縛り、脚の自由を奪って、縄の端を土の床に深く差し込んだ鉄の棒に結わえた。腰と背中もそれぞれの麻縄に縛り付けて、別の二本の鉄棒にその端を固定させた。身体の自由が奪われた。焼き鏝により肩の一部が焼かれ、激痛が全身を駆け巡っても逃げ出すことが出来ない。上半身が裸になった稜法は観念せざるを得なかった。

「娘の知沙《ちさ》のやさしい手をぎゅっと握れば、少しは痛みが和らぐというものよ」と、團茂は傷口に溢れそうな黄緑色の膿を、酒を含んだ白い麻布で拭き取り始めた。稜法は酒が無数の針を傷口に突き刺しているような鋭利な痛みを感じた。痛みを堪えようとして知沙の手を固く握った。知沙は稜法の苦痛を少しでも和らげようとするやさしさからか、強く握り返した。知沙の掌《てのひら》はやや冷たく、ふくよかだった。色白で眉毛が美しい曲線を描いている。

「さあ、こうすれば稜法殿の身体は良うなるんやして」と、團茂は低い声を漏らした。その瞬間、稜法はかつて例えようのない痛さという苦しさの海に全身が浸る思いがした。

「お主はそれでも薬師か。薬師ならば薬を病人《やまいびと》に飲ませたり、自ら作った薬を傷口に塗るものじゃ。焼き鏝なぞ使いおって傷口を焼くのは、薬師がすることか」と、稜法は痛さを少しでも忘れようとして、大声を張り上げ悪態を吐いた。

「なぁーに、こうすることが一番、効く。儂に任せよ、任せよ」と、團茂は自信を覗かせた。知沙は不自由な身体で苦しみもがく稜法を、悲鳴を上げながらもその手を強く握り、押さえ込んだ。獣の肉が焼け焦げているような匂いが、土間に充満した。稜法は自らの肩の肉が放っている匂いを嗅ぎながら、失神してしまった。

左肩の激しい痛みを覚えて眼が覚めた。四半時（約半時間）は過ぎていただろう。

「目が覚めたのよし、稜法様」と、知沙は伏せっている稜法が見詰めることが出来る位置へ、顔を近付けた。濃い灰色の布を被った知沙の髪は、米糠の良い匂いを放っている。昨日、髪を洗ったのだろうか。

「ずっとこのまま俯《うつぶ》せになっておかねばならぬのか、拙僧は」と、稜法は病人が看病する者にしばしば不平を漏らすように不満気に尋ねた。

「多分、そうじゃろのう。父《とと》さんの許しが出る迄はの」と、知沙は高くてよく通る声で答えた。

「おお、目覚めたか、稜法殿」と、團茂は明るく言葉を投げた。「ずうっと、そのままにして伏せっておくようにの。仰向けばもっと痛みを覚える。しんどうて退屈じゃが、暫くはそのままにしておくことよ」と、低い声だった。

「いつ頃、密厳院へ戻れるのかの」と、稜法は気が逸《はや》った。

「そうよなあ、傷が充分、癒えてからやして。焼いた傷から新しい肉が盛り上ってからじょ。それに密厳院から許しが出ないとな」と、團茂は時期について言葉を濁らせた。稜法は傷が完治した後も謹慎処分により、長期間、ここに留め置かれることを想像した。謹慎処分を充分、心を尽くして受けることにより、改心したことを重鎮の僧に示さねばならない。

「薬師《くすし》殿、拙僧はここに留め置かれるのじゃが、長《なご》う薬師殿の元で過ごしても構わぬのかの。人を泊まらせるのは、とかく面倒と思われるが」と、稜法は不要な心配りを示した。

「んっ。密厳院からは稜法殿の謹慎期間中の米や味噌、それと野菜などは貰うておる。左様な心配など要らぬ。充分、身体に気を配ればのう。貴僧達が根来へ参って以来、坊さんの身体の不調は儂が看とるんやして。専ら怪我を治すんよ」と、團茂は言葉を結んだ。

「稜法様、父上が身体に良《え》えと言うてる御酒《ごしゅ》をほんの少《すこ》うし、飲みまするか」と、知沙は伏している稜法の顔を覗き込んだ。

「んっ、傷を持つ身体でも良いのでご座るか」と、訝った。

「ほんの少うしなら。熊笹と松葉を漬け込んだ御酒でご座います。ほれ、家の周りは熊笹と松の木に囲まれてご座いましょ。それらを採ってはいっつも造るんやして。造るのは私《わえ》の仕事じょ。不老長寿の飲み物と父《とと》が呼んでおる」

「面白そうな飲み物よの。では少うし戴きとう存ず」と、稜法は興味がそそられた。

「傷口に響かぬように、初めての時は盃、一杯だけが良《え》えとか」と、知沙は小さな盆に載せて持って来た。稜法が盃を口に近付けると、熊笹と松葉の匂いが嗅覚を強く刺激した。勢いよく喉へ流し込んだ。葉の味が酸味の酒に溶け込んでいた。飲み終わって稜法は再び、窮屈な姿勢に戻った。

建て付けの悪い玄関口で何やら忙しそうに言葉のやり取りが聞こえた。團茂と村人が話し合っていた。急病人が出たようだった。團茂は村人に頼まれるがまま、病人の所へ出掛けて行った。

「どうも風邪が流行ってるみたいやして。父さんは休む暇も無《の》うて働き詰めじょ。いつものことやけど」と、知沙は苦笑した。

「村人の為によう働いて、皆から敬われてるのが嬉しいらしゅうて」と、続けた。

「知沙殿は團茂殿を手助けしてご苦労じゃな」と、稜法は看護を受けていることに感謝の気持ちを言葉に込めた。

團茂には妻はいないようだった。稜法はそのことを話題にした。知沙の母は知沙が幼い時、野良仕事中に暴れ始めた百姓の馬を鎮めようとして、頭を蹴られて亡くなったとのことだった。

「母《かか》さんの思い出はなーんも無い。私《わえ》が物心《ものごころ》付く前に亡《の》うなったから」と、知沙の声は乾いていた。

「済まぬな、嫌なことを思い出させてしもうて」と、稜法は詫びた。

「構わんよ。父さんに充分、大切にして貰《もろ》うて育てられたから」と、知沙は瞳に輝きを増した。

「お坊さんは密厳院で真言密教を学ばれてるお人。さぞ難しいことを身に付けてるのじゃろな。私《わえ》など理解出来ん位、奥深い心の世界を知っておろうな」と、知沙は稜法の顔を覗き込んだ。

稜法は即座に相槌を打つことは出来なかった。他者からはそのように見えるのかも知れないが、決して深遠な世界に到達出来ていないことを感じている。

「知沙殿はそのように言うが、拙僧の成していることなどは」と、自身に正直であった。その時、今回の軽率な行動とその結果をもう一人の自分が批判した。

稜法は傷口が肩にあるために寝返りを打つことが出来ずに、ずっと俯《うつぶ》せになっておかねばならない。村人が数人、或いは一人でやって来ては、前もって團茂が処方していた薬を求めた。その都度、知沙は竹の皮に包んだ薬や貝殻に詰めた軟膏を手渡した。その時、病人の現在の様態を聞き取っては、巻き紙に書き留めた。稜法はその様子に感心した。ややもすると患者や親族が語る明瞭さに欠けた症状を、十五歳の娘がより鮮明に絵を描くかのように聞き出していた。

床に伏す姿勢をとっているので、修行をしようとして諳《そら》んじている経文を口に出すことも不自由に思えた。退屈に感じるままに、稜法は一眠りした。やがて空腹を刺激するかのような煮物のふくよかな香りが、稜法を目覚めさせた。これ迄に経験したことのないような食欲をそそる匂いだった。

「何か美味なる物を知沙殿は作っているのでご座るか」と、尋ねた。

「飛竜頭《ひりゅうず》（ヒロース）じょ。お坊様も食べれるじゃろ」と、頬に笑窪を作った。稜法も飛竜頭は然善としばしば調理する。だが、今漂っている香りから判断すると、自分達が作る穏やかな味付けではない。稜法は全く異なる味の世界の入口に立っているように感じた。團茂の家が松林の樹蔭にすっぽりと呑み込まれる頃、三人が揃って夕餉を摂った。稜法は傷口が痛むのを我慢して上体を起こした。飛竜頭は嗅覚が予期した通り、濃い味付けだった。

「稜法様、味はどうよ」と、知沙は花のようなにこやかな表情を浮かべた。「旨いじゃろ」と、続けた。日頃、薄味を心掛けている稜法にとって、このような強い味付けの飛竜頭はかえって、新しい美味しさを感じた。豆腐生地に含まれるひじき、牛蒡《ごぼう》、大豆のそれぞれの味が蘇って感じられた。

「美味でご座る。具材が自分の味を主張しているようで、極めて旨《うも》うご座る」と、稜法は新しい美味しさを発見した。

「稜法殿、知沙は儂《わえ》が教えた薄味を守らず、自分の味の好みで味付けを作り変えてしもうた。

じゃが、この味も仲々、捨てがたく儂は感じとるのよ」と、團茂は稜法を見てから知沙に眼をやった。稜法の心の中で変化が起き始めていた。これ迄、薄味が当然であると考えていたのだが、濃い味付けも結構、美味に感じる。味覚だけでなく、他の事柄についても同じことが言えるのかも知れない。

知沙は味噌で和《あ》えたつけ菜（今日のしろ菜に似た野菜）を口に運んだ後、團茂に外出先の患者の容態を質《ただ》した。二人は病人の症状を緩和するために、それぞれの考えを交わした。

「薬師殿は休む間も無《の》う働いてご苦労様じゃの」と、稜法は声を向けた。

「儂か、なぁーに、毎日、今日のように働いて一日が過ぎて行くのよ。それが儂の生活やして」と、低い声はむしろ明るかった。

「稜法殿の傷は七日も経てば新しい肉が、少しずつ盛り上り始める。若いからの。それ迄は痛みが走ろうが我慢致せ。我慢は出来るじゃろ。村人なら痛み故、薬師の儂に不満を漏らすのが珍しゅうはないが、稜法殿は僧ぞ。痛みは無言で耐えられようぞ」と、團茂は飛竜頭に箸を伸ばした。

「早《はよ》う、良うなっておくれ、お坊様」と、知沙は稜法へ応援の言葉を投げた。

「かたじけない。お二人に拙僧が助けて貰《もろ》うて」と、稜法は心苦しさを感じた。

「儂は病人や怪我人を助けるのが役目。そんで（それで）家や村人の家で患者を看とるのよ」と、團茂は眼に力を込めた。

その言葉に稜法は自己の役目を投影させて、團茂との相違していることを浮き上らせた。学僧は自分一人を対象として、日々の修行をこなし、生きているうちに即身成仏することを目的とする。他者は自分の世界には住まない。常に自分一人が修行の対象である。だが、薬師は常に他者を救おうとして働いている。そのことに気付くと、團茂という人物がこの上もない大きな志を抱いて、日々、それを叶えようと過酷な仕事に挑んでいるように思える。髭面の頑丈な体型が一層、大きく見える。

「團茂殿は小さい頃から薬師を目指されたのでご座るか」と、稜法は團茂に興味を覚えた。團茂は亡くなった父を継いで、今は娘を助手として働いている。

「父が村人の生命を救うておるのを見て、儂も一人前《ひとりまえ》の薬師に早《はよ》う成りたい、と思うたんやして。傷を癒すのに色んな植物の茎や葉、種などを擦り潰しては、猫や犬などに塗って効き目を試しての。風邪には如何なる薬が効くか、様々なものを作っては患者殿に飲んで貰《もろ》うて、試しておる。それ故、薬師は暇《いとま》があれば調べて、少しでもよう効く新しい薬を作り出さねば。そうするには常に学ぶ態度を持たんと」と、知沙を見た。知沙は長い睫毛を瞬かせて頷いた。團茂の言葉は稜法を立ち入ったことのない世界への扉を開いて、中へと導いた。真言密教へ稜法を誘う覚鑁上人のようだった。その世界は思いの外、親しみ深く感じられた。團茂が働く懸命さが稜法には想像し易いものだった。

「團茂殿は偉《えろ》うご座いますな。日夜、休むこと無《の》う病に伏せる人の為に働いて」と、稜法は感心した。

「なぁーに、儂に言わせれば、お坊様は凄いものよ。難しい経典を読みこなし、修行して人々を導くからの。人の心を癒やされる。身体を治すよりも、もっと困難じょ」と、團茂は仏法とそれを学ぶ僧への理解を示した。

團茂の理解は自分だけを修行の対象とする真言密教を、他人の心を癒すことの大切さも指摘したように稜法は感じた。

夕餉と会話に興じていると、左肩の痛みを忘れた。だが、うつ伏して床に就く時、頭に迄、痛みが上った。「我慢する以外はあるまいな」と、自分に言い聞かせた。

團茂が教えた通り、七日程、経って傷が快方に向かい始めた。知沙は傷口に被せた二寸（約六センチ）四方の竹の皮を毎日、新しいものと交換した。竹の皮には傷口が膿むことを防ぐ蕗の葉と茎を知沙が擦り潰して作った軟膏を塗ってある。

「どうじゃ、少しずつ良うなってるのが分かろう」と、知沙は高くて鈴のようなやさしい声で、稜法の顔を覗いた。

「そうでご座るな」と、稜法は窮屈な姿勢から相槌を打ち、無理な作り笑いを返した。

療養に耽っているものの、密厳院から何ら便りがないことに、稜法は不可解さを募らせ始めた。團茂宅へ稜法を引率した浄扶《じょうぶ》は、それ程、親しいとは言えない先輩僧だった。

「暫くの間、静かに療養致せ。謹慎の戒めも含んでいるのでな。多分、これからは拙僧が貴僧に院からの沙汰を伝える役目を果たすことになろう」との浄扶の言葉を思い出していた。寺側の僧に働いた蛮行《ばんこう》に対して自分を擁護してくれた然善や、同じ時に学僧に昇格した拡経は恙無《つつがな》しに実り多い修行の日々を送っているだろうか。重鎮達は自分の愚行を許してくれるのだろうか。自分にとり厳しい糾弾の矢を放った塡林は重鎮達へ自分の追放を画策してはいないだろうか、と思いを巡らせた。

後輩僧には横柄な態度を露わにして、先輩僧へは自己の考えを披瀝し、取り入る塡林の人物像を稜法は描いた。高野山を追われて根来へ落ちのびた時の塡林の指揮振りの見事さには稜法だけでなく、重鎮達も敬意を払っている。

「覚鑁上人は健康を取り戻されていようか」と、稜法は自分の心に問いかけて祈った。

團茂による初めての治療を受けて二十日が過ぎた。

「稜法殿、そろそろ脚腰を鍛えるべく戸外に出て散歩をしてはどうじゃ。傷は日に日に良うなってご座る。今迄、よう儂の処法に従《したご》うてくれた。順調に回復してるようじゃ。少うしずつ身体の動きを常に戻すことが、これからは肝要じょ」と、團茂は薬師として助言した。

「ならば、私《わえ》はお供をしてええかえ、父《とと》さん、稜法様の。あと四日で年が明けよう。新年を迎える準備をするため、村の人達に野菜や根菜を分けて貰いたいんやして」と、知沙は父親に許しを得るように言った。

朝食の後の朝日は眩しかった。松林を吹きぬける爽やかな風音を楽しみながら歩いた。二人は朝露に濡れた下生えの匂いを嗅ぎながら、下井阪の村を進んだ。村は紀ノ川の北岸近くに開けている。知沙は数軒の百姓家に入っては、野菜や根菜を品定めした。小芋、牛蒡、慈姑《くわい》それにつけ菜などを籠にうず高く買い込んだ。

「知沙殿、重くご座らぬか。傷が無ければ代わりに拙僧が背負って進ぜるものを」と、籠を背負い逞しく歩く知沙に言葉を投げた。家へ向かっていた。

「これはこれは知沙様、買い物かえ」と、通りすがりの百姓女が声を掛けた。橡色《つるばみいろ》（薄茶灰色）の野良着を着て、髪を薄茶色の麻布で包んでいた。一緒に歩いている稜法に好奇な視線を送った。

「こちらのお坊様は誰かのし」と、すぐに知沙を見た。知沙は患者の一人であり、御腰を馴らせるために歩いている、と説明した。籍を置く寺院名は伏せた。

「密厳院様が亡くなられてご愁傷様よな。さぞ、お坊様達は悲しまれていようぞ」と、稜法が籍を置く寺院名を言い当てるかのようだった。根来から離れた地域や僧籍に身を置かない人々には、上人は僧名ではなく寺院名で呼ばれる。それは親しみを込めた呼称なのである。

「な、な、亡くなられた。密厳、密厳、密厳院様とな。かっ、かっ、かっ、覚鑁上人がか」と、稜法は百姓女に喰ってかかるかのような形相だった。「まっ、まっ、真《まこと》なのか」と、声は一層、上ずった。

「亡くなったのは十二日とかの。もう十五日が経つんやして。弔いも終わったとか」と、百姓女は稜法の表情に恐れを感じて、声は勢いを失くした花のように萎《しぼ》んだ。

「知沙殿、拙僧は密厳院へ戻らねば」と、稜法は気が急《せ》いた。

「でも、お坊様はまだ謹慎中やして」と、知沙は籠を地面に置き、両手で稜法を制止した。

「稜法様」と、僧名を呼ばなかったのは、百姓女に謹慎中の学僧の名を知らせることを、良しとしない知沙の心配りがあった。

脚腰を鍛えるための外出中であるので、稜法はこのまま密厳院へ帰山することは出来ないことは分かっていた。身の回りの物は團茂宅に置いたままになっている。それに謹慎がまだ解かれてはいない。一刻も早く密厳院へ戻りたい。だが、團茂宅へ預けられてからは誰も院のその後の措置や、その後の沙汰、それに金剛峯寺の様子などを知らせに来ない。そのことが重鎮による判断なのだろうか。このまま村の往来に立っていることはない。團茂宅へ急いで帰ることにした。知沙をその場に残して充分、回復していない身体を引き摺るようにして足早に去った。

「稜法殿、如何致した。額に汗をかいて」

「上人が亡くなられた、十五日も前に。上人の死を看届けられなくて」と、言うなり熱いものが稜法の頰を伝った。團茂は黙っていた。慰めの言葉は稜法には却って、白々しく響くのを團茂は知っていた。土間に跪《ひざまず》いて肩を小刻みに震わせている稜法をそのままにしておいた。

その日の未の刻頃（午後二時頃）、浄扶が團茂宅の戸板を叩いた。浄扶は團茂に稜法の手当てと謹慎期間中の世話について、謝意を告げようとする時、稜法が遮った。

「浄扶様、上人が示寂されたことを村人から、今朝、聞き申した。危篤にお成りになった時に拙僧にもお伝え下さりたかった」と、稜法は不満を燻らせた。

「んっ、んー」と、浄扶は決まりの悪さを顔に浮かべた。

「貴僧にも私的には伝えたかったものの、謹慎が解かれていない以上、それは叶わぬ。その辺のことは察知してくれなければの、稜法」と、浄扶は切り返した。

浄扶は團茂に稜法の傷の具合を質した。

「膿んだ患部を焼き鏝で焼ききったので、それ以上は膿まんで良かった。そんで傷は順調に回復やして。けど、今日すぐに院へ帰山することは無理じょ。他の学僧と行動を同じうにせねばならんからの。今朝から儂は稜法殿に戸外での散歩を勧めておる。療養中、ずうっと俯《うつぶ》せになっておったので、御腰や腕が弱っておる。そんで二、三日、こちらで常の状態で暮らした後、帰山すればええんじょ。さすれば、充分、身体全体が回復するかと」と、薬師としての所見を添えた。

「浄扶様、さ湯を召し上れ」と、知沙は小さな盆に素焼きの碗を載せて、差し出した。

「分かり申した。では明後日の二十九日の午の刻（正午頃）限に参る。謹慎を解いて稜法を連れ戻すことに。それ迄、稜法、覚鑁上人の喪に服すが良い」と、浄扶は團茂と稜法を交互に見た。

建て付けの悪い戸板を知沙は開けた。吹き込んでくる寒風を全身に受けて、浄扶は敷居を跨いだ。

「稜法殿、帰山の日が決まって良かったのし。同輩の人達と再び修行が出来ることになり、さぞ、待ち遠しかったじゃろ。よう儂の言い付けを守って療養したの、大変じゃったと思うが」と、口髭で被われた口元が盛んに緩んだ。

明後日に密厳院へ帰山出来ることを考えると、稜法の心の中に明るい光が照らし始めた。身の回りの物を片付けた。療養期間中に写経するつもりで携行した筆数本は、使う機会が無かった。

「知沙殿、この細筆をそなたに進ぜよう。團茂殿からの処方を木簡《もっかん》などに書き付けるのに良いかと。筆管《ひっかん》（筆を持つ部分）が大層、持ち易く腕が疲れること無《の》う、美しい文字が書けようぞ」と、稜法は患者への処方を書いた木簡を整理している知沙に声を掛けた。

「別れの品かえ、稜法様」と、知沙は振り返った。

「さっ、受け取ってくれるか」と、促した。

知沙は言われるがままに、筆先に僅かばかりの墨を含ませて木簡に文字を書いた。

「ほんに書き易いやして」と、稜法を見た。

「嬉しっ」と、言ってくすっと笑った。それを見て稜法は喜びが満面に広がった。

寺院では写経をするにも再生紙の紙屋紙や長い巻紙を用いる。紙は一般の人には入手することが容易ではない高価な物である。また、多くの村人には文字を読んだり、書いたりする習慣はない。團茂宅でも紙はそれ程用いず、木を薄く削った木簡を使う。一旦、使い終われば米糠を詰めた袋に水を含ませてこすり、墨を消し去って、何度も使っている。

「父さん、この細筆、良いじゃろ。稜法様に貰《もろ》うたんじょ」と、幼な子が親に好物を与えられたかのように喜びを表わした。

「これはこれは、かたじけない」と、團茂は謝意を述べた。

「それはそうと、上人様が亡《の》うなって院はどうなるのかの」と、團茂は一人言のように言った。

「えっ」と、稜法は声を発して團茂が意図したことを理解した。

密厳院は上人を失くして、どのように営まれるのか。それは大きな関心事である。稜法は密厳院から遠く離れた薬師宅で暮らす間に、自分を取り巻く世界が再び、深刻な色合いを帯び始めたことを感じた。

覚鑁上人没後、将来を考える稜法

葛城山系の山々から間断なく北風が吹き降りている。稜法は兼海、聖応、竜玄の重鎮が居並ぶ前で軽々《けいけい》かつ無法だった自己の行為を猛省した。上人の元には金剛峯寺に対して物申す学僧がいることを主張したかった。だが肩を射られた後の苦痛の方が、勇ましかった心意気を遙かに凌ぐ結果となった。謹慎を解かれたことへの感謝の言葉を述べた。

「再び仏への帰依の念を篤《あつ》くし、これ迄以上、熱心に励みまする」と、額を床板に付けるかのように深々と頭を下げた。

「稜法、如何に無法な行いを成したか分かったようじゃな。密厳院という院名とここに学ぶ全ての僧に災いが降りかからぬように致せ。金剛峯寺との間に余計な争いを起こさぬことが、亡くなり申した上人のお考え。よくよくわきまえよ」と、兼海は稜法に頭の上から浴びせるように言葉を発した。稜法は謹慎期間中に自らを悔い改めたつもりだった。だが、兼海の忠告は稜法の心の変化を全く考慮していないかのようだった。それは上人の弟子の中で最も高い位置に立つ者として、威厳を示そうとしているのかも知れない。恐る恐る顔を上げた。竜玄は表情を硬ばらせている兼海とは異なり、むしろにこやかな表情を稜法に投げかけている。稜法は竜玄に充分、悔いている表情を返した。それを見て竜玄は頷いた。

「稜法、然善は貴僧がいなくて話し相手を失くした様子。庫裡へ行き挨拶をして来れば良い」と、竜玄は促した。暫くの間、留守にした庫裡は無性《むしょう》に懐かしく感じられた。

「おお、稜法、よう戻って来たのう、まあ座れ」と、板戸の出入口の前で中に入るのを少しためらっていた稜法に、然善は親し気な言葉を掛けた。

「どうも、然善殿に迷惑をかけ申して済みませぬ」と、頭を深々と下げた。

「おう、構わぬ、構わぬ」と、然善は言葉を返した。

「上人が示寂され、その場に拙僧が居合わすことが出来なくて無念に思いまする。上人の最期の様子、知りとう存じまする」と、自分の怪我と回復を語らずに稜法は心残りをさらけ出した。

「そうじゃな、さぞ、辛《つら》かったろう。上人の最期は実に見事じゃった」と、頷きながら語り始めた。

十二月十二日、午前、上人は聖応と竜玄に支えられて密行《みつぎょう》の修行を行う道場としての役割を担《にな》う円明寺《えんめいじ》の西の廂《ひさし》の下で端座した。不動明王の真言「ノウマク・サマンダ・バサラダンカン」を、何度も小声で繰り返した。西の方角に位置する真言密教の浄土である密厳浄土を思い浮かべながら、物静かに上人の魂は大日如来の身体に吸い込まれていった。

稜法はその様子を心に描いた。すると、熱いものが足元に勢いよく落ちるのを感じた。然善は稜法の身体に手を回して、石の上に腰を下ろさせた。肩を落とした大柄な稜法は身体が縮んでいるように見えた。

上人の遺体は十日程後に荼毘《だび》に付された。上人の命《めい》を受けて鎌倉に逗留していた浄法房兼海が帰山するのを待って、葬儀が行われたのだった。上人の臨終と葬儀の様子を聞き終えた時、稜法は堅固な鎧に包まれていたような疑問を、鎧を破るようにして一気に尋ねた。

「どうして金剛峯寺に対して、冷静でいられたのでご座るか」

「正覚房覚鑁上人はのう、仏《ほとけ》になるために修行を専《もっぱ》らになさったのじゃ。金剛峯寺に対して少しでも不平不満を漏らすと、修行に専念出来ぬからの」という説明が、然善から返ってきた。

「空海様、弘法大師様に続こうと気高いお心を持たれておった」という言葉が添えられた。

「然善様、上人の墓に導いてはくれませぬか」と、稜法は泣き張らした顔を上げた。

上人の墓は広大な根来の地の南、谷川が流れる五百仏山《いよぶさん》の麓にあった。密厳院からは六町（約六六〇メートル）南になる。携えた白色と黄色の菊の花を墓石の傍にある竹筒に活けて、合掌した。大日如来の真言、「オン・バサラダト・バン（金剛界）」を口元に漂わせた。然善も唱和した。

密厳院への帰路、稜法は悲しみに沈んでいた。

「上人がお亡くなりになって、これから密厳院や大伝法院などは如何ようになりまするか」と、ぽつりと尋ねた。

「そうじゃな、金剛峯寺に頼らねばなるまいな」と、然善の予想は稜法が予期しないことだった。然善の考えは次のようであった。第一に根来へ落ち延びた学僧の多くは上人を敬って仏道に入ったのだった。重鎮の三人の僧が人徳、学識に幾ら秀れていても、やがては離れて行き金剛峯寺に控える高僧に引かれるだろう。二番目の理由として、根来にある幾つもの寺院は時の経過と共に財政的に、運営が困難になるとのことだった。京《みやこ》に住む帝《みかど》や紀伊の豪族などが個人的に上人の能力を重んじ、慕って寺領を保証してきた。だが、上人が示寂した後も久しく寺領が安堵《あんど》されるかは困難になるだろう。第三の理由は金剛峯寺は上人一人に攻撃の的を絞った。だから、他の求道者《ぐどうしゃ》にはそれ程の悪意は抱いていないことだった。

稜法には然善の考えは説得力があった。本当に起こり得る、と感じた。更に不都合さも直観した。それは慈尊院境内で寺側の学僧へ刃傷《にんじょう》に及んだことだった。根来の寺院が金剛峯寺に吸い込まれるのなら、自分の行為が明るみに出てしまう。それが災いになり、寺側と院側が反目し合うことになるかも知れない。そのように考えると、稜法は塞ぎ込んでしまった。謹慎が解かれた後には、新たな悩みが山の稜線から黒い太陽が昇るかのように、姿を現わした。

密厳院へすぐに帰らず、その西にある円明寺の玄関前を通った。上人が息を引き取った西の廂のすぐ下の地面の所へ着いた。上人は体力がまさに尽きようとしていたので、白い壁や檜の柱などに凭れていたのだろう。稜法はその様子を頭の中で再現した。すると、眼前に上人の姿が現われたかと思うと、瞬いた次の瞬間、すーっと消えてしまった。瞬きを何度も行って上人を呼び戻そうとしたが、現われることはなかった。勾欄《こうらん》（手摺り）に触れてみた。背を伸ばして左手で壁と柱を軽く撫でた。上人の身体の温もりが残っているように感じられた。

「上人様、拙僧を導いて下さり感謝申し上げまする。上人様により寺小僧が学僧に育てられ申した」と、稜法は合掌した。その場でじっと佇んでいた。生前の上人の姿が眼を閉じると次から次へと思い起こされた。その間、稜法は過去という時空に戻っていた。

「おっ、稜法か、もう出て来たのか」と、稜法が収監先から根来へ帰山したかのように声を掛ける者がいた。塡林の言葉は稜法を貴重な思い出の世界から、現実へ呼び戻した。

「早かったのう、もう出て来られたとは」と、稜法が牢獄から刑を終えて罪を解き放たれた罪人でもあるかのように見做した。塡林は本堂の廊下に立ったまま、稜法を見下している。その様子に不快を感じて稜法は立ち上った。謹慎処分を受けたことについて、塡林にも詫びねばならないが、人格を潰すかのような罵倒する言葉を吐く人物には、その言葉を呑み込んだ。

「貴僧が刃傷沙汰を起こせば、数日後に上人が亡くなった。貴僧の悪行《あくぎょう》が上人に死を急がせた。貴僧は邪気の権化《ごんげ》か」と、稜法を見下して毒付き背中を向けた。稜法は反駁《はんばく》することなく無念さを抱いたまま、後姿をじっと見た。足元にある小石を左足で蹴った。

「ここにおったのか、稜法。傷の具合は如何かな」と、竜玄だった。「無理せず少しずつ身体を馴らせてゆけば良い。然善にその旨を拙僧からも伝えておいた。二十日間程、團茂との生活で仏道では無《の》うて、薬師《くすし》宅にて異なる生活の仕方を学んだかも知れぬ。じゃが、また求道《ぐどう》生活を送れば良い」と、稜法を励ました。

冷たい風が吹き始めたかと思うと、白い薄片が滑らかに舞い降りてきた。

「拙僧は夕餉迄に明朝の勤行《ごんぎょう》の準備があるので、密厳院へ戻ることにする」と、竜玄は伝えた。

稜法は竜玄の背中へ謝意を表すお辞儀をした。

上人を失くした根来の地にある密厳院、伝法堂、円明寺、豊福寺は上人の生前とほぼ同じようにそれらの運営は成された。それぞれの寺での講義や修行の段取りは、密厳院に詰める兼海、聖応《しょうおう》、竜玄や上人の親戚縁者が役割を分担した。だが、一年も経つと、寺を営む財源に翳りが見え始めた。上人は鳥羽天皇から広大な領地という大きくて豊かな実りを約束するかのような樹木を与えられていた。然善が指摘したように個人的な繋がりが働いていた。荘園が生産する米、麦、大豆、根菜、葉野菜、果物の他に絹、紙、灯明用の荏胡麻《えごま》などが充分、与えられていた。だが、上人の示寂と共に実り多い樹木は、水を与えられなくなった。毎日のお勤めの合い間、学僧達は寺の窮状をそれぞれの話題に上《のぼ》らせた。

然善と共に賄いを担う稜法は具《つぶ》さに院や寺の存続が困難になっているのが理解出来た。与えられる米や野菜類、豆類の量が格段に少なくなってしまった。修行の後に口を潤す慰めとしての酒も充分な量ではなくなった。

「然善様の言う通りになるかも知れない」と、強い危機を感じた。そのように考える稜法は将来の自分の居場所を、どこに定めれば良いか不安になった。高野山、金剛峯寺には上《のぼ》れない。

命が危ぶまれる。では、どうすれば良いか。自分を受け入れてくれる寺を捜せばどうだろうか。勿論、素性《すじょう》を詳しく詮索されるに違いない。他の同輩の学僧と行動を同じくして金剛峯寺へ入山しなかった理由を質《ただ》されるかも知れない。学僧を続ける困難さが梅雨時期の不快な湿気のように、肌にこびり付いていた。

自分の中にいるもう一人の自分が、別の角度から見詰めると、どうなるのだろう。その不安は学僧であり続けようとするから生じるとも考えられる。学僧であり続けることを投げ捨てると、不快さは感じなくなるに違いない。肩の傷を癒してくれた團茂が薬師として、毎日を充実させて過ごしていることに羨ましさを覚えた。

寺院の財政に暗雲が漂っているという理由で、袂を分けた筈の元の寺へ戻ることは如何だろうか。無論、根来の学僧は全て金剛峯寺の命ずる方法で、求道生活を送らねばならなくなるだろう。それは余りにも安易であり思慮もない。同輩の人達はそれで良いのだろうか。あれ程に迄、上人が非難され刀と薙、それに矢による攻撃を受け、数人の僧が生命を奪われた。金剛峯寺へ戻り、そこで修行しながら日々を送ることは、邪気を持つ学僧達に屈服することを意味する。稜法にはそれは耐えがたい。

将来への不安定な気分が雨雲のように、重く心の中に広がっている。稜法は仏道への熱意が岸から遠のいて行く引き潮のようになるのを感じた。

薄暗い庫裡で夕餉に用いた木の椀を洗っていた。出入口の木戸をコツンコツンと叩く音がした。稜法は木戸を開けると頬髭を豊かに蓄えた禮們が立っていた。

「稜法殿、暇乞《いとまご》いに来た」と、やや無愛想な口元を見せた。

「暇乞い」と、その意味が思い及ばない稜法は禮們の言葉を繰り返した。

「もはや衆徒はこの根来には不要になったようじゃの。それで明日早《みょうにちはよ》う出立《しゅったつ》致す。宝生殿と共に。そなたとは不思議な縁でいろいろ近付きになれて良かったが」と、続けた。禮們によると、数日前に宝生と一緒に兼海に呼び出された。根来を守る衆徒の八割の「任を解く」とのことだった。金剛峯寺とはもはや交戦状態ではなくなり、多くの衆徒が必要ではなくなったこと。財政が逼迫して大勢の衆徒を傭兵として雇い続けられなくなったことが理由だった。

「それは残念でご座るな。折角、親しうなれましたものを」と、稜法は寂しさを滲ませた。

「禮們殿には拙僧の行いに力を貸して下さり、感謝申し上げる」と、稜法は心の奥底に閉じ込めていることを、無理に蘇らせて言葉にした。禮們の口元にはにこやかさが漂っていた。

「明朝、出立とのことじゃが、どちらへ参られる。それにどうやって彼地《かのち》で暮らされる」と、稜法は個人的な興味を持った。禮們は京《みやこ》へ行き、高野山・密厳院、大伝法院の衆徒頭を務めたことを主張したいらしい。多数の衆徒を率いて軍事教練や実戦での指揮、命令を担ったことを履歴として、自身を売り込むことを願った。兼海により慰留することを求められたが、根来にある寺院の行く末には望みを持っていない。東寺、仁和寺という真言宗の寺だけでなく賀茂別《かもわけ》雷神社《いかづち》（上賀茂神社）、賀茂御祖《かもみおや》神社（下鴨神社）など規模が大きく有名な神社仏閣に職を求めるとのことだった。稜法と異なり、高野山と根来で仕事を成したことが誇りなのである。

「羨ましい」と、稜法は自身に呟いた。

「左様でご座るか。禮們殿にとって良《え》え所が見つかるように吉祥天に祈ろうぞ」と、稜法は言葉に力を込めた。小さな櫃《ひつ》から紙袋に砂金を入れた麻地の小袋を取り出した。

「禮們殿、これを取っておいて下されい。餞別ぞ。良き雇い主が見つかる迄、役立ってくれれば。京での暮らしは兎角、高《たこ》うつくようじゃな。僅かではご座るが」と、稜法は嵩《かさ》は小さいものの、ずしりと重い袋を手渡した。

「済まぬな、儂は何の蓄えも無《の》うてな。酒に消えてしもうた。歳下の学僧殿に餞別を貰《もろ》うて。遠慮無《の》う頂戴致す」と、禮們は眼を潤ませて声を落とした。

「稜法殿は他の学僧殿と同じように行動するのかの。根来の地を引き払い高野山へ上るのじゃろ。この地の学僧殿はここには居《お》れぬじゃろうから」と、尋ねた。

「うむ」と、稜法は言って返す言葉を呑み込んだ。その様子を見て禮們は続けた。

「よう考えると良《え》えかと。稜法殿の将来を大《おお》きゅう変えることになるかも知れぬな」と、何やら含みのある言葉を放った。

「左様でご座るな」と、稜法は頷いた。その時、聖応が顔を覗かせた。それに気付いた禮們は
「では」と、稜法に頭を下げた。

「どうじゃ、仕事は。身体にさし障りのないように少しずつ慣らしてゆけばの」と、聖応は

言って稜法の手元を見た。

「然善は何処《いずこ》ぞ」と、辺りを見回した。

「蔵にいてご座います。具材とその品数などこと細かく調べているかと存じます」と、稜法は答えた。

「さすれば伝えておいてくれぬか。この地を引き払《はろ》うて山（高野山のこと）へ戻る日どりは今のところ、はっきりとは決まっておらぬが近々になろうかと。これは確かなこと。その日迄、身の回りのものなど日々の勤めの中で少しずつ整えておくようにの」と、聖応は再び辺りに視線をやった。稜法は自分のことについて好機と感じて尋ねた。

「聖応様、拙僧は山へ上っても良うご座いまするか。山の学僧を斬りつけた者でご座いまするが」と、稜法は不安を様々な角度から考えようとした。それで、重鎮の一人であり上人が自らの講義の記録係として指名した程の聖応に意見を求めた。聖応は客観的に物事を考えることに長《た》けた人物としての評価が高い。

「貴僧が成したことを金剛峯寺は不問に扱《あつこ》うておる。というのも、これ迄、さんざん上人に無礼を働いたことを山は、少しは詫びる心も持っておるのじゃ。それ故、根来の学僧が山へ上ろうとも、貴僧による刃傷沙汰《にんじょうざた》はささいなこと。貴僧や拙僧達が沈黙を続ければ今迄通りになろう。但しの、それに耐える稜法の精神の強さは必要となろう。稜法なら出来ようぞ」と、見上げて小さく頷いた。

「左様でご座いまするか」と、稜法は聖応が刃傷事件を非難しないことに安堵した。

聖応が去った後、洗い終わった木椀を少しずつ傾けて水切りをした。その間、聖応の言葉を反芻《はんすう》しながら自分の思いを自身にぶつけた。聖応殿は根来の学僧が平穏裏に金剛峯寺に引き取られると、楽観しているのかも知れない。根来の学僧がどのように扱われるかは予断が許されないのが、実情ではないだろうか。

密厳院、伝法堂、円明寺《えんめいじ》、豊福寺が建ち並ぶ根来の地の西と東には、それを挟むようにして田圃が広がる。白くて小さな花が咲き終わって暫くすると、緑色で細かな稲穂が風にそよいでいる。

稜法は日に一度は五百伏山《いよぶさん》の北にある上人の墓に詣でることにしている。十日後には根来の僧は殆どが高野山へ上ることになった。墓に向かって稜法は上人が最期に繰り返した不動明王の真言「ノウマク・サマンダ・バザラ・ダンカン」を口に再現した。あと数日経てば上人の墓には詣でることが出来ないことを既に決めていた。

「正覚房覚鑁様、拙僧は上人による数々のご厚意を決して忘れませせぬ。さぞ、拙僧のことを不束《ふつつか》な凡愚とお思いかと存じまするが、高野山へ上ることは出来ませぬ。我が悪事が露見して我が身の安全に支障をきたしまする。この地を離れまするが拙僧の行く険しい道を、上人の光で照らして下さりませ」と、祈った。その後、墓石の周りに生えている雑草を引き抜いて、墓が見栄え良くなるようにした。

「おーっ、稜法か、仲々、熱心よの」と、聞き慣れた声がした。声の主は塡林だった。

「上人に迷惑をかけたことが分かったのか。それで罪滅ぼしのつもりで左様な良きことを成しておるのかの」と、冷ややかな含み笑いをやや釣り上った眼元に浮かべた。稜法は数日後に根来を去ることを心に決めている。恐らく密教に励むことはない、とも考えている。だから、これ迄は我慢した塡林の不遜さに対しては、そのままにしておくことはない。先輩僧であり寺院運営上の財力を、親が提供しているとは言え、傲慢さには矢を放った方が良い、と稜法は考えた。

「先日といい、今の言葉といい、貴僧は後輩僧をいびる性格の悪さを持っているの」と言って、中腰の姿勢から上体を起こした。大柄の稜法は塡林の身体に覆《おお》い被《かぶ》さるようにして睨みつけた。

塡林は稜法の形相に口元を震えさせた。

「おーおっ、何かの何かの」と、小声になった。

「貴僧は親の財力でこの寺を助けていると自惚れるが、他者を見下《みくだ》す物言いはせぬ方が宜しかろ」と、稜法は声を力《りき》ませた。

「なっ、なっ、なにーっ」と、塡林は蒼白になった。

「何でご座るな」と、稜法は落ち着いていた。「拙僧に罵《ば》詈《り》讒謗《ざんぼう》を吐いて一人悦に入《い》って、それで嬉しいかの、貴僧は。空海様や覚鑁上人が左様なことをお説きなさったかの。よう修行を成した学僧は左様なことなど、言わぬもの。貴僧は人品卑しく仏の道にふさわしからざる朴念《ぼくねん》仁《じん》（人情、道理共に分からない愚者）ぞ」と、稜法は心の中に蟠《わだかま》っていることを洗い流すように一気に吐き出した。

「あっ、はっはっ。あっ、はっはーっ」と、先輩僧を言い負かして笑った。

「何をほざくか、稜法。この塡林を侮蔑したこと、決して許さぬ、見ておれ」と、息を荒げて稜法に背を向けた。稜法は鬱積していた気分が少しは溶けて軽くなった。

この根来の地に留《とど》まるのが、あと数日間だと考えると、塡林がどのようなことを仕掛けてくるか、心を砕くことは馬鹿らしく感じた。帚で墓の周りを掃き清めた。

墓は密厳院などが建ち並ぶ北の方角を向いている。稜法も北の方を見て、上人がどのようにして密厳院などを眺めているのだろうか、と考えてみた。こちらの方へ向かって来る僧がいる。眼を細めて誰であるかを確かめようとした。大きな頭と肩幅が広い身体付きから拡経だろうか。

「稜法か、帚を携えて上人の世話をしていたのか、よう精が出るの。ご苦労じゃ」と、拡経はにこやかだった。稜法は学僧が数日後に高野山へ上ることを話題に選んだ。

「拙僧は重鎮の決定に従う。兼海殿、聖応殿、竜玄殿が中心になり講義を行《おこ》のうたり、修行の指導など担《にの》うてくれるが、上人のようにはうまく進んでないの。講義は上人の方が遙かに有益じょ。常に自分の経験に裏付けされたことを話してくれて、奥深かった。修行も単調にならぬように、個々の求道者に応じた指導をしてくれたの。重鎮はその辺のことを分かっておるようじゃ。このままなら学僧の心は離れることを。それに金剛峯寺には上人のように深い見識を持つ僧が、複数いなさることをな。それ等の高僧なら根来の学僧を充分、導くことが出来ることをな。貴僧は如何するな」と、拡経は尋ねた。

稜法は不利な立場にいることを沈鬱な気分で心の中を明かした。

「そうじゃな、苦しいな。いつ、何時《なんどき》、金剛峯寺の僧が昔を蒸し返すか分からぬな。安易に山へ上って意趣返しを受けて、命を狙われるやも。ようよう考えて弁《わきま》えねば。愚僧が貴殿なら多分、他の寺の門を叩くことを考えようぞ。その寺へ引き取られるには特段の理由付けが要るかも」と、拡経は言った。先程のにこやかさは消えていた。

「それにしても上人のお力は絶大じょ。上皇や天皇から帰依《きえ》を受けて。だから、財政的にも格段の支援を得ての。それ故、根来へ移っても間もなく修行の道場としての円明寺、学問、講義の為の伝法堂などの増改築が叶えられた。だがの、亡くなられたら急に根来の存続が危《あや》うなるとは。それだけ上人は真言密教と言う高い山の頂におはしたの。上人が示寂すれば金剛峯寺にとって僻《ひが》む敵が無《の》うなったので、態度を柔らかくしようぞ。根来の僧は受け入れて貰えよう」と、拡経は真顔だった。

拡経とも近々、行動を別にして別れねばならない、と稜法は感じた。寂しさが朝露のように湧き出した。

「愚僧達の恩人、上人には世話になりっ放し。恩返しが出来ぬうちに死なれた。よくよく弔わねば」と、拡経は墓石に合掌した。

「拡経殿は金剛峯寺に引き受けられた後、如何ように日々、暮らされるのか」と、稜法は尋ねた。

「難しいの、想像するのは。じゃが、根来と同じように暮らせればのう。こればかりは重鎮様にお任せせねば」と、拡経は兼海達に信頼を寄せた。

「貴僧と別れることになれば寂しいの。十年来の知己《ちき》じゃからの」と、拡経は声を落とした。

「共に仏法に励んできたが、難しいの、貴僧の身の振り方は」と、稜法に同情を寄せた。稜法は黙ったまま頷いた。

「愚僧が写し書きした大日経を墓前にお供えしたく思うての。勿論、ほんの一部じゃが」と、拡経は上人の墓を訪れた目的を思い出したかのように語った。小さくあしらえた経机《きょうづくえ》を柳筥《やないばこ》から取り出して、その上に大日経を置いた。稜法は二歳年長の同輩僧が上人への尊敬の念を絶やすことなく、密教に邁進していることを眼前に確かめた。

「拙僧も拡経殿に劣らず、正覚房覚鑁上人を崇め奉る」と、稜法は仏道への帰依の心が揺らぐのを感じながらも、同輩僧と競う心を取り戻した。そのように呟きながら、「うっ」という声を発した。

「如何致した、稜法殿」と、拡経は稜法の心の中の変化に気付くことなしに尋ねた。

「競《きそ》おうてはならぬ、ならぬ。超然とせねばの。やがて仏門を去るかも知れぬ。還俗《げんぞく》するかも。学僧を辞するかも。何か、喰い扶持《ぶち》を他に求めるかも」と、心の中でそんな声が力を増した。

「稜法殿、貴僧は今日、変ぞ。いつもと違《ちご》うて何か悠然としとるの」と、拡経は稜法の物腰の中に違和感を抱いた。

「左様でご座るか」とだけ稜法は言った。

夕餉の後、稜法は竜玄《りゅうげん》に呼び止められた。塡林が先輩僧へ稜法の悪態を懲らしめるように、働きかけたのだった。

「重鎮方に拙僧のことを言い付けるとは、塡林殿の品格は地に落ちたのと同然。拙僧は塡林殿からの拙僧への誹謗中傷こそ、大いに責められるべきと存ずる。拙僧へ投げた幾つもの軽蔑の言葉を黙認出来ませぬ。塡林殿が詫びて下さるのなら、拙僧も塡林殿へ放った言葉を撤回しても良いかと」と、稜法は平然と言い放った。

「んっ、んー」と、竜玄は塡林と対等に振る舞おうとする稜法へ苦々しい表情を返した。決して塡林には謝るつもりはない、と稜法は考えた。塡林と共に金剛峯寺へ引き受けられることを望まないことから生じる、心の開き直りだった。それは仏法の世界から顧みるのなら、無法者の発想だった。

稜法は自分だけの時間を見繕っては竜玄、聖応、兼海、然善それに拡経への置き手紙を書くことに勤《いそ》しんだ。山に上ることを拒む理由として慈尊院境内で金剛峯寺学僧を負傷させたことを五人への共通の理由とした。金剛峯寺へ入山すると、近い将来、稜法の罪が問われる危険が迫り仏法を学び続けることが困難になる。そのことが他の学僧に多大の迷惑を及ぼす、とした。已むなく行動を共に出来ない。修行中、貴重な助言などを戴き感謝申し上げる。大日如来のご加護に包まれて覚鑁上人の御威光が常に降り注ぎますように、と結んだ。

夜が明け始めるのが、東に聳える山の端《は》が滲んだような鈍くて薄い赤色を帯び始めたことで分かる。秋がきたことを教えるかのように、冷気が落ちている。早起きの然善もまだ眠りの世界を楽しんでいるのだろう。密厳院庫裡の勝手口を閉じている閂《かんぬき》を外した。誰にも見つけられないようにして、根来の地を去ることを願った。外気は湿った匂いを放っていた。樹木やそれらの周りの下生え、それに土がそれ等の匂いの元なのだろう。草鞋《わらじ》から伝わってくる地面の凹凸や小石などを感じながら、京《みやこ》へ通じる道を辿った。

どのような生活が待ち受けているかは思いが及ばない。だが京の手前にある男山付近では何らかの仕事に就くことが出来るかも知れない。男山の山頂には石清水《いわしみず》八幡宮が鎮座する。その神社は広大な荘園を所有して豊かな生業を得ている。また京や他の地域へその神社から様々な物資を送り届ける運搬人が、山の麓には暮らしている。何とか生活出来るだろう、と稜法は楽観した。その土地で仕事に就くことが出来て生活をし始めれば、下井阪《しもいさか》に住む團茂と知沙親子に状況を文《ふみ》で知らせたい。彼等は命の恩人なのだから。そんなことを稜法は考えた。塡林のことは時を見計らい、木簡に名を書いて他の炊きつけと同じように燃やして葬り去れば良い。僧に値しない愚物に過ぎない、と結論した。

六郎太、修行時代を語り終え根来へ赴く

「まあ、儂《わし》の半生と言おうか儂が成してきたことは、こんなことよ。それに覚鑁上人の人と成りが分かって貰えたかの。あんたが伝え聞いてることとは全く反対よの。風聞とはまず優位にあると自分で一方的に考える者が自分の都合の良いように発するものよ。そんで（それで）事実を知らぬ者は何も確かめずに信じ込むものじゃの」と、六郎太は話し終えた。ずっと聴き耳を立てていたのは二人だけだった。息子の丈次《たけじ》も父親の余りにも長い話にはついてゆけずに胡座をかいたまま、上体を左右に揺らせて眠っている。ぱらぱらと鳴る二人だけの拍手を貰って、六郎太は苦笑した。

「六郎太殿、仲々、語りが面白うて眼に見えるようじゃった」と、庭師の捨吉は再び拍手した。紀ノ川の北岸近く、志富田《しぶた》に住む杉丞《すぎのじょう》も捨吉に合わせて拍手した。

「覚鑁上人とはそのようなお人じゃったのか。そうとは知らなんだ。てっきり儂《わえ》が耳にしてるような人とばかり思うておった。そうじゃったのか。それにしても六郎太さんはしんどい生き方をしたのよの」と、杉丞は言った。その明るい表情と弾むような声からは、上人の四十八歳

という短い生涯と稜法こと六郎太の生き方に同情を寄せているようには感じられない。六郎太に単に合わせているように思える。

「また機会があれば話をしておくれ。夜は更けた。六郎太殿、寝ようぞ。しかるに、息子さんは途中から舟を漕ぎ出した（居眠りした）から、尊い話を最後迄、聴けなくて惜しいことよの」と、捨吉は残念がった。

「なぁーに、今宵の話は機会を見て伝えることに致す」と、六郎太は言葉を返した。

翌日、久米田寺を朝早く出発して、南に聳える葛城山系の山を目指した。途中、信達《しんだち》の地（大阪府泉南市信達）を過ぎ根来へ導く風吹峠《かぜふきとうげ》にさしかかった。丈次の体調は軽《かろ》やかだった。馬の太助《たすけ》は大人しく峠を下ろうとしていた。

「丈次、もうすぐぞ、根来は」と、六郎太は息子を励ますと共に自分自身にも言って聞かせた。

風吹峠を南へ下り、一乗山の南斜面を通り過ぎてなだらかな根来の地へ着いた。願顕明院《がんけんみょういん》、それが荷物を送り届ける目的地だった。六郎太が修行していた頃には無かった堂宇である。その院の位置はすぐに見当がついた。だが二十年振りに根来を訪れたという懐かしさと、高野山へ学僧の殆どが受け入れられた後の根来の地の変化への興味を覚えた。荷物と馬を丈次に預けて境内を歩き回った。

同輩達と寝食を共にした密厳院は往時のままだった。恐らく堂内も同じであろう。覚鑁上人や重鎮達の講義を真摯な態度で拝受した伝法堂は、玄関の造作が変化しており、広くなっていた。金剛峯寺に元から在籍する学僧もそこで学んでいるのかも知れない。出入りする多くの学僧の動線を考慮して改装したのだろうか。自分もそこを通って生活していた。そのことを思い出すと、親しかった拡経《かくきょう》や先輩僧・然善《ねんぜん》の姿が眼前を通り過ぎる錯覚を覚えた。「然善様」と、一人言を呟いて瞬きした。六郎太は気分が高揚していた。

伝法堂から西に位置する円明寺へ足を運んだ。瓦屋根の所々に草が生えているのが、二十年間の年月の経過を物語っていた。本堂の西の廂のすぐ傍へ来た。勾欄を地面に立ったまま触ってみた。根来を去る一年前に上人はそこの柱に凭れて、西方《さいほう》にある密厳浄土を拝みながら自己を内省して、安らかに息を引きとった。足早に根来の地を歩き回って今尚、多くの学僧が真言密教の修行をこなして、学んでいることを知った。だが、当時の学僧は極めて少ないだろう。重鎮達は数年後、金剛峯寺で大切な役職を与えられたことを耳にした。現在この地で励んでいる者の多くは、根来を一旦、引き払った後に新たにこの土地で仏門を叩いた者であろう。

願顕明院は根来の地の東端にあった。周りには白樫、椪や櫟とそっくりな形をした団栗を付ける椚《あべまき》などの巨木が森を形作っている。玄関とは反対方向にある裏木戸を捜して、木戸を叩いた。用件を告げて荷を解こうとした。すると六郎太は暫く玄関で待つように指示された。荷は裏木戸に置いたままなので、運搬人には荷の内容を知られないようにする意図だった。六郎太は言われるままに従った。

「はるばる荷の運搬、大儀でご座ったの」と、応対した僧は六郎太と丈次に言葉を投げた。犒《ねぎら》いの言葉にしては実に粗末な口調だった。

応対している僧の表情、特に眼光の鋭さは決して修行に勤《いそ》しむ学僧ではない。立ち居振る舞いは衆徒のそれに近い。

「願顕明院様、一つ、お尋ねしたき儀がご座います」と、六郎太は腰を折るようにして丁重にお辞儀した。

「申せ」と、荒々しい声が辺りに響いた。

「運んで参りましたあの荷は、何か物騒な物でご座いましょうか」と、下から見上げた。

「んっ」と、その者は一瞬、神経を尖らせた。

「お教え下さりまするか」と、六郎太は執拗に再び丁重に腰を屈めた。

「この願顕明院も、自《みずか》らは自らで守らねばならんでのう」と、憎々し気だった。

寺院は大小の所領から生産される米や穀物、野菜などの農作物という経済力で支えられて営まれる。その所領を保持するには充分な武力を持ち、絶えず侵略者を追い払わねばならない。

「近くの神社や寺、それに武家など、皆、敵ぞ。高野山もな。よってお主《ぬし》に武具を遙か堺から運んで貰《もろ》うたのよ。賃料を弾んでな。お主を紹介してくれた権左殿がそのようにしてくれ、としつこう頼《く》んだからの。それに、さすが権左殿の紹介だけはある。よう盗っ人《と》や盗賊に遭わんでここ迄、運んでくれた」と、野卑に見える男は荷の内容と、権左との経緯をあからさまに漏らした。

「そうでご座いましたか」と、意外なことを六郎太は教えられ、権左殿への感謝の気持ちを抱いた。荷はその内容を六郎太は知らされなかった。嵩《かさ》と重さなどを判断して農作物ではない、と想像していた。賃金が法外なので武具などの危険物である、と感じたりもした。

無事に荷を運び届けてその代償として賃料を受け取ると、いつもなら安堵感に全身を浸すことが出来た。だが、六郎太にとって今回は心の置き所が大いに異なる。丈次と馬を願顕明院近くの植え込みの所で暫くの間、待たせて再び、歩き回った。

「数奇《すうき》よのう」と、自分に言って聞かせた。

それにしても上人の死に際を看取ることが出来なかったことは、還俗して久しい今日でも心の奥底に栗の毬《いが》のように絡んでいる。重鎮によると、上人は完璧な形で何事も思い残すことなく示寂《じじゃく》したとのことだった。上人の命日は康治二年（一一四三年）十二月十二日である。今日、六郎太が根来の地へ足を踏み入れることにより、その毬が少し外れるように感じる。

六郎太は今年で四十二歳になる。生まれた北河内《きたかわち》にある星田村から遠く離れた念相寺に、一家の喰い扶持《ぶち》を減らすために預けられたのが、九歳の時だった。根来の山を去ったのは二十二歳の時である。十三年間の寺院での生活のうち六年間は学僧を勤めた。六年の間の五年を上人の下で修行したことになる。

その六年間は自分の人生の中で、大層、重要な時期であったことが、今でもよく理解出来る。正式に文字を学ぶことから始まり、仏典を書き写した。祈禱《きとう》法を学んで精神力を高め真言密教僧になった。調理も学んで身体を保つのに不可欠な具材の捌き方にも通じた。自らの生活の中に正覚房覚鑁上人がいた。上人は仏陀の教えや空海の唱えたことを激しく求めることに余念が無かった。その激しさと生活上の寡黙さという相反するものが、美しい協和音を奏でるかのような高僧だった。

空海は生きたままで仏になることが出来るという即身成仏を唱えた。自らが大日如来でもある、と見做《みな》す即身大日《そくしんだいにち》をも考え出した。「如何にすれば大日如来であることを実現出来るのか」という大きな問を、上人は実証したのではないだろうか。金剛峯寺から受けた様々な排斥行為に対して、言葉少なく耐え忍んだ。数々の修行に専念して受難を超越したのは、自身が空海の生まれ変わりであり大日如来でもあることを示そうとしたのではないだろうか。六郎太は修行した頃を振り返り、今になってそのように考えるようになった。

「遅い、遅い」と、自身に言い聞かせて左手で側頭部を軽く叩いた。気付くのが遅過ぎる。

金剛峯寺の仕打ちに毅然としていたあの姿こそ、上人が大日如来であったのだ。六郎太は今更ながら自身の感受性と想像力の鈍さに呆れる位だった。上人が示寂した様子を心の中に描いた。すると、上人が眼の当りに按座していた。

「どこに父様《とと》は行ってたのかの」と、丈次は長く待つことからの苛立ちと不安を募らせた口調だった。

「この地は懐かしくての」と、六郎太は自身に起きた大きな変化を説明する面倒を省いた。

終章　小望月《こもちづき》の中に正覚房覚鑁を観る

「丈次、また儂に付いて来ぬか。あと十日もすれば槻之本《つきのもと》（大阪市淀川区塚本）へ荷を運ぶ」と言いながら、六郎太はすずしろ（大根）を両手に力を込めて引き抜いた。その瞬間、畑の土の匂いが辺りに弾けた。

京《みやこ》に近い男山《おとこやま》の北東にある家から遙か西の方角にある槻之本へ、そして淀川を渡り南へ向かい大和川を越えて堺へと進んだ。更に南へ下って和泉国《いずみのくに》と紀伊国《きいのくに》の国境《くにざかい》に聳える葛城山脈を上り下りして、根来へと丈次を同行させた。家から京などの近場へ荷を運ぶことには慣れていた丈次にとっては、大きな視界が広がったに違いない。運送の仕事について新たな考えを持っただろう、と六郎太は望みの帆をいっぱいに膨らませた。

「うーん、今度もそのー、根来へも行くんか、お父《とう》ー」と、丈次は眉間を曇らせた。やはり、根来への往復は遠過ぎて身体にもきつ過ぎるのだろうか。

「いいや、槻之本へ荷を届けると、そのまますぐに帰れる」と、すずしろにこびり付いた土を払い落としている丈次を見た。

「お父ーの言い付けじゃものなー」と、屈めている姿勢から立ち上った。六郎太は丈次が荷を運搬する仕事を嫌ってはいないことに心を落ち着かせた。

「かような畑仕事や稲作りも良いが、どうじゃな、丈次は大きゅうなれば荷を運ぶことを専《もっぱ》らにする仕事に就いては。三か月前のように色んな人と出会えて、百姓よりも見える世界が広がるぞ。様々な所を訪れることが出来ようぞ」と、六郎太は促した。

「ふーん」と、丈次の返事は再び曇った。

「もう少し、運搬の仕事をしてから返事しても良《え》えか、お父ー」と、丈次は迷っているようだった。

「何か、ひっかかるところがあるのか、丈次、荷を届ける仕事には」と、六郎太は尋ねた。

「そうじゃな、お父ー。根来迄行った時は帰りもじゃが、追い剥ぎや山賊に襲われんじゃったが、いっつも安全とは言えないんじゃろ。そこが、俺には恐ろしいんじゃ。百姓じゃったら、そんな怖い目にはまず遭わんじゃろ。お父ーは言うとったが、『百姓には事故が付きものよのう。牛の角《つの》にやられる』とか。百姓を続けとったら、いつかは事故に巻き込まれるかもな。だから、もう少し考えてもええか」と、丈次は六郎太を見上げた。六郎太の心は丈次の返事により少し揺らいだ。

　すずしろを引き抜く作業を続けた。やがて六郎太は再び心の静けさを取り戻した。丈次が六郎太の望み通りに即答しないのは、それだけ自分の将来について慎重に考えているからだろう。そのように感じて丈次の成長振りを頼もしく思った。六郎太は微笑をみおに見せた。採ったすずしろを地面に並べていたみおは六郎太に目配せして、頷いた。みおも六郎太と同じように感じている。

「あんた、幾ら近くとは言え充分、気を付けて」と六郎太に注意を促した。

「うん、山へ上ったらすぐ下りて戻って来《こ》ようぞ」と六郎太は山上りの目的は明かさない。根来へ武具を送り届けてもう半年近くがたつ。その間ずっと心の中に秘めていたことを、やっと今宵、表わすことが出来る。冬の夜の訪れは早い。丈次、みまそれにみおは夢路を楽しんでいるように思える。特に丈次とみまは時々、口元を動かしているのが隙間から差し込む月の光に浮かび上って見える。

隙間風を受けて舅《しゅうと》と姑《しゅうとめ》は夜中に厠《かわや》へ行くだろう。義父の秀伍と義母のみとは、年齢がさせるのだろう。頻《た》りに用を促す。玄関を出て共同で使用する厠へ四十歩程、歩くのだが、今夜は二日後に望月《もちづき》（満月）を控えた小望月の光が、充分、降り注いでいる。だから厠への道で二人は転ぶことはないだろう。

六郎太は閂《かんぬき》を外して板戸を開けて外へ出た。細い谷川は心地良いせせらぎの音を立て、月の光を受け不揃いの太さの銀白色の絹糸を編むかのように流れている。木の間を吹き抜ける風のかすかな音が川の流れと、協和音や不協和音を奏でている。すぐ西に聳える男山の麓を目指した。小さな独立峰の山ではあるが平坦な所から、一気に頂上へ上る。そうすれば夜空に輝く月が遮る物が無く、くっきりと浮かび上るだろう。山の北の麓から延びる急な上り坂を進んだ。銀青色の光がちらちらと降り注ぐ石清水八幡宮に繋がる参道を進んだ。昼間は大勢の参拝者が往き交う道ではあるが、夜は妖気が漂っているように感じられる。六郎太は左手に金銅三鈷杵《こんどうさんこしょ》と呼ばれる密教修行で用いる邪気を打ち砕く法具をしっかりと、握りしめていた。右手には緑色を帯びた翡翠《ひすい》の数珠を持っている。それらは自分を守ることと、上人に祈ることを容易にしてくれる。途中、立ち止まって休むことなく上り続けたので、冷気の中に勢いよく吐き出した息が月の光を受けて白く光った。八幡宮の鳥居前へ着いた。東の空を見上げた。望月を二日後に控え小望月が左の部分を少し欠けた形で、煌煌《こうこう》と輝いている。満月の宵は雨が予想される。

後方で落葉を踏みしだくカサカサという小さな物音を聞いた。「んっ」と、六郎太は怪し気な音に耳を澄ませた。再度、同じような音が聞こえた。振り向いた。「賊か」との邪念は和やかな思いに変わった。狐か狸のようだった。人間の足音なら、もっと重くてゆっくりとした音になる。

月を表わす円の中に阿字《あじ》という独特の文字𑖀を書き、その前でひたすら瞑想する阿字観《あじかん》という修行を、正覚房覚鑁上人は重んじた。六郎太は生前の上人の姿を眼前に呼び戻そうとした。空に浮かぶ小望月の中に阿字を描き入れた。更に見上げている自分と月の間に上人の姿を再現させた。

丈次とみまが念相寺《ねんそうじ》で乗実住職《じょうじつ》の下で法話を聞いたり、文字を習っていた。その頃、六郎太は本堂の庇《ひさし》に吊り下げられた風鐸が、風に揺られて金錆びた音を立てるのを聞いた。その音は六郎太が若い頃、稜法という僧名で真言密教を学んで修行している時、密厳院で聞いた風鐸の音と酷似していた。師であり、先達《せんだつ》であり大僧侶である上人と親しく言葉を交わしている時、穏やかな風が吹いていていた。稜法は折からの風を季節を取り込んで「緑の風」と呼んだ。そのように呼んだ稜法の発想に上人は興味を覚えたのだった。

阿字とは「生まれていないもの」とか「生まれなきもの」を意味する。「本不生《ほんぶしょう》」を表わし、梵語では「アヌトゥーバーダ」である語頭の音をとって阿字としている。「人知を超越したもの」をも意味する。阿字観とはその阿字の前で瞑想し三昧《さんまい》の境地に達することを目的とする。月という円形の中に描いた阿字の前で眼を閉じて、月輪《がちりん》を心の中に観想する。その後、月輪を立体で光を放つ球に変化させ、それを膨張させてゆく。まず、自分の身体位に拡大し、究極は宇宙程に膨らませる。その後、それを少しずつ小さくして元の月輪の大きさに戻す。このようにして月輪を膨らませた自分と、その月輪という他者とを感じるのである。そして自分の煩悩《ぼんのう》は菩薩の境地と同じであると考える。我と仏と宇宙の本質である「本不生」は同一のものである「我即法界《がそくほっかい》」を実感することになる。

この阿字観の目指す目標に上人は到達して稜法こと六郎太と拡経を導いたのだった。阿字

を刻印したような満月に向かって、瞑想し続ける上人の後姿を稜法はずっと眺めていた。昔のことをそのように思い出していた。その間じゅう、風が梢をそよがせるか細い音や、コノハズクの「ホーッ、ホーッ」という低い鳴き声は、消え去っていた。六郎太自身が稜法に戻って修行しているかのようだった。

　集中していた神経を少しずつ和らげていった。それでも上人の後姿は夜空にくっきりと浮かんでいた。六郎太は空を見上げていた瞳を地面へ落とした。

「正覚房《しょうかくぼう》覚鑁上人様、私如《ごと》き人間をお導き下さり感謝申し上げます。上人様の入滅を自ら成した愚行のせいにより看取ることが出来ませず、申し訳ご座いませぬ。高野山に戻らず還俗《げんぞく》致しましたこと、上人様の海のような広い御心《みこころ》で許して戴きますようにお願い致します」と、瞳を空に上げた。

「上人様の受難に満ちた生涯、一言も苦痛を語らなかったことは、上人様が既に大日如来であることをお示しなされました。この稜法は、やっと分かりましてご座います」

　先程迄、夜空に浮かんでいた上人の姿は、忽然《こつぜん》と消え去っていた。

〈了〉

著者略歴

加納　劼（かのう　つとむ）

昭和 22（1947）年　大阪市生まれ。大阪府豊中市在住
関西外国語大学・大学院英語学研究科修士課程修了（文学修士）
大阪府立の高等学校教諭を定年退職
日本ペンクラブ会員
「ボクの世界」関西文学　昭和 57 (1982) 年 3 月号
「化石」関西文学　昭和 59 (1984) 年 2 月号
「虚実皮膜」プロレス考　関西文学　昭和 61 (1986) 年 7 月号
「千林商店街」観光の大阪　昭和 63 (1988) 年 4 月号
「親父の年頃　高橋三千綱考」大阪文学散歩　関西書院　平成 2 (1990) 年
『根来《ねごろ》から京《みやこ》へ』文芸社　平成 20 (2008) 年
『土の矢羽根―混乱の室町期を逞しく生きた男』風詠社　平成 30 (2018) 年

風鐸と緑の風―覚鑁上人に魅せられて

2019 年 4 月 13 日　第 1 刷発行

著　者　加納　劼
発行人　大杉　剛
発行所　株式会社 風詠社
〒 553-0001　大阪市福島区海老江 5-2-2
大拓ビル 5 - 7 階
TEL 06（6136）8657　http://fueisha.com/
発売元　株式会社 星雲社
〒 112-0005　東京都文京区水道 1-3-30
TEL 03（3868）3275
装幀　2 DAY
印刷・製本　シナノ印刷株式会社

ISBN978-4-434-25856-5 C0093